Blumentochter

Das Buch

Giza ist eine temperamentvolle junge Frau. Ihre Lebensfreude ist so überbordend wie die tropische Vegetation, die den geordneten Garten ihrer Familie umgibt und die immer wieder droht, ihn zu überwuchern. Giza lebt in der Obhut ihrer Tanten, beide nur wenig älter als sie und beide bemüht, Gizas familiäre Herkunft zu verschleiern. Denn die Regeln in der kleinen Stadt im Süden Brasiliens sind streng, und Giza darf das Geheimnis um ihre wahre Zugehörigkeit nicht kennen. Aber die junge Frau lässt sich nicht einsperren. Giza gelingt es, der Enge zu entfliehen, als sie das Viertel Vila Morena entdeckt. Die Offenheit der Bewohner ist ansteckend, ihre Traditionen sind alt und gleichzeitig voller Leben. Auf einem großen Stadtfest begegnet ihr schließlich die Liebe, als sie mit einem Fremden tanzt. Doch ihre Tante Florinda verhindert die Verbindung. Giza bricht auf in das Leben, das für sie vorbestimmt scheint.

Die Autorin

Die Brasilianerin Vanessa da Mata, geboren 1976, ist in ihrem Heimatland eine sehr erfolgreiche Sängerin und Songwriterin. Sie wurde mit dem Latin Grammy Award ausgezeichnet, spielte mit dem US-amerikanischen Musiker und Komponisten Ben Harper den Erfolgssong »Boa Sorte« ein und wurde von der wichtigsten Kulturzeitschrift Brasiliens *Criativa* unter die 25 kreativsten Frauen gewählt. Vanessa da Mata hat drei Kinder und lebt heute in Rio de Janeiro.

Weitere Informationen finden Sie unter:
www.vanessadamata.com.br

Vanessa da Mata

Blumentochter

Roman

Aus dem brasilianischen Portugiesisch
von Kirsten Brandt

List Taschenbuch

Besuchen Sie uns im Internet:
www.list-taschenbuch.de

Die Übersetzung dieses Buches wurde vom Ministério da Cultura do Brasil/Fundação Biblioteca Nacional gefördert.
Obra publicada com o apoio do Ministério da Cultura do Brasil/Fundação Biblioteca Nacional.

MINISTÉRIO DA CULTURA
Fundação BIBLIOTECA NACIONAL

MIX
Papier aus verantwortungsvollen Quellen
FSC® C083411
FSC
www.fsc.org

Ungekürzte Ausgabe im List Taschenbuch
List ist ein Verlag der Ullstein Buchverlage GmbH, Berlin.
1. Auflage September 2016

Titel der brasilianischen Originalausgabe: *A Filha das Flores*
(Companhia das Letras, São Paulo, 2013)
Umschlaggestaltung: bürosüd ° GmbH, München,
unter Verwendung einer Vorlage von Geviert, Christian Otto
Titelabbildung: Illustration von © shutterstock, mystel
Satz: LVD GmbH, Berlin
Gesetzt aus der Berkeley Oldstyle
Druck und Bindearbeiten: CPI books GmbH, Leck
Printed in Germany
ISBN 978-3-548-61309-3

Evas Mango

Eine lange, gewundene Landstraße teilt unsere Stadt in zwei Hälften, führt in die Ferne, wohin der Blick ihr nicht folgen kann. Sie verbindet den Süden des Landes mit dem Norden und betont zugleich ihre Unterschiede, lässt Sehnsüchte wach werden. Mitten im Nichts treibt unsere Stadt, gegen Vergessen und Langeweile ankämpfend. Auf den Straßen und in den Höfen sieht man die Alten. Kindergeschrei erfüllt die Luft. Mein Gesicht wendet sich dem Gestern zu, und sofort – als berührten sie noch immer die Gegenwart – erinnere ich mich an vergangene Tage.

Jedes Jahr um diese Zeit kommen die gelb- und rotbrüstigen Aras zu uns, und der Himmel wird lebendig. Zu Dutzenden verschmelzen sie mit den verwaschenen Farben des Horizonts. Das Tohuwabohu, das sie verursachen, reißt alle mit; uns und alles, was bunt und lebendig ist, auch die Zitronen- und Mangobäume, die Mangabeiras und die Avocadobäume.

Fast bekommt man Lust, mit den Aras davonzuziehen. Viele sind es allerdings nicht mehr, sie sind so gut wie ausgestorben. Das stimmt uns traurig. Tatsächlich trauern wir aber nur um Lebewesen, die schön anzusehen sind. Was, wenn es Gürteltiere wären? Wespen? Langusten oder Hyänen? Für uns zählt nur, was uns bezaubert; die Hyänen mit ihrem scheußlichen, spöttischen, stinkenden Gelächter können sehen, wo sie bleiben. Ich gestehe: Wenn die Aras kommen, würde ich mich gerne unter sie mischen und mit ihnen in den Himmelsgrund hinauffliegen, bis mir die Luft ausgeht.

Ich erinnere mich, wie ich als kleines achtjähriges Mädchen mit meiner vier Jahre älteren Tante Florinda dem Pfad der Feuerameisen folgte, der endlos zu sein schien. Mit ein oder zwei anderen Kindern bildeten wir einen Trupp und machten Jagd auf diese Teufel in Tiergestalt, die unseren Rosengarten zerstörten. Sie stürzten sich auf die Blätter, fraßen sich in gieriger Ignoranz hindurch. Und wir tauchten ein in die Nacht, mit Taschenlampen bewaffnet, den Blick immer auf den Pfad gerichtet. Die Rosenblätter bluteten auf dem Rücken der Tiere, die kein Herz hatten, nur Hunger. Doch sie ließen sich die mühevoll errungene Beute nicht abjagen. Wenn man ihren dicken Hinterleib festhielt und an den Blättern zog, riss man ihnen eher den Kopf ab – was häufig geschah – als die Blätter. Die Blätter hielten sie fest.

Wir Kinder suchten unermüdlich nach den Ameisenhaufen, ohne jemals den ältesten Hügel zu finden, die Mutter aller Ameisenhaufen. Er galt als ein großes Geheimnis, und die Ameisen verstanden es zu wahren. Ihr Heim war ein Heiligtum. Auf ihrer Prachtstraße herrschte nachts immer ein emsiges Treiben – vielleicht war sie als Lebensader wichtiger als unsere Landstraße. Der für diese Nächte typische Duft, ihr Friede, schwebte über uns, legte sich auf unsere Stirnen.

Tante Florinda war für diese Jagd wie geschaffen, sie war ein Jaguar, der seine Beute im Blick behält. Ihre ganze Aufmerksamkeit galt dieser Aufgabe. Manchmal lief sie richtig schnell, sehr darauf bedacht, nicht mit den nackten Füßen die von den Tieren kahl gefressene, vom unablässigen Hin und Her leicht ausgehöhlte Straße zu berühren. Genauso schwer wie der Ausgangspunkt des Gewimmels – und der gewaltigen Zerstörung, die es anrichtete – war seine Mitte zu finden. Das Leben der Ameisen ist ein Mysterium.

Ganze Nächte verbrachten wir mit der Suche, begannen immer da, wo wir in der Nacht zuvor aufgehört hatten. Um den Überblick zu behalten, markierten wir die Stellen mit roten Fähnchen – alles in allem eine elende Plackerei. Entdeckten wir eines der Nester, durften wir uns nach Lust und Laune daran austoben, bevor Gift hineingespritzt wurde, aber nie fanden wir den allerersten Hügel, nach dem wir so verzweifelt suchten, nie das Versteck der Königin. Zu unserem Vergnügen malte meine Tante uns aber aus, wie das Ende der Schlacht aussehen könnte. Der Fund würde mit Kerosin übergossen werden, oder wir würden zuerst einen Knallfrosch auf ihn werfen. Dann käme der Alkohol – eine gewaltige Explosion, verursacht von einem selbstgebastelten Sprengkörper –, und das war's! Wir würden den Viechern einen Krieg liefern, dass ihre unförmigen Körper nach allen Seiten flogen. Das wäre der Anfang vom Ende. Auf dem Weg nach Hause hüpften und sprangen wir und atmeten die Luft der Sieger: fein und rein. Frisch.

Unser Garten war bunt und abwechslungsreich: Rosen für die Sakristei, Blumen für die Arztpraxis, für das Schulsekretariat und für Beerdigungen. Todesfälle waren eher selten in der Stadt, aber wenn sie auftraten, dann immer gleich gehäuft, »siebenhundert auf einmal«, pflegten die alten Leute zu sagen. Da auch kaum Kinder geboren wurden, blieb die Zahl der Einwohner gleich. Was die Alten in ihrer Angst maßlos übertrieben, war in Wirklichkeit nur der ganz normale Zyklus des Lebens … oder des Todes. Und dann waren da auch noch die Privataltäre in den Gassen, die ebenfalls mit Blumen geschmückt wurden. Unser Garten produzierte genug für alle, selbst für die fast zwei

Dutzend Ameisenpfade, die wir Monat für Monat zerstörten. Er umfasste zwei Alqueires, also etwa acht Hektar (was uns aber mindestens zweimal so groß vorkam), und die Stadt wurde reicher und schöner durch ihn.

Damals fand ich die harte Arbeit lästig, die Blumen zu versorgen, einen Sack Dünger auf dem Rücken zu schleppen, immer schmutzig von Erde, Blättern und Zweigen und von spitzen Dornen zerstochen. Als ich größer wurde, entwickelte ich ein Gespür für jede einzelne Rose, für ihr Wesen, für ihre Botschaft, den Atem, den sie verströmt, die Liebesgeschichten, die sie wiederbelebt, den Zauber, den sie verbreitet. Die Schönheit der verschiedenen Sorten. Man kann eine Blume nur mit dem Herzen betrachten, eigentlich ist es das Herz, das sie erkennt. Hätte ich das früher gewusst, es hätte mir weniger ausgemacht, sie alle zu schneiden, ihre dicken Stängel zu kürzen und die kranken Blütenblätter abzuzupfen.

Jeden Abend nach der Arbeit wartete Tante Margarida, Florindas ältere Schwester, vor dem Haus auf uns. Sie saß auf einem alten Stuhl, dessen Sitzfläche im Laufe der Zeit die Form ihres Gesäßes angenommen hatte, lachte über unsere Jagd auf das Ungeziefer und sagte mit Donnerstimme, die sie von Kopf bis Fuß erbeben ließ, immer das Gleiche:

»Das kommt davon, wenn man Tag für Tag nichts Besseres zu tun hat. Morgen drücke ich jedem von euch eine Hacke in die Hand, dann könnt ihr auch noch den Garten vom alten Tenório umgraben, der ist voller Unkraut und Gestrüpp. Na, was haltet ihr davon?«

Worauf Tante Florinda schnippisch antwortete, ihr mache es Spaß, uns zuzusehen, unser Vergnügen sei auch das ihre. Ihr Leben schien so eintönig zu sein, dass sie von den Gefühlen der anderen zehrte.

Margarida war gerade achtzehn geworden und damit im richtigen Alter für die erste und letzte Liebe. In den Großstädten nimmt man es mit den Traditionen nicht mehr allzu genau, aber bei uns war das anders. Viele kleinere Städte sind der Vergangenheit noch heute verpflichtet, den festen Strukturen, die die Gesetzlosigkeit in Schach halten und Ausbrüche aller Art verhindern. An diesen Orten ist die Zeit stehen geblieben, die Menschen führen ihre kleinlichen Zwistigkeiten und Intrigen fort, lieben ihr Inseldasein, achten darauf, dass immer und überall der Schein gewahrt wird.

Auch Margarida wahrte bei der Vorbereitung ihrer Hochzeit, die der Leidenschaft einen Rahmen bot, den Schein.

»Ein vielversprechender junger Mann von hier«, sagte sie, »der alles hat, was sich eine Frau von einem Mann wünschen kann.«

Wenn sie seine Vorzüge aufzählte, kam sie ins Schwärmen. Es waren: seine Schönheit, die machte, dass man gut gelaunt neben ihm einschlief und wieder erwachte; seine Freundlichkeit und Zärtlichkeit, so dass man sich nach ihm sehnen konnte; seine vorgebliche Treue, die einen dazu bewog, ihm den ersten Seitensprung zu verzeihen und zu glauben, dass es nicht zu einem zweiten kommen werde; die Klugheit, mit der er die weiteren vor einem verbarg; seine Offenherzigkeit, die einem all die hässlichen Dinge verriet, die einem sonst erst das Zusammenleben enthüllte; seine schöne Stimme, das anziehendste Attribut eines Mannes, mit der er einer Frau am Telefon wie die Radiosprecher verführerische Dinge ins Ohr hauchen konnte; und zu guter Letzt seine Entschlossenheit, eine angesehene Arbeit zu finden, ein wichtiger Garant für das Fortbestehen der Liebe in einer Ehe. In der Tat ein respektabler Mann! Zu alledem führte er ein zurückgezogenes Leben, während die Klatschbasen unermüdlich Dinge erfanden als Ausgleich dafür, dass nichts geschah.

Über diese Frauen hieß es in der Stadt, dass bei ihrer Beerdigung alles, was sie anderen angetan hatten, ans Licht käme. Die

Zunge einer Klatschbase würde sich wie ein eng beschriebenes Pergament entrollen und von ihren bösen Taten künden. Im Tod würde sie sich auflehnen und aus dem Körper herausschlüpfen, um auf Karren, Wagen oder Kutschen neben dem Sarg herzufahren, je nach Umfang ihrer Lästerei und des Schadens, den sie angerichtet hatte. Sie würde so entsetzlich stinken, dass niemand sonst den Toten das Grabgeleit geben würde, nicht einmal ihre Liebsten. »Ihre Zunge wird auf einem Karren verrotten und zum Himmel stinken!«, schrien die Leute, wenn das Gerede ans Licht kam. Wenn die Klatschbasen diese Verwünschungen hörten, hielten sie sich für einige Zeit zurück, beteten Dutzende Rosenkränze ... und verfielen dann wieder ihrem Laster.

Tante Margarida war sich sicher, die richtige Entscheidung getroffen zu haben. Mit ihren einladenden Hüften konnte sie sich nicht überall in der Stadt blicken lassen, und auch ihre Brüste und Beine waren fest und straff, einfach umwerfend. Darum kam sie dem Gerede zuvor, noch bevor es begann. Bei uns diktierte der Neid die Regeln, und meine Tante stellte sie nicht in Frage. Vielleicht hatte sie tatsächlich jenes Stadium des Erwachsenseins erreicht, in dem man eine Familie gründet und nicht länger auf Ameisenjagd gehen oder Stunden mit Nichtstun verstreichen lassen kann. Nachts träumte sie oft von Kindern, während wir auf einem alten Ingabaum ruhten, in die langgezogenen, einladenden Astgabeln geschmiegt wie in eine Umarmung, den Blick auf seine schlangengleichen Früchte gerichtet. Im Morgengrauen wiegte er sich hin und her, und sein Laub raschelte unheilvoll und wisperte Geschichten, die wir einander mit leiser Stimme weitererzählten. Wir empfanden ein wohlig wärmendes Gruseln, das in der tiefsten Traumwelt der Sümpfe ebenso pulsiert wie in der Mittagsruhe braver Kinder. Der Baum roch nach Schatten und dunklen, verborgenen Dingen.

Die Sterne über uns strahlten ruhig und klar. Im August tauchte das Licht des Sonnenuntergangs alle und alles in ein zartes Orange. Dann kam das rostige Goldgelb und schien den Rest des Nachmittags zu verbrennen. Wenn die Sonne unterging, konnte man vom Baum aus das andere Ende der Welt sehen, wir konnten es sogar riechen: den Geruch von deftigen Worten, gut durchgezogenen Bemerkungen, nach Stunden aufgetischten Sätzen. Wir Kinder ergingen uns in der Zwischenzeit in wilden Spekulationen: dass die Nacht den Tag getötet hatte und dass die Farben um uns herum die Etappen seines Kampfes und Todes waren, von dem sie in allen Einzelheiten kündeten.

Tante Florinda hielt oben im Ingabaum regelrecht Hof. Sie erzählte ihre Geschichten wie ein Jahrmarktschreier: Mit dem Gelb entzündete sich der Streit zwischen Tag und Nacht, es war der Beginn des großen Kampfes; das Violett war der erste Messerstich, gefolgt vom Todesstoß; das Tiefrot das am Horizont vergossene Blut des Tages; und zuletzt das Zwielicht der Dunkelheit: Das war die Nacht, die den Leichnam des Tages fortschleppte, um ihn in den Abgrund am anderen Ende der Welt zu stoßen und endlich seinen Platz einzunehmen. Um den Tag zu töten, benutzte die Nacht einen besonderen Dolch, besetzt mit Brillanten, die sich nach der Tat zerstreuten und zu dem wurden, was wir Sterne nennen.

Der Himmel meiner Heimat ist schöner, weiter und tiefer als irgendwo sonst. Wenn die Legende vom Kampf zwischen den beiden Riesenwesen – der Nacht und dem Tag – erzählt wurde, gab auch ich immer meine eigene Version zum Besten:

»Unsere Liebe Frau bestickt den Himmel für uns, einen Stoff, der kein Ende kennt. Es ist, als gäbe es einen Himmel für jede Nacht und für jeden Ort, der uns begleitet. Unsere Liebe Frau hat uns diesen Himmel hier geschenkt. Der Tag stirbt nicht, sie deckt ihn nur zu, damit wir unter einer dicken, jahrtausendealten Decke schlafen. Durch winzige Löcher im alten Stoff dringt das Licht, damit wir nicht völlig im Finsteren sind.«

Tante Florinda lachte nur und erzählte die Geschichte bei allen Nachbarn herum, wobei sie natürlich auch ihre Antwort wiederholte:

»Unsere Liebe Frau hat etwas Besseres zu tun, als immerfort zu sticken.«

Und jedes Mal, wenn sie das sagte, wurde ich aus meinem Traum gerissen.

Wenn ich morgens erwachte, war die Zeit ausgefüllt. Der Tag verging weder zu schnell noch zu langsam, alles war neu und aufregend, allen Entdeckungen begegnete ich ungezwungen und mit großer Gelassenheit. Alles hatte gewaltige Ausmaße, vom Haus bis hin zu den Früchten. Ich glaube, mit den Jahren sehen wir nicht mehr so genau hin, riechen und ertasten weniger, die Lebensenergie schwindet, Ablenkungen und Alltagspflichten trüben nach und nach unsere Wahrnehmung. Die Weite der Kindheit, in der wir das Gewaltigste und das Kleinste erfassen, geht uns verloren.

In einem entfernten Winkel des großen Hofes, dort, wo er in den Garten überging, standen uralte Mangobäume. Wenn sie Früchte trugen, war der Boden mit Mangos übersät. Es roch nach den verschiedensten Mangosorten. In den vollen Laubkronen tummelten sich Aras und andere Vögel. Vogelpaare, die ein Leben lang zusammenblieben, einander treu bis in den Tod und darüber hinaus, turnten geschickt in den Zweigen. Die Mangobäume, die wir wegen ihrer ausladenden Formen *Bahaianerinnen* nannten, teilten die Früchte großzügig mit allen Tieren, von den großen bis hin zum Krabbelgetier – sogar mit den Kühen unseres Nachbarn Tenório. Sie streckten die Hälse durch die Zäune und lernten, sich mit jedem Muh eine Frucht zu erbetteln. Es fehlte nur noch, dass sie »bitte« oder »um der Liebe Gottes willen« sagten. Alles schwelgte im Überfluss. Wenn eine kleine, frühreife Mango vom Baum abfiel, steckten wir ein Stöckchen hinein, ans andere Ende eine größere Mango und in diese vier weitere Stöckchen, die Arme und Beine darstellen sollten.

Die verbotene Frucht war ein Apfel?

Nur weil Eva die Mango nicht kannte!

Unsere Gesichter waren bis über beide Wangen saftverschmiert, die Hände bis hinauf zu den Armen, und schon war unsere Welt eine andere.

Wir hatten köstliche Alternativen, die uns glücklich machten, brauchten keinen Luxus oder Aufregenderes als unsere kindlichen Streiche. Während die Kinder in der Großstadt mit Legosteinen spielten, hatten wir unsere Ameisen. An jedem Tag begann immer wieder alles von neuem, und das war großartig. Das Leben bedachte uns mit Zärtlichkeiten, war voller wunderbarer Erfahrungen. Nicht, dass wir nicht auch Schlimmes erlebt hätten, aber es verweilte nicht, streifte uns nur im Vorübergehen, wie der Nordwind oder die Aras, die uns nicht gehörten.

Meine beiden Tanten stammten aus einer traditionell vorwiegend weiblichen Familie. Florinda war die Einzige, die sich weigerte, die typischen Schuhe zu tragen, die die jungen Frauen von ihren Patentanten geschenkt bekamen. Von diesen Schuhen träumten alle Mädchen, sobald sie die Pubertät erreichten: Je nach Vermögen waren die Spitzen mit glitzernden echten oder falschen Schmucksteinen bestickt.

»Diese Schuhe sind dafür gemacht, vor Gott zu treten, die trägt man nicht zum Spaß oder macht sie schmutzig – man zieht sie erst zur Verlobungsfeier an«, sagte die Patentante, wenn sie ihrem Patenkind zum zwölften Geburtstag den »unbefleckten Korb« voller Geschenke überreichte: Armreifen, Samtbänder, Haarnadeln, Parfüm – Waffen für den Kampf der Verführung, die nicht vor der Zeit eingesetzt werden durften, wollte man nicht Chaos stiften.

Sobald jemand Florinda damit in den Ohren lag, sie solle endlich heiraten und einen guten Ehemann finden, gab sie vor, auf Toilette zu müssen. Dann kletterte sie auf der Flucht vor diesem verhassten Thema aus dem Fenster und an der Bougainvillea hinab, die vor ihrem Zimmer wuchs. Sie hatte den Tratsch und die Ratschläge satt, die sie während der Sonntagsmesse zu hören bekam, wollte nicht länger die haarige Hand des Priesters küssen, sich brav hinsetzen und Braten essen; sie wollte fort von hier, sehnte sich nach einer Gelegenheit, auf die Landstraße zu laufen und zu verschwinden, weit weg von hier oder wenigstens weg vom langweiligen Alltag. Die Schuhe, sagte sie, würde sie irgendwann im nächsten Jahr anziehen. Dann lief sie zur Straße, die am Friedhof vorbei zu entlegenen Höfen und an Orte führte, die für uns tabu waren.

Sie wuchs heran, wurde fünfzehn, sechzehn und ritt immer noch am liebsten aus, sprang mit dem Pferd über Hindernisse, die Haare im Wind flatternd, die festen Brüste vorgereckt und frei, so dass sie mit den Sprüngen des Pferdes auf und ab hüpften. Beim Reiten spannte sie die Oberschenkel an und lockerte sie wieder, verlagerte ihr ganzes Gewicht auf sie, rieb sich am Rückgrat des Pferdes. Sie verströmte einen Duft nach gerösteten Mandeln mit Honig und Schokolade, lag auf dem Pferd, als wäre es ihr Liebhaber und sie ein unbezähmbarer Wind. Wer sie sah, war wie berauscht. Ihr Anblick war erregend und beklemmend zugleich, er ließ einem auf unerklärliche Weise das Wasser im Munde zusammenlaufen, ohne dass man gewusst hätte, woher dieses Gefühl kam und wie man es wieder loswurde. Das Pferd wieherte, verdrehte den Hals und leckte verstohlen ihren Knöchel. Nichts hätte die Hitze derer zu dämpfen vermocht, die die beiden so sahen. Wir mussten uns in den Fluss stürzen, untertauchen, hin und her rennen und nervös lachen, um uns von diesen ungewohnten Empfindungen zu befreien. Tante Florinda gehörte zu den Jugendlichen, die sich um Mitternacht auf dem Friedhof trafen, die mit Vorliebe den Vollmond betrachteten und Ungeheuer darin zu erkennen glaubten, die mit dem fahrenden Volk durch die Welt ziehen und mit dem Zirkus durchbrennen wollten – und sie war mehr als meine Freundin, sie war meine Vertraute.

Zufallswege des Schicksals

Es war Tante Florindas siebzehnter Geburtstag. Ich selbst würde in wenigen Tagen dreizehn werden. An diesem Morgen lag eine starke Anspannung in der Luft, eine Gereiztheit, die es einem unmöglich machte, tief durchzuatmen. Die Sonne brannte heißer als sonst auf der Kopfhaut, brachte Stellen zum Jucken, die man zuvor in der kühlen Luft gar nicht wahrgenommen hatte.

In unserem Haus wagte niemand ein lautes, fröhliches »Guten Morgen!«. Die Tanten hatten hinter verschlossenen Türen mit dem Anwalt der Familie gestritten – wegen einiger Papiere aus Großvaters Hinterlassenschaft, wie ich vermutete. Unterlagen, die ich als Nesthäkchen nicht zu sehen bekam. Ich war nicht schnell genug gewachsen, hatte nicht die Größe, die ich haben sollte, meine Brust war nicht auf der Höhe meiner Tanten, ja, ich hatte nicht einmal Brüste und verdiente damit weder Respekt noch gleiche Rechte. Eine mickrige Gestalt, ein unbestimmtes Wesen, etwas, was noch nicht ist, erst noch werden muss. Je größer meine Tanten wurden und je mehr der Abstand zwischen uns wuchs, desto mehr wurde ich in die Ecke gedrängt. Auch schien es niemandem gut oder weise, mich zu lehren, die scharfe Waffe der Wörter zu gebrauchen. Die Geheimnisse der Saison konnten im Mund eines Kindes zu einer Gefahr werden, zu einer Bombe, die bei der Explosion nesselgleich brennende Wörter verspritzt.

Mir war es gleich, dass der Kaffee heute anders schmeckte. Die Rosen raunten einer Eidechse die Neuigkeiten dieses Tages zu, und die Ameisen führten Krieg gegen die geschwächten Rosen.

Eine meiner Tanten hatte einen Brief erhalten.

Florinda war rot im Gesicht und nervös. Der Streit im Wohnzimmer war über den Brief entbrannt. Ich fand später heraus, wo sie ihn versteckt hatten, und kopierte ihn auf dem alten Fotokopierer in unserem Büro. Seinen Inhalt verstand ich kaum, für mich war er wie in einer Geheimsprache geschrieben. Es waren die Galanterien eines Mannes, und er drückte sich seltsam aus – zu dieser Zeit war ich noch zu naiv, um ihn zu verstehen. Er war zusammen mit einem Blumenstrauß aus unserem Garten gekommen, einem gewagten Geburtstagsgeschenk.

Ich lief auf und ab, tat, als suchte ich nach dem schönsten Vogel, versuchte aber in Wirklichkeit nur, meine Unruhe zu beschwichtigen. Ich erinnere mich, dass wir an diesem Tag viel vorhatten, meine Tante Florinda und ich. Obwohl sie anders war als sonst, bestand sie darauf, Pater Carlos seine Blumen zu bringen. Danach wollten wir Eis essen gehen – mein liebster Zeitvertreib in jener Zeit. Darauf freute ich mich am meisten: auf das Eis und Nestor, den Eisverkäufer.

Pater Carlos war ein Mann mit unerschütterlichen Grundsätzen. Die Gemeinde und sein Pfarrbezirk, ein paar ringsum verstreute Höfe, waren mit bescheidenem Reichtum gesegnet, der dem in dieser Gegend vorkommenden Gold zu verdanken war. Er war ein hochgewachsener Mann mit sanften, aber klaren Gesichtszügen, einer lebendigen Stimme und dem unabhängigen Geist einer Autorität. Schwarze Augen ohne die Andeutung einer anderen Farbe, herabgezogene Mundwinkel und – das Erstaunlichste von allem – Füße, die selbst dem unaufmerksamsten Betrachter auffielen. Diese Füße faszinierten mich. In meiner kindlichen Phantasie stellte ich mir vor, dass er kein Boot oder Floß brauchen würde, sollte er eines Tages einen Fluss überqueren müssen – er könnte in den Schuhen übersetzen wie in einem Kanu. Sie waren groß wie Baumstämme, wie Kajaks! Wie konnte ein Mensch so große Füße haben?

Einmal, als Tante Margarida mich dabei erwischte, wie ich unablässig auf die Füße starrte, erzählte sie mir, dass Pater Carlos früher einfach nur Carlos geheißen hatte und es sein Beruf gewesen war, ein Lächeln auf die Gesichter der Leute zu zaubern: Er war Clown gewesen. Einer der größten! Der berühmte Clown Cáca. Seit ich das wusste, ging es mir nicht mehr aus dem Kopf. Eine Sehnsucht wuchs in mir, die Liebe zu einem Verstorbenen. Eine postume Liebe.

Unter seiner Soutane trug er immer noch die Clownsschuhe, und ab und zu lugten sie darunter hervor, blitzten immer wieder auf, was mich während der Messe ganz unruhig machte; es war, als ob hinter dem Pater ein Junge wäre, der immer Holzstücke vorschob, um mich abzulenken. Er ließ seine lachende Maske im Hinterraum der Kirche zurück und setzte die andere auf, die des Gottesmannes, des Glaubensarztes, der die Wunden der Seele heilt und den Kummer lindert. Er hatte die Fröhlichkeit hinter sich gelassen wie eine Hure, die sich von der Vergangenheit befreit und sie nicht einmal mehr erwähnt oder auch nur andeutet, sondern längere Röcke trägt und darauf achtet, sich anders als früher durchs Haar zu streichen. Wenn er die Kirche betrat, versteckte er sich hinter dem Glauben und gab sich ernst. Vielleicht aus Angst, wieder seinem anderen Wesenszug zu verfallen, dem Spott, den schlafenden tierischen Instinkten. Er war diszipliniert, versuchte seine Fröhlichkeit zu kontrollieren, nicht mehr wiehernd zu lachen. Er war immer ausgeglichen und gelassen, bekam nie wilde Wutausbrüche oder reagierte unangemessen. Jemand, der kein Fleisch verschlingt und der vor allem nicht dem Fleisch verfällt.

Als Pater wurde Carlos umlagert und begehrt, war einfühlsam und einsam. Er versuchte, seiner Fehler Herr zu werden, indem er die Menschen eng um sich scharte und so seine Sehnsüchte, seine Worte der Liebe und seine hingebungsvollen Beichten auf alle verteilte. Neugierig beobachtete ich seine Fähigkeit, mit sich selbst zufrieden zu sein. Er redete sich ein, es wäre zum Besten dieser Menschen, und sonnte sich in ihrer zärtlichen, ernsthaften Bewunderung. Der Pater stand in den Reihen Gottes, nahm die Macht in Anspruch, einer Seiner Männer zu sein.

Während die anderen Gläubigen um Vergebung für ihre Sünden oder Erbarmen für ihre Liebsten baten, saß ich mit meinen kleinen Sorgen und Problemen eines Backfischs aus gutem Hause auf meiner Bank und bat Gott, uns von diesem öden Vormittag zu erlösen und den alten eingeschlafenen Clown mit neuem Leben zu erfüllen. Dann hätten die endlos wiederholten Sätze, die ich damals nicht verstand, und die Aufforderungen »steht-auf-setzt-euch« ein Ende. Als Kind der Fröhlichkeit und des freien Geistes würde er dafür sorgen, dass sich die Bänder unserer Sonntagskleider lösten und wir alle, Kinder wie Erwachsene, nicht in irgendeinen angeblichen Kontakt, sondern in ein direktes Telefongespräch mit Gott traten, mit einem Gott der Freude. Seit ich seine Vergangenheit kannte, hoffte ich darauf, sooft ich ihn sah. Er hatte vergessen, nach seinem letzten Auftritt die Schuhe auszuziehen, und ich vergaß, Schminke und Kostüm des Bildes wegzulassen, das ich mir in dem Augenblick von ihm gemacht hatte, in dem meine Tante mir diese Geschichte über ihn erzählt hatte.

Nachdem wir dem Pater die Blumen vorbeigebracht hatten, gingen wir in den Eissalon, in dem es das köstlichste Eis der ganzen Stadt gab. Man betrat ihn durch eine kleine, eher unscheinbare Tür. Die Einrichtung bestand gerade einmal aus der Kühltruhe, einer Reihe großer bunter Eisbecher und zwei Tischchen. Schon seit Tagen hatte ich von Bergen von Eis geträumt. Tante Florinda erging es nicht anders; sie gestattete sich zur Feier ihres Geburtstags eine kleine Portion, und ich leistete ihr als treuer weiblicher Knappe Gesellschaft. Das Eis war wie ein Streicheln oder, noch besser, wie eine lang ersehnte Liebkosung. Es glitt durch meinen annähernd erwachsenen Körper, weckte ein angenehmes Kribbeln und ließ mich fast jeden Kummer vergessen. Von den wenigen Freuden, die ich bisher kannte, war diese die größte. Das süße Eis, das die qualvolle Hitze am Ende der Welt linderte. Nestors leckeres Eis, das einem auf der Zunge zerging, köstlicher als alles andere. Ich wollte mehr als die üblichen zwei Kugeln Schokoladeneis, die man bestellte, wenn man nicht gierig erscheinen wollte – Schokolade an sich war schon eine Ausnahme, aber ich war trotzdem nicht zufrieden. Mein Verlangen wuchs mit jedem Schlecken, und ich bat um mehr und immer mehr und führte mich zuletzt auf wie ein Kleinkind – schließlich wurde ich ja immer noch wie ein Kind behandelt –, ich brüllte, plärrte, tobte, setzte jede nur erdenkliche Waffe ein, damit man mich mit einer weiteren Portion Eis besänftigte. Ein Erpressungsversuch, über den ich zuvor Tage und Nächte nachgegrübelt hatte: wie ich an mehr als zwei, drei, vier Kugeln gelangen könnte. Der Geschmack des Eises war intensiv, cremig, milchig und knusprig. Es war mit Stückchen aus reiner Schokolade und gerösteten Cashewnüssen gespickt. Manchmal träumte ich sogar davon, den Eismann zu heiraten.

Nestor war klein gewachsen und übellaunig, immer dunkel gekleidet und schaute einen nie direkt an. Beim Gehen hob er die Füße kaum, sondern schleppte seinen bierschweren, fleischigen Körper geradezu durch die Gegend, die Stirn mit dem kalten Schweiß eines Todgeweihten bedeckt. Sein Haar war strähnig, und er sprach kaum, doch wenn er einmal ein paar Worte ausspuckte, klang er wie seine Mutter, Dona Luísa; seine Gesichtszüge waren weich, er hatte aber den verbissenen Ausdruck eines Menschen, der seine großen Sorgen weder in den frühen Morgenstunden noch vor dem Schlafengehen ablegen kann.

Ich hatte nur einen einzigen Wunsch: Ich wollte jede Geschmacksrichtung eimerweise essen, eine Badewanne mit Eis füllen und mich hineinwerfen, mit offenem Mund und nacktem Körper das Gesicht darin versenken. Ich würde mir die Füße und die Hände ablecken, notfalls sogar die Knie, würde man mir diesen Wunsch erfüllen. Der Eismann weckte in mir die größten Hoffnungen. Für mich war er bedeutender als der Bürgermeister, stärker als ein Superheld und unausweichlicher als das Schicksal. Nestor war wunderschön!

Dem Nachmittag blieben nur noch wenige Stunden, und der Tag stand kurz vor seinem Kampf gegen die Nacht. Ich widmete mich voll und ganz den beiden Eisbechern, die ich hatte ergattern können, als der Eisverkäufer bemerkte, was für ein hübsches Mädchen ich doch geworden sei. Das gefiel mir. Ich dankte es ihm mit einem breiten Lächeln. Sein Kompliment war das Sprungbrett, das mich auf Augenhöhe mit meinen Tanten katapultierte. Eine Begegnung unter Gleichen im Erwachsenenleben. Ich war in den begehrtesten Eisverkäufer der Stadt verliebt. Nun, da ich in seinen Augen kein Kind mehr war, würde ich nicht mehr so viel Eis essen können. Andererseits schien sich seine Familie nicht darum zu scheren, ob man fett war oder nicht. Ich könnte nach und nach Fett ansetzen. Es war, als würde man einen Millionär heiraten. Von nun an wäre alles schön, jeder Tag wäre ein kleiner Festtag. Plötzlich war ich dort im Eissalon zu einer jungen Frau geworden und bemühte mich, entsprechend aufzutreten.

Kurz darauf brachen wir auf. Mir war, als hätte ich die Pubertät schon hinter mir, als spürte ich das schwere, gleichmäßige Gewicht meiner Brüste, obwohl sie noch gar nicht begonnen hatten, sich zu zeigen.

Bog man von der Hauptstraße rechts ab, kam man in eine Straße, in der sich Dutzende alter Herrenhäuser aneinanderreihten, schlicht gebaut, aber mit Veranden und hohen Eingangshallen, deren Decken Wappen und Traubenbündel aus Stuck zierten. Statt einfacher Fenster hatten sie Buntglasscheiben, die mir einladend zuzwinkerten. Alle sahen sie gleich aus, waren in höchstens vier matt wirkenden Farbtönen gestrichen.

Der älteste Bewohner, der Arzt unserer Stadt, hatte diese Mode begründet. Dann hatten andere Doktor Heitor nachgeahmt, Ton für Ton, Detail für Detail, selbst die Klinken hatten alle die gleiche Farbe, die Türen die gleiche Holzmaserung, die Fensterrahmen waren im gleichen Grün gehalten, die Wände im gleichen Weiß – wie das eben so ist in einer Stadt mit kaum einem Geschäft und wenig Auswahl. Immer richtete man sich nach denen, die am meisten verkauften, imitierte die, die am meisten Einfluss hatten. Große Bäume sorgten vor den Häusern für Schatten, und der Asphalt, in den sie eingelassen waren, wurde von Steinen in allen Größen begrenzt. Schlagloch reihte sich an Schlagloch, so dass man in der Regenzeit Fische darin hätte halten können. Für mich war diese Straße ein einziger Hindernislauf. Die Löcher waren insgeheim die Herrscher der Rua Tiradentes, die ihren Namen – »Straße der Zahnzieher« – nicht länger zu Recht trug, weil sie alle ihre Zähne verloren hatte.

Eigentlich hätte sie Rua Tirados-os-dentes – »Straße der gezogenen Zähne« – heißen müssen. Ihren Ruf verdankte sie den für ihre Wohltätigkeit bekannten Bewohnern. Früher, während des goldenen Zeitalters, hatten hier Bälle und große Feste stattgefunden, und das Gold sprudelte aus der Erde wie ein Wasserquell, der die Rocksäume der Damen und die Hufeisen der langbeinigen, aus den großen Städten herbeigebrachten Pferde mit Schlamm bespritzte. Wenn die Alten von den Jahren des Überflusses und ihren Vergnügungen erzählten, lachten sie mit leuchtenden Augen. In dieser Straße stieß man noch auf Spuren der längst vergangenen Pracht: die Prunkvillen mit ihren Veranden und der kostbaren Inneneinrichtung.

Im prächtigsten und ältesten dieser Häuser war auch Doktor Heitors Hund zu finden – Alfredo. Der Hund war der engste Vertraute seines Herrchens, sie glichen einander sogar körperlich: Beide hinkten, zogen das linke Bein nach, das mit jedem Schritt krummer und schlimmer zu werden schien. Beide waren gutmütig, hatten das gleiche Lächeln und die gleiche Neigung, immer und überall einzuschlafen, sobald sie sich setzten. Doktor Heitor war der angesehenste und gefragteste Arzt der Stadt, vielleicht darum, weil er sich in seinem Beruf selten oder nie irrte – oder wegen seines Lächelns, das selbst die dunkelste Wohnung erhellte. Doktor Heitor war Arzt durch und durch.

Ich versuchte immer, ins Innere seines Hauses zu spähen, machte Stielaugen, um einen Blick auf die alten Fotos zu erhaschen, die ihn mit jeder Frau zeigten, die er je besessen hatte. Ja, der Arzt war ein notorischer Schürzenjäger, und er hatte alle seine Eroberungen fotografisch dokumentiert. Mich interessierten seine ehemals jungen Wangen, der kräftige Körper und das Gesicht, die die Mädchen dazu bewogen hatten, ihm ihre Brüste, ihr Haar und ihre Unschuld zu schenken – gegen den erbitterten Widerstand der Väter, denen die Unschuld ihrer Töchter mehr wert war als ihr Gold, oder doch zumindest genauso viel wert. Manchmal zahlte der Arzt mit dem einen für das andere, und damit war das Problem dann auch gelöst. Seine bloße Existenz hatte für viele verhängnisvolle Folgen, und Frauen führte er reihenweise ins Verderben. Er musste nicht einmal mit ihnen reden, damit sie, ohne zu zögern, vom Pfad der Tugend abwichen. Die Nähe des Arztes machte, dass sie ihre Zukunftsaussichten fortwarfen. Ihm zu entgehen oder ihm zu erliegen war eine süße Gefahr, die ihnen klarmachte, dass Gott sich auf diese Weise manifestierte: indem Er die Versuchungen den Zufallswegen des Schicksals überließ. Und auch die Männer führte Er ins Unglück, wenn ihre Frauen – oder zukünftigen Frauen – den Blick von ihnen ab- und dem Arzt zuwandten. Leicht wie der Flug einer Feder: Man sieht sie schweben und versucht, sie nicht anzupusten. Vergebens.

Sein Auftreten, sein Gesicht waren wie aus einem Fotoroman, sie verhießen Liebe, und das machte ihn fast unwiderstehlich. Es war, als stoße man zufällig auf ein Bankett, wenn man gerade den ersten Hunger verspürt. Seine ganze Erscheinung war ein Versprechen der starken Regungen, die man sich von der Leidenschaft erhofft. Niemand verstand das besser als er.

Ich reckte mich und hüpfte auf und ab, während ich gleichzeitig versuchte, mich umzusehen, damit mein geliebter Nestor, sollte er durch einen schrecklichen Zufall gerade vorbeikommen, mich nicht beim Spionieren erwischte. Im Näherkommen hörten wir ein Lied, das klang wie aus früheren Zeiten und dessen Eingangsakkorde so träge waren, dass sie nicht enden zu wollen schienen. Nach der Frauenstimme mit ihrem eine Oktave umfassenden Vibrato zu schließen, stammte es aus den zwanziger Jahren. Jeder Mensch hat seine eigene Zeit, und der Arzt lebte für immer in der Zeit seiner schönsten Jugend, seiner größten Vitalität. Geht uns das nicht allen so? Er lebte noch immer in der Zeit der Goldminen und der ungeheuren Reichtümer, er lebte im Herzen jener Jahre und vernahm ihren Pulsschlag. Das Bild, das ihm der Spiegel in seiner Eitelkeit zurückwarf, zeigte ihn noch immer jung, hübsch, mit straffer Haut und Kinderaugen – sicher gibt es einen dazu passenden psychologischen Begriff –, und er war der vermögendste Mann der Gegend, weniger wegen seines Besitzes, sondern vielmehr wegen seines Rufes. Dabei war er eiskalt, in der Lage, schmutzige Lieder zu singen, während er einen Verstorbenen aufschnitt und wieder zunähte. Mit seiner samtweichen Haut und seinem gottgleichen Beruf konnte er sich alles erlauben: Nur zum Vergnügen setzte er die Galle an die Stelle des Herzens, schnipste dem Toten ans Ohr oder steckte ihn in Frauenkleider, setzte ihm eine Perücke auf und schminkte ihn mit Lippenstift. Dann rief er Pater Carlos für die Letzte Ölung oder eine Trauung auf dem Totenbett. Den armen alten Cáca traf fast der Schlag, als er sah, dass der Verstorbene wie zu einer Hochzeit gekleidet war. Der Arzt hingegen war sich sicher, dass der Tote so viel Respekt vor ihm hatte, dass er ihn nicht heimsuchen würde. Er bezauberte jeden, selbst die, die aus dieser Welt in eine schlechtere eingegangen waren.

Die Erinnerung an die Jahre, in denen er Herzen gebrochen und gleich darauf reuevoll wieder zusammengeflickt hatte, hielt ihn jung, und so zeigte er immer noch Spuren seiner vornehmen, wenn auch falschen Schönheit. Die »Frau seines Lebens« hatte ihn schon viele Liebschaften zuvor verlassen, dass sie sich betrogen gefühlt hatte, verstand er nicht. Der Charme war für immer in seine Mundwinkel eingebrannt, darüber der spiegelnde Schädel, ein paar dünne Strähnen fielen ihm locker in die Stirn, an den Seiten leistete das dichtere Haar hartnäckig Widerstand. Wenn er ein neues Opfer ins Visier nahm, ging er auf und ab, gestikulierte wie ein junger Mann kurz vor dem Salto mortale, spreizte sein buntes Gefieder und wetzte den Schnabel, blähte sich auf wie zum Balztanz vor seiner Auserwählten. Einem Mann, für den Schönheit und Jugend Lebensinhalt gewesen waren, blieb nichts anderes übrig, als weiterzumachen wie bisher. Die Erkenntnis, dass der Glaube an jenen Gott unüberlegt gewesen war, wäre zu schmerzlich, ja sogar gefährlich gewesen, wenn man bedenkt, dass für ihn außer Schönheit und Jugend nichts im Leben jemals von Bedeutung gewesen war. Selbst sein Doktortitel, erworben an einer der besten Universitäten, und sein guter Ruf als Arzt befriedigten seine Eitelkeit nur unwesentlich.

Meine Tante lächelte geheimnisvoll und schien in Gedanken versunken, vielleicht in Erinnerung an den glühenden Brief, den sie frühmorgens bekommen hatte. Wir kamen nur langsam voran, bewegten uns wie beim Himmel-und-Hölle-Spiel mit kleinen Vogelhopsern um die Löcher herum. Direkt vor dem Haus des Arztes hatte ich einen schmalen Streifen Licht entdeckt, der durch das angelehnte Wohnzimmerfenster auf die Rua Tiradentes fiel, und die Schnauze des Hundes, die sich durch den Spalt zwängte. Langsam schlich ich näher, doch ein Baum stand meiner Neugier im Weg, und ich musste ihn umrunden, wollte ich etwas sehen. Das Haus war noch gut zwei Meter entfernt, aber ach – da war ein Vorhang, der sich mit dem Baum verbündet zu haben schien! Glücklicherweise blähte ihn gleich darauf der Wind wie ein Schiffssegel, wehte ihn nach draußen und ermunterte mich voranzugehen. Schritt um Schritt näherte ich mich dem Fenster, meine Augen waren fast da, noch ein Schritt, und das Fenster würde mir seine Geheimnisse verraten. Und gerade, als ich dachte, dass mein Blick in eine andere Epoche eintauchen würde, stolperte ich über eines der Löcher im Pflaster.

Ich wankte.

Ich schwankte …

und fing mich wieder!

Doch auf ein weiteres Loch war ich nicht gefasst, und so platschte ich wie eine überreife Jackfrucht, aus der man Fruchtsuppe macht, auf den Boden. Ich fiel in eines dieser teuflischen Löcher, das größer war als ich, das eher einem Hexenkessel glich, und musste an die Ermahnungen der Tanten denken: »Neugier kann tödlich sein«. War das die Strafe?

Über und über mit Schlamm bedeckt, setzte ich mich auf, während Tante Florinda sich vor Lachen ausschütten wollte. Völlig verdattert sah ich nach allen Seiten; ich hielt nach niemand anderem Ausschau als nach Nestor und betete, er möge nicht gerade jetzt auftauchen. Doch noch bevor mich die Scham überwältigte, kam das Blut. Es strömte mir aus der Nase wie Wasser aus einem Hydranten. Tante Florinda hörte auf zu lachen, kauerte neben mir nieder und fragte, ob es weh täte. Ich hob die Hand an die Nase, die sich rasch fleischrot färbte – ich konnte mich nicht erinnern, jemals zuvor so heftig geblutet zu haben, auch nicht, wenn ich ungeschickt gefallen war und mir die Knie aufgeschlagen hatte. Nun entdeckte ich, dass mein Inneres aus noch etwas anderem bestand als meinen Gedanken.

Als kleines Kind hatte ich ein erstaunliches Bedürfnis nach Aufmerksamkeit gehabt und wäre zu allem Möglichen bereit gewesen: mir den Arm oder die Beine zu brechen oder sogar für einige Zeit bettlägerig zu sein. Jetzt dachte ich, dass mein Wunsch nun vielleicht verspätet erfüllt wurde. Endlich würde ich umhegt werden, und alle würden erkennen, dass ich Küsse und Liebkosungen verdiente und mehr Aufmerksamkeit, als mir bisher zuteilgeworden war.

Dann berührte Tante Florinda ohne Vorwarnung meine Nase, und mich durchfuhr ein Schmerz, der mich alles Sehnen meiner Kindheit vergessen ließ. Mein Schrei zerriss die Stille des Abends, pflügte ein Loch in die Ruhe, weit größer als das Loch, das mich zu Fall gebracht hatte, und ich plärrte ohne die geringste Scham drauflos. Der Schmerz hörte nicht auf, und mein Geschrei auch nicht. Tatsächlich pochte er immer heftiger. Als ich die Augen aufschlug, fand ich mich im Wohnzimmer des Arztes wieder; er stand direkt über mir und fragte mich etwas, während ich mein Schluchzen nur unterbrach, um meine Lungen mit Luft zu füllen. Ich hörte sofort auf zu plärren, doch das Schluchzen hielt an. Dann wanderte mein Blick über die zahllosen Fotografien, die man in so kurzer Zeit unmöglich im Detail erfassen konnte, und darüber vergaß ich meinen Schmerz.

Die Augen des Arztes waren grau, und die wenigen Haare auf der hohen Stirn waren fein, wie drei ebenfalls ergraute Kameraden. Gehorsam klebten sie am Schädel, so gekämmt, dass sie den Exodus der anderen kaschierten. Die Spärlichkeit seines Haarwuchses versuchte er dadurch auszugleichen, dass er seinen Körper in Parfüm förmlich badete, er hoffte, dem Geruchssinn damit eine Fülle vorzutäuschen, die die Augen auf dem Kopf vergeblich suchten. Er war Ende sechzig, und aus der Nähe, wenn man also die Grenze überschritten hatte, die normalerweise zwei Menschen voneinander trennt, roch er streng. Der Duft der jahrelangen Gesellschaft der gewohnten Zigarette – der treuen Gefährtin in der Einsamkeit – vermischte sich mit dem Geruch nach Mottenpulver, der alten Leuten immer anhängt. Gegen das Rauchen hatte er in den letzten Jahren heftig angekämpft, doch es brachte ihm die Erinnerung an die Eltern zurück, die immer eine Zigarette zwischen den Fingern gehabt hatten. Der Zigarettenrauch war der Faden, der den Doktor mit ihnen verband. In seinen eitelsten Träumen sah er sich im Schoß seines nächsten Verführungsobjekts liegen, und auch hier war die Zigarette dabei und ließ ihn gut aussehen. Morgens, nach dem Aufstehen, hatte er, bevor er sich der beruhigenden Gewohnheit wieder hingab, einen Stift zwischen Zeige- und Mittelfinger genommen – wie zum Beweis, dass er ein kluger Arzt war. Doch die Zigarette richtete seinen gebeugten Körper in schwierigen Momenten auf. Und so hatte er es schließlich aufgegeben, dagegen anzukämpfen. Er klammerte sich an seine Komplizin und an die Zerstörung, die diese mit sich brachte, und stürzte sich wissentlich ins Verderben.

Jedenfalls trug die Vergangenheit des Arztes dazu bei, dass mein Schluchzen und meine Angst nachließen. Ich begann mit fast schon professionellem Eifer, die Beweise seines losen Lebenswandels zu studieren. Dutzende Fotos, und auf allen war der Arzt mit jeweils einer Frau zu sehen. Brünette, Blondinen, Mulattinnen und Rothaarige. Im Hintergrund: China, Paris, Manaus. Patientinnen in den verschiedensten Stadien, von gesund und munter bis fast schon dahingerafft. Auf allen Fotos umspielte ein Lächeln seine Mundwinkel, und er stand da in einer einstudierten Pose, die Hände in den Jackentaschen, mit untadelig sitzenden Hosen und einem Blick aus weit geöffneten Augen, der seine graugrüne Iris größer erscheinen ließ.

Während er mich abtastete, spürte ich ein wachsendes Kribbeln meiner Nerven, wie Wasser, das auf ausgedörrten Boden geschüttet wird. Dann ließ es nach und machte sich in einem tiefen, scharfen Schmerz in dem Teil der Nase bemerkbar, in dem ein stumpfes Messer zu stecken schien, in einem unerträglichen Pochen. Nachdem er die Wunde mit einem Wattebausch und einer bedrohlich roten Flüssigkeit gereinigt hatte, die nach Kampfer roch, klebte er eine Mullkompresse und ein Pflaster darauf. Meine Tante, aufgrund der Hitze des Tages nur leicht bekleidet, erkannte am Blick des Arztes, dass ihre Brüste sich durch den hellen, durchscheinenden Stoff des Kleides deutlich abzeichneten. Es war, als würden sie laut reden, dem armen Mann förmlich ins Gesicht springen. Ich und meine Nase waren sofort vergessen, wie ein altes Auto, kaum dass ein neues Modell vor der Tür stand. Meine Nase galt nichts mehr angesichts dieser Brüste, die man mit einer großen Hand vollkommen umschließen und mit denen man auf vielerlei Weise spielen konnte.

Direkt vor meinen Augen entstand innerhalb von Sekunden in der Hose des Arztes eine Ausbuchtung, erhob sich wie ein Zelt. Das Ding darin regte sich wie eine große Schlange, die sich aufrollt und reckt, um ein Paka zu fassen, das Ding versteifte und neigte sich meiner Tante zu. Der ein Meter fünfzig große Alte wurde von einem kühnen, ein Meter neunzig großen Geist erfüllt. Seine Mundwinkel verzogen sich zu einem Lächeln, seine Augenbrauen hoben sich. Seine Hände glitten in die Taschen und rückten das Ding mit einer energischen Geste zurecht, die ihm half, weiterhin die Aufmerksamkeit meiner Tante auf sich zu ziehen. Sein Tonfall veränderte sich, wurde samtig und tief. Während er uns zuvor aus Bequemlichkeit und Desinteresse kaum eines Wortes gewürdigt hatte, sprudelten die Worte nun in wohlformulierten Sätzen nur so aus ihm heraus, als wären wir mit einem Mal ihrer würdig, eines kleinen Beweises seiner Gelehrtheit. Begleitet von ausladenden Gesten, lachenden Augen und dem spitzen Mund, führten sie einen wahren Tanz auf.

Wie bei einer Aufführung lehnte ich mich zurück und beobachtete, was geschah. Meine Tante würde niemals zulassen, dass dieser Tausendfüßler sich in ihr Ohr hineinschmeichelte. Sein Spiel war leicht zu durchschauen, selbst für ein Kind, und ich hasste es. Doch nicht meine Tante. Sie nahm eine seltsame Haltung ein und sagte leise ein paar Worte, lächelte mit den Augen, strich leicht mit der Hand über ihren Rock, hob ihn bis über ihre Knie und ließ ihre Pfirsichhaut, ihre üppigen Schenkel sehen. Sie spielte sein hypnotisches Spiel mit, als hätte sie keine andere Wahl, ließ sich auf einen Tanz zu zweit ein und tat so, als wäre sie auf ewig sein, nahm seine Einladung an. Schlimmer noch: Sie war der Inder, der die Flöte für die arme alte Schlange spielte, die sich betört aufrichtete. Der Balztanz hatte begonnen.

Mich ärgerte ihr Blabla, die schleppende, selbstbezogene Unterhaltung, und so erinnerte ich mich an meine Nase – und sie sich an mich –, und ich plärrte wieder los. Schließlich blutete meine Nase! Das Weinen setzte im Kopf des Alten, dort, wo er seine Posen und seine Kräfte verwahrte, eine Alarmglocke in Gang. Er vergaß die Aufgeblasenheit der letzten Minuten, sackte in sich zusammen und fauchte:

»Aber, aber, glaubst du denn nicht, dass du zu klein bist für ein so großes Theater? Du musst die Schmerzen ertragen, wenigstens ein paar Stunden lang, das ist ganz normal. Deine Nase ist gebrochen.«

Das war zu viel für mich. Mit einem einfachen Satz hatte er meine Selbstachtung in der Luft zerrissen. Ich spürte einen scharfen Schmerz in meinem Herzen, und mir wurde klar: Er wusste um die Löcher da draußen und hatte nichts unternommen, er war der Teufel höchstpersönlich.

Meine Tante kam zur Besinnung:

»Sie hat sich die Nase gebrochen? Aber wie konnte das denn passieren? Sie ist so ungeschickt gefallen.«

»Genau darum, meine Liebe. Der obere Teil des Nasenrückens ist gebrochen, kommen Sie, Florzinha, dann zeige ich es Ihnen. Legen Sie Ihre zarte Hand hier drauf, dann fühlen Sie, wo der Knochen lose ist. Kommen Sie her …«

Er kannte nicht einmal ihren richtigen Namen! Er wollte ihn auch gar nicht wissen, er dachte, sie würde nicht einmal merken, dass er danebengegriffen hatte. Schließlich ging es nicht darum, sie beim richtigen Namen zu nennen. Er wandte sich meiner Tante Florinda ganz zu, wollte wieder seine Erfahrung in Liebesdingen spielen lassen, vergaß mich erneut. Allein die Erwähnung meines losen Knochens war für mich der reinste Horror, aber dass er sie auch noch aufforderte, ihn mit ihren Fingern hin und her zu schieben, als wäre ich ein Vergnügungspark, ging mir zu weit. Er bot mich an, als wäre ich ein kleines Kind und hätte gar kein Innenleben.

»Tante Florinda, ich will nach Hause. Jetzt gleich!«, verlangte ich mit der ganzen Autorität einer Kranken.

»Reg dich nicht auf, Kleines, eine gebrochene Nase ist kein Weltuntergang. Das passiert öfter, als man denkt!«

Der Mann hatte überhaupt kein Feingefühl. Ich hätte gerne mal ihn mit gebrochener, blutender Nase gesehen. Wutentbrannt marschierte ich zur Tür und legte die Hand auf die Klinke. Während der Alte noch vor sich hin maulte, spürte ich, wie sich etwas an meinen Beinen rieb. Erschrocken kniff ich die Augen zu, weil ich dachte, es wäre der Arzt. Kroch er etwa über den Boden? Er musste verrückt sein. Dann öffnete ich zitternd die Augen und sah den Hund, der das linke Bein nachzog und verstohlen lächelte. Beide, Hund wie Arzt, neigten sich dermaßen nach links, dass ich nicht verstand, wieso sie nicht das Gleichgewicht verloren. Offenbar war ich die Einzige, die es schaffte, mit zwei gesunden und gleich langen Beinen in ein Loch zu fallen und sich die Nase zu brechen.

»Alfredo! Du verdammter Hund, was hast du mich erschreckt!« In meiner Erleichterung begrüßte ich ihn so fröhlich, dass das lahme Tier sich freute.

»Er heißt nicht Alfredo, Kind! Er heißt Alfred. Ich weiß nicht, warum ihr Kinder diesen allgemein bekannten Taufnamen immer entstellen müsst.«

Der Alte war wirklich verrückt. Seit wann wurden Hunde getauft? Doktor Heitor war wieder in den harten, schneidenden, buckeligen Ton verfallen. Hatte er gerade noch hingenommen, dass meine Tante und ich gehen würden, so hatte er sich jetzt wieder gefangen, sein kühner Geist war ebenso wieder da wie das Zelt in seiner Hose. Der Hund warf sich auf den Rücken, bettelte heftig um Zärtlichkeiten, aber meine gebrochene Nase ließ mich vergessen, wie man ein lahmes Tier streichelt, das auf dem Boden liegt. Nicht einmal seinen Namen konnte ich mehr aussprechen: »Al-fred«, der Gehilfe des Teufels, das Haustier des alten Griesgrams. Ausgeschlossen. Meine Nase konnte wieder anfangen zu bluten, dazu der hämmernde Schmerz, wenn ich mich bückte, würde es noch mehr pochen. Ich wollte einfach nur weg, meine Träume heilen lassen, die der Alte hatte zerplatzen lassen – und meine Nase. Am meisten jedoch sehnte ich mich danach, die ganze Nacht von Nestor zu träumen, so tief in Nacht und Schlaf zu versinken, dass das Erwachen mühsam und ärgerlich wäre. Aber das Tier bat und bettelte immer noch, es winselte und wand sich auf dem Boden, stupste mit seiner Schnauze gegen mein linkes Bein. Gleich würde der Hund »bitte, bitte!« sagen. Der Alte hatte ihm erfolgreich die Tricks beigebracht, die die Frauen daran hindern sollten, sein Haus zu verlassen. Mehr noch, so langsam hatte ich das Gefühl, dass diese Eigenheit, nur gegen das linke Bein zu stupsen, eine Gewohnheit der beiden war. Wahrscheinlich hinkten sie deshalb auf demselben Bein.

»Komm schon, Tante Florinda, lass uns gehen, ich halte das nicht mehr aus. Ich bin am Verhungern.«

Als der Hund merkte, dass ihm nicht mehr viel Zeit blieb, versuchte er, mich zu erpressen, indem er eine drohende Miene aufsetzte, so tat, als kenne er mich nicht, und mich sogar anknurrte. Ich fuhr mit der Hand sachte über sein Ohr und streichelte ihn, um ihn zu beruhigen. Dann traten meine Tante und der ebenfalls knurrende Alte zu mir.

»Ich kann euch nach Hause bringen, es ist schon spät, und im nächtlichen Nebel lauern Gefahren.«

Dieser unheilschwangere Satz jagte mir Todesangst ein. Schon vermutete ich in den Schatten wilde Tiere und hätte schwören können, dass sich, sobald ich das Haus verließ, eines von ihnen in meine Nase verbeißen würde, weil es das frische, bloßliegende Fleisch und das tropfende Blut gewittert hatte.

»Nicht nötig«, sagte ich und bereute es gleich. Vielleicht konnten wir den Alten und seinen kühnen Geist nutzen, nur bis wir zu Hause wären; dann könnten wir reingehen und ihn und den Geist draußen stehen lassen. Allerdings war er, wenn man darüber nachdachte, wahrscheinlich das gefährlichste Tier weit und breit.

»Der Hund könnte doch mitkommen, dazu sind Hunde schließlich da. Der Hund ist schneller als Sie, er kann knurren, er kann sogar rennen, bellen und beißen. Tiere verstehen sich gut mit anderen Tieren. Sie hingegen drücken sich so kompliziert aus, und ein Rudel hätten Sie sicher nicht im Griff. Sie würden uns bloß in Schwierigkeiten bringen. Ein wildes Tier wird nicht die Geduld haben, Ihnen zuzuhören.«

Andererseits war es vielleicht doch besser, den Alten mitzunehmen: Er wäre eine leichte Beute, er würde zurückfallen, und wir könnten entkommen, während er verschlungen wurde. Ich fuhr fort:

»Sie wären eine zu leichte Beute, mit Lahmen machen wilde Tiere kurzen Prozess. Ihre Gegenwart würde sie vielleicht zum Angriff reizen. Komm, Tia ...«

Die Tante lächelte gezwungen und hüstelte, um mich zu unterbrechen und daran zu erinnern, was sich gehörte. Ich verstand und nickte.

»Entschuldigen Sie, Doktor.«

»Genau, Giza, bedank dich bei Doktor Heitor. Nein, Sie brauchen uns nicht nach Hause zu begleiten. Sie waren sehr freundlich, fast schon ritterlich. Gleich haben Sie wieder Ihre Ruhe. Uns wird nichts passieren, in dieser Stadt gibt es seit vielen Jahren keine Verrückten mehr. Danke und gute Nacht.«

Ihr gegenüber mochte er sich ritterlich verhalten haben, aber mir war er vorgekommen wie ein Raubritter. Jedes Mal, wenn sie »Doktor Heitor«, sagte, stellten sich seine Kopffedern auf.

»Sie haben schon genug für uns getan. Bitte entschuldigen Sie, dass wir Sie an Ihrem Feierabend gestört haben. Das tut mir wirklich leid.«

»Keine Ursache, Florzinha, es war mir ein Vergnügen. Aber sagen Sie doch noch rasch, was macht Ihr Garten? Ich muss unbedingt demnächst einen hübschen Strauß für eine wunderschöne junge Dame bestellen.«

Er glotzte meine Tante an wie ein toter Fisch. Wenn ich nicht schnell etwas unternahm, würden die beiden wieder von vorne anfangen. Ich öffnete die Tür, als ob es den Hund nicht gäbe. Ich fasste mir an die Nase, um mich zu vergewissern, dass der Arzt sie mir nicht gestohlen hatte, und stellte fest, dass sie auf die dreifache Größe angeschwollen war.

»Heilige Mutter Gottes, ich habe einen Ellbogen mitten im Gesicht! So ein Mist«, schrie ich wütend.

Ich rannte hinaus, die Hand immer an der Nase, um sie vor dem Alten oder seinem Hund zu schützen; mit der anderen Hand zog ich meine Tante hinter mir her, aus demselben Grund. Dieser schreckliche Alte.

»Soll ich Sie nicht doch besser begleiten, Florzinha? Es ist schon spät …«

»Bis bald, Doktor Heitor, machen Sie sich keine Sorgen. Bis bald! Gehen wir, Giza.«

Meine Tante nannte mich immer so: Giza, von Adalgiza. Die Stimme immer noch leicht erhoben und den Hintern immer noch herausgestreckt, und das alles seinetwegen, machte sie sich auf den Weg. Einen Schritt vor und einen zur Seite, sah sie den Alten über die Schulter hinweg an, während uns die Abenddämmerung verschlang. Dann stolperte sie über ein Loch und musste einsehen, wie gefährlich die alte Rua Tiradentes war, die mein Nasenbein gebrochen hatte, so dass meine Nase nun einen Knick hatte.

Als wir endlich zu Hause angekommen waren, setzten wir uns draußen hin, an den Tisch, hinter dem die Blumenbeete begannen. Die Farben der Rosen, die sich von uns bis zum Horizont erstreckten, verschönerte den Himmel. Wir brühten uns einen Hibiskustee und sogen den Duft ein, den der Engelwurz verströmte, wenn er mit den Herrschern der Nacht in Berührung trat.

Ich döste im abendlichen Nebel ein. Dort hätte ich beinahe für immer meine gebrochene Nase vergessen können, hätte sie sich nicht wieder an mich erinnert.

Die Blumentochter

Ich wuchs heran, aber nicht so, wie das andere tun. Mit sechzehn sah ich fast genauso aus wie mit zwölf; gewachsen waren nur meine Neugier und meine Sehnsucht. Wenn ich die Körper meiner Tanten betrachtete, wünschte ich mir, so zu sein wie sie. Zentimeter um Zentimeter wollte ich wachsen, damit mein Körper so unwiderstehlich wurde wie die ihren.

Florinda und Margarida waren Vollweiber, Frauen der Sünde und der Wunder, die Lust machten, sie mit Augen und Händen zu genießen, die Begierden weckten, die zwischen den Körperteilen hin und her sprangen wie Popcorn. Diese Frauen waren nichts für schwache Nerven. Bei ihrem bloßen Anblick lief einem das Wasser im Munde zusammen, sie waren in jeder Haltung schön. Durch und durch weibliche Körper mit genau umrissenen Konturen, sanften Rundungen, über die der Wind ungehindert dahinstrich.

Ganz anders mein Körper. Er war ins Hintertreffen geraten, träge, mickrig und verzagt. Ein Halm, den der kleinste Windhauch hin und her bog. Eine Ansammlung von Knochen, ein Häuflein Nichts, mageres Fleisch. Mein Mut war fast versiegt, mein Knochenmark vertrocknet, nur im Kopf waren ein paar Ideen lebendig. Meine Brüste glichen unreifen kleinen Zitronen, sie hatten nicht genug Substanz, um hervorzustehen, und meine Hüften waren schmal und hässlich wie meine Beine, die an zwei Mandiokastöcke erinnerten. Meine Arme taugten zu nichts anderem als zum Schreiben, wäre ich gestürzt, hätten sie mich kaum aufgefangen. Mein Haar war schütter wie das von Doktor Heitor, es wuchs dünn und lächerlich und ging mir aus. Es taugte nicht, um eine kleine Spange festzuhalten, wie Babys sie trugen, es reichte nicht einmal für Haarklammern oder Läuse. Das Einzige, wozu es taugte, war, den Abfluss zu verstopfen.

Würde mich die Kindheit nie freigeben, würde ich nie eine Frau werden? Eine Frau mit einem vollen Körper und einer Macht, die jeden Mann, der ihr begegnete, hilflos machte, eine Königin? An mir würden die Männer vorübergehen, ohne mich jemals wahrzunehmen – außer wenn ich zu irgendetwas gut war, wie eine Verkäuferin oder eine Krankenschwester. Und selbst das war ungewiss, denn stünde neben mir eine Krankenschwester mit einladenden Brüsten, mehr so der mütterliche Typ, so würden sie sich an sie wenden, und ich wäre wieder nur Beiwerk. Mein Fleisch war dürftig, verglichen mit meinem inneren Wesen. Das hingegen war, einsam und sich selbst überlassen, ins Unermessliche gewachsen, war riesig und hungrig.

Tante Margarida hatte den blassesten Teint von uns dreien und große, mandelförmige Augen, die ebenso karamellbraun waren wie die Augen ihres Großvaters, den ich Urgroßvater nannte. Sie war eine verhaltene Schönheit. Als sie geboren wurde, hörte mein Großvater, Crispiniano Rosa, meine Großmutter Ana sagen, dieses Kind sei Crispinianos Vater Adamastro wie aus dem Gesicht geschnitten.

»Dieser gottverdammte Gauner! Er ist aus dem Grab gestiegen, um meiner Frau ein Kind zu machen! Nicht einmal jetzt ist mein Vater ein für alle Mal von uns gegangen!« So schrie Crispiniano hemmungslos seine Empörung über diese unfassbare, unleugbare Ähnlichkeit heraus. Auch wenn es noch so unmöglich war: Diese Tochter war ein Kind seines Vaters.

»Verschwinde, du Schweinehund, du stinkendes Stück Fleisch! Wag dich nie wieder hervor! Ich werde dich ein zweites Mal in die Hölle schicken, damit ich sicher sein kann, dass du nie wieder zurückkommst, du Schuft!«

Dies war der erste Ausbruch ihres Vaters, den Margarida zu hören bekam. Vielleicht lachte sie deshalb, wann immer Großvater schrie und vor Wut fast verging. Aber nur ihr Lachen wurde von ihm geduldet. Wenn Florinda die Stimme ihres Vaters donnern hörte wie beim Jüngsten Gericht, kauerte sie sich zusammen und schlang die Arme um sich.

Unzählige Male lauschte ich, auf dem Boden sitzend, den Geschichten, die sie von diesem Mann erzählten. Manchmal musste ich weinen, ich konnte einfach nicht anders – unmöglich, keine Sehnsucht nach jemandem zu haben, der mich, wenn er noch lebte, zweifellos eine geduldigere Sicht der Dinge gelehrt hätte. Denn trotz seines wilden Gebarens und seines breiten Brustkorbs, in dem die Kraft seiner tiefen Stimme hauste, war er zugleich ein sanfter Mensch und großzügig, immer liebevoll und zärtlich gegenüber seinen zahlreichen Frauen und bettelarmen Freunden. Er starb an einem Freitag, nachdem er vom Tod eines langjährigen Freundes erfahren hatte. Wahrscheinlich ging er mit ihm, um ihm Gesellschaft zu leisten, und im Gehen nahm er die Lebensfreude von Großmutter Ana und wenige Monate später sie selbst mit sich.

Ob ich ein Kind von Großvater war? Wer weiß. Aber wie? Waren die, die ich Tanten nannte, meine Schwestern? Vielleicht war ich weder ein Kind meines Großvaters, noch hatte ich eine Mutter gehabt. Im Laufe der Jahre kam ich zu dem Schluss, dass ich wohl niemandes Tochter war – ich war die Frucht der Liebe dieser Familie, war aus einer gemeinschaftlichen Schwangerschaft geboren. Ich war ins Leben gekommen wie eine Pflanze, vom Wind herbeigeweht. Meine Tanten erzählten mir nichts, und ich hätte niemals gefragt. Ich hatte Angst, mein Körper entstammte nicht dieser Familie und würde tatsächlich niemals erwachsen werden, niemals ihre Formen annehmen. So behielt ich meine Fragen für mich, um weiterhin meine Hoffnung hegen zu können, die Tochter von irgendjemandem zu sein. Eine Blumentochter.

Sie liebt mich, sie liebt mich nicht

Endlich war der langersehnte Tag von Tante Margaridas Hochzeit gekommen. Ich trug mein Trägerkleid, das mit dem orangeroten Herz und grünen Spitzen. Ich bereitete mich auf die Feier vor, indem ich wunderbare Sätze empfindsamer Dichter auswendig lernte, ein Versuch, mein nicht vorhandenes Aussehen auszugleichen. Niemand in meinem Umfeld besaß ein Arsenal an Wörtern wie ich. Wir waren in dieser traurigen Stadt begraben, fern jeder Raffinesse, und ich erfand in meinen Tagträumen Männer und Frauen, deren Abenteuer mich viel mehr interessierten als festliche Kleider und Hüte. Trotzdem dachte ich: Niemand, der nicht selbst aus Licht besteht, strahlt im Dunklen hell genug, um wahrgenommen zu werden.

Tante Margarida strahlte wie die Sonne, sie hatte sich Jahre auf diese Hochzeit vorbereitet. Sie war eine Königin in ihrem weißen Kleid mit der langen Schleppe aus reiner Seide, durchsetzt mit französischer Spitze. Es war ein Geschenk ihrer Patin und kam aus einer der großen Städte. Mit ihrem kräftigen, leicht gewellten schwarzen Haar und ihrem ausladenden Körper konnte es einem fast leidtun, dass sie nur einem Mann gehören sollte. Ihr Körper war der einer Bienenkönigin, für alle Soldaten gemacht, für den gesamten Schwarm. Ein Körper, dazu geschaffen, sich allen hinzugeben und im Dienste aller zu stehen, Leben zu retten und Leben zu schenken. Ihre hellen, sehnsüchtigen Augen streiften alles und jeden, von den feinen Herren auf dem Platz bis hin zu den Spatzen, die in den Winkeln der Sakristei hockten.

Als sie die Kirche betrat, verstummte die wartende Gemeinde einige endlose Sekunden lang, dann brachen die Männer in tosenden Beifall aus. Der Applaus der Frauen kam später und klang etwas säuerlich. An diesem Tag hörte niemand den Pfarrer auch nur ein einziges Mal sagen, dass in der Kirche nicht geklatscht wird.

Pater Carlos bedachte uns mit langen, gedrechselten Sätzen; es schien, als wolle er die Zeremonie hinauszögern, um die Schönheit vor seinen Augen so lange wie möglich genießen zu können. Die Kirche wirkte vollkommen: Von der Decke hingen weiße Rosen in schön geflochtenen Zweigen, die bis auf den Boden reichten; Orchideen lagen in den Gängen, und Kamelien schmückten das Haar meiner Tante von der Stirn bis hinter die Ohren.

Die Musik, vom Bräutigam ausgesucht, war reichlich geschmacklos. Margaridas Zukünftiger war weder wortgewandt noch elegant. Insgeheim nannte ich ihn »die Grille«, denn manchmal zirpte er wie eine, manchmal lärmte er. Überhaupt war er ein wenig widerwärtig, ein wenig grob, ein wenig nichtsnutzig.

Wir saßen im linken Eck der kleinen Kirche, die am oberen Ende einer gewundenen Straße lag, ein schneeweißes Kirchlein, das auf dem Leib der Stadt thronte wie ihr Haupt.

Es war eine unvergessliche Hochzeit.

Pater Carlos hatte sich über die Liebe kundig gemacht und sprach von ihr ohne Angst, sich zu verirren oder von ihr betören zu lassen. Er lobte Tante Margaridas Klugheit und Willensstärke. Auch Tante Florinda war glücklich und strahlte wie die Braut, fast als wäre es ihre Hochzeit.

Alle schienen die Feier zu genießen. Die Damen bewunderten gegenseitig ihre Hüte, die Mädchen ihre Kleider – und sogen die leuchtende, leicht verschämte Glückseligkeit ein, die die Braut verströmte. Sie alle, ob verheiratet oder ledig, fühlten sich leicht, froh darüber, dass eine Frau vom Format meiner Tante endlich in festen Händen war. Die Männer bewunderten sie und schienen sich auch nicht weiter daran zu stören, dass sie nun vergeben war.

Nur ein Mann empfand das anders als die anderen. Mit knallenden Stiefeln, die ungepflegt waren wie er, betrat er die Kirche, Alkohol aus jeder Pore schwitzend. Er blieb mit dem Fuß an einer der alten rohen Kirchenbänke hängen und nahm wankend darin Platz. Sein Gesicht war zu einer nervösen Grimasse verkrampft, eine Prise Streitlust lag darin, eine aufkommende Verzweiflung, nur von einem kleinen Rest Vernunft gebändigt. Starr vor Ablehnung und voller Hass auf Gott saß er da. Sein staunender Blick ruhte auf Tante Margarida, und er wandte ihn nur kurz ab, als Unruhe unter den Anwesenden entstand und Laute zu hören waren wie von einer Henne, wenn der Sperber sich ihren Küken nähert.

Alle Anwesenden sehnten das Ende der Trauung herbei, blickten zwischen dem Störenfried und der Braut hin und her, die im Schutze ihres makellos weißen Kleides ungerührt der Gefahr trotzte. Bei der geringsten Bewegung, die er machte, beim leisesten Stöhnen, das er von sich gab, stießen die Gäste kleine spitze Schreie aus, die Gesichter gerötet in Erwartung des drohenden Skandals.

Die Spannung schien sich endlos zu dehnen, dann sagte meine Tante »Ja«, und der Mann schleuderte ein dröhnendes »Nein!« in den Raum und stürzte nach vorn, fluchend und stinkend, zusammenhanglose Worte ausspeiend, fiel auf den schönen alten Fliesenboden der Kirche. Er wand sich, hustete und schrie, als wollte er aus seinem trauernden, alkoholseligen Körper fahren. Man hätte meinen können, er befände sich nicht auf Margaridas Hochzeit, sondern bei ihrer Beerdigung.

»Das kannst du nicht tun! Denkst du denn gar nicht an deine armen Verehrer? An die Herzen der Träumer? Margarida, hast du denn gar kein Mitleid mit mir? Du bist die grausamste Frau, die diese Stadt je hervorgebracht hat, die herzloseste und kälteste, die unschuldigste und süßeste!«

Er stand auf und stürzte wieder, schluchzte und krümmte sich, hämmerte weinend mit den Fäusten auf den Kirchenboden.

»Du tarnst dich als Kolibri und bist doch die gefährlichste aller Schwarzen Witwen, lügst und betrügst. Du bist der Grund all meines Kummers. Wie kannst du nur? Gott hatte mir mit dieser Liebe einen Rest Leben geschenkt, und nun wird er mir erbarmungslos geraubt. Ich muss mit dir schlafen, Margarida, ich muss, ich muss …«, rief er mit anklagend erhobenem, wenn auch unsicher schwankendem Zeigefinger.

Der Kerl hatte offenbar die Flasche geleert, die den gesamten Wahnsinn der Welt enthielt. Nun hieß er genussvoll die Verzweiflung willkommen wie ein Ertrinkender, der sich nach einem letzten fehlgeschlagenen Griff zur rettenden Liane schließlich dem Fluss überlässt. Der Mann tobte wie ein Berserker.

Ein ungeordneter Haufen von Männern, zwanzig, dreißig, stürzte sich auf ihn, packte ihn an Armen und Beinen und zog ihn hinaus, während er meine Tante weiterhin unablässig anstarrte.

Margarida knetete ihr Kleid und zerbiss ihre Unterlippe. Ihr Gesicht war bleich. Sie wirkte wie ausgestopft.

Der Mann verbreitete einen Gestank nach ungewaschener

Kleidung, Schweiß und den üblen Gefühlen, in denen er vor sich hin rottete, der sich erst verflüchtigte, als er nach endlosen Minuten der Höllenqual von den Männern nach draußen gezerrt worden war.

Als der Spuk vorbei war, kehrten die Augen der Anwesenden zur Schönheit meiner Tante zurück. Trotz des Schocks stand sie stolz und duftend da. Das Leben verpasst einem unzählige Ohrfeigen, nach den Liebkosungen muss man suchen, und für diesen armen Mann und mich lagen sie unter Demütigungen und Strapazen verborgen.

Die Feier ging weiter.

Meine Tanten tanzten, und die Männer umringten sie, während sie wohl davon träumten, die wohlgeformten Brüste zu drücken, die sich unter den enganliegenden Kleidern abzeichneten und förmlich nach Befreiung schrien. Um die Phantasie der Glotzenden zu beflügeln und ein wenig zu befriedigen, verschlang Tante Florinda ein Karamellbällchen mit einer Gier, die an andere Genüsse denken ließ, und wäre fast daran erstickt. Ich betrachtete die Verzierungen an den Kleidern der Frauen und die Decke des Saals, die bleich und vergessen wirkte im Vergleich zu den Geschichten aus dem Leben Christi, mit denen die Samtvorhänge bestickt waren. Und ich betrachtete mich, dachte an mich. Niemand außer mir tat das.

Die Hitze umspannte mich wie ein Muskel und schien aus mir das wenige Wasser herauszupressen, das mir ein bisschen Form verlieh. Der Raum war so voller Leute, dass die Luft stand. Die kleinen Fenster und die Menschen, die sich davor drängten, ließen nicht die leiseste Brise herein.

Zum Abschied bekam jeder einen Blumenstrauß überreicht, ein Geschenk des Hauses. Die Blumen würden die Wohnungen der Gäste schmücken, und die Vertrautheit, die sie verströmten, würde in einigen unglücklichen Ehen neue Sehnsüchte wecken und dafür sorgen, dass sie die frisch Getrauten mit guten Wünschen für ihre Liebe bedachten, ihnen eine gute, gesunde Ehe wünschten, soweit das in der Macht der Blumen lag und den Plänen der Braut, des Paares, entsprach.

Das Fest war zu Ende.

In diesem Jahr war der Sommer ungewöhnlich wolkenreich und der Winter mild – das Wasser floss in Strömen, pflügte die Erde und schuf neue Wege. Wegen des Regens, der innerhalb einer halben Stunde alles niederwalzte und durchweichte, konnte ich nicht im Gras liegen. Ich war erschöpft. Wie die gesamte Natur war ich bereit, ein ordentliches Bad zu nehmen und mich dann erneut dem Tag zu stellen. Ich machte mich fertig für den Nachmittagskaffee, zu dem es wie an jedem Montag Orangenkuchen geben würde, gespickt mit Süßholzstücken, mit einer Kruste aus Zimtpulver überzogen und zu guter Letzt mit einer Soße aus Orangensaft und Rosenwasser begossen. Auf Wunsch der Tanten wurde der Kaffee durch ein Tuch geseiht und der Tisch hinter dem Haus ins Freie gestellt. Obwohl der Donner rumpelte wie ein verdorbener Magen, war Odézia, unsere Hausangestellte und Herstellerin wunderbarer Köstlichkeiten, mutig genug, diese Warnung zu ignorieren. Zu dem Tisch gehörten acht majestätische schmiedeeiserne Art-déco-Stühle mit gepolsterten Sitzflächen, die Großmutter vor vielen Jahren auf einer Reise erstanden hatte. Der Tischschmuck bestand aus einer weißen Vase mit einem Strauß aus roten und weißen Fleißigen Lieschen und prachtvollen lila- und rosafarbenen Nelken.

Wenn ich nach getaner Arbeit an diesem Tisch saß, hatten die Rosen und ich meist schon den Sonnenuntergang über den Hügeln verfolgt. Auf unserer Seite des Horizonts gab es die schönsten Sonnenuntergänge, die ich jemals gesehen habe, vielschichtige und dramatische Sonnenuntergänge, die aus der Tiefe der Rosensträucher heraus den Abschied des Tages besangen. Ein glanzvolles Schauspiel, ein Choral aller Menschen, die ein Geheimnis verkündeten. Es war der Gesang meiner unbekannten Mutter, die über meinen langen Schlaf wachen würde, oder die Vertonung der Gedichte, die ich las. Ich sah ihn mir immer an, ging in ihm auf, erhaben in meiner Winzigkeit. Sein Anblick war einzigartig und auch, wie seine Farben sich auf meinem Gesicht widerspiegelten. Ich betrachtete ihn wie in Trance, einer Sonnenblume gleich, ohne ein anderes Verlangen, als diesen Moment der Ewigkeit zu erleben. Ich verbrachte viele ausgedehnte Augenblicke dort, still, ein Tier, in Sonne gekleidet.

Der Ball der falschen Wahrheiten

Und so fing alles an: Ich trat aufs Gaspedal, betätigte die Kupplung, und der Wagen sprang an, Leerlauf, erster Gang, zweiter, der dritte, der vierte, dann ließ ich dem Auto freien Lauf. Der Käfer, der uns als Lieferwagen diente, hatte in weniger als zehn Minuten die Stadt durchquert. Zehn Minuten voller Menschen, Autos, umherstreunender Straßenköter und in den Himmel ragender Baumkronen. Das war unsere Stadt. Und dann war da noch auf einem anderen Hügel ein kleines, abgelegenes Viertel, in das ich nie einen Fuß gesetzt hatte. Wahrscheinlich niemand aus meiner Stadt. An diesem Ort waren die Prunkwinden zu Hause, Damas-da-Noite – Herrinnen der Nacht – genannt, schöne Blumen mit großen Blütenblättern, die einen schweren, süßen Duft verströmten. Von den durch und durch konservativen Leuten bekam man zu hören, dieser Ort sei der hässliche Wurmfortsatz unserer Stadt, abgeschnitten und auf die Straße geworfen.

Wir hatten beide Geburtstag, ich und unsere Stadt. Sie wurde hundertfünfzig Jahre alt und ich achtzehn. Es war eines dieser Feste geplant, bei denen die Stadt zu neuem Leben erwachte, obwohl sie sonst, ebenso wie wir, in Langeweile ertrank – aber

Hoffnung und Beharrlichkeit sterben bekanntlich zuletzt. Monate vergingen in erwartungsvoller Vorbereitung.

Der Mensch hungert nach Erfahrungen und allem, was sie mit sich bringen: Zuneigung und Ablehnung, Flirts und tiefe Empfindungen, Triebe – irgendetwas. Den Fliegen beim Summen zuzuhören ist kein ausreichender Grund, am Leben zu sein. Gefühle müssen regelmäßig geschult werden.

Unsere Stadt war ausgezehrt wie wir, kannte keine Festessen und keine Leidenschaften, wirkte seit Jahren wie tot. Ihre Hormone köchelten auf Sparflamme, während sie in Bösartigkeit, Tratsch und wilden Gerüchten versank. In den letzten zwei Jahren hatten wir nicht mehr erlebt als ein paar Beerdigungen von unbedeutenden Leuten und belanglose Skandale. Dass der Geburtstag der Stadt mit meinem zusammenfiel, stimmte mich ein wenig traurig. Ich hätte mir gewünscht, mit ein paar – nicht vorhandenen – Schulfreunden, meinen Tanten, den Gärtnern, ein paar weißen Rosen und dem Engelwurz zu feiern, dessen Geruch ich so sehr liebte, dazu mit meiner weit entfernt lebenden Patin, meinen Mädchenschuhen, eine Nacht voller phantastischer Schatten, mehr nicht – aber es sollte »mein« Geburtstag sein, an dem sich alles um mich drehte.

Meine achtzehn Jahre den hundertfünfzig der Stadt entgegenzusetzen war unmöglich und wurde uns beiden nicht gerecht. Die hundertfünfzig Jahre der Stadt waren gewaltig, meine achtzehn ebenfalls. Aber im Verhältnis zu der Größe der verdammten Stadt war ich nichts weiter als eine Fußnote in ihrer Geschichte. Damals konnte ich noch nicht wissen, dass ich viel später, als ich meine Geschichte erfahren hatte, ihr Zentrum sein würde, ihre Katastrophe und die Verkörperung ihrer Leidenschaft. Wir zwei würden so oft miteinander in einem Atemzug genannt, als ob die eine ohne die andere nicht von Bedeutung sei. Ich dachte nach; ich dachte viel. Ich versuchte, großzügig der Stadt gegenüber zu sein, mich ihr ein wenig zu schenken, ihr, die mir nie etwas anderes gegeben hatte als die wohlbekannten Pfade.

Also tauschte ich mein Alter gegen das Alter aller ein und tat so, als gäbe ich das Fest. So würde ich es besser akzeptieren können. Im Grunde hatte ich mich, was mein Alter anging, nie besser gefühlt. Achtzehn ist die Zahl der Freiheit, und anstatt mich zu erschrecken, empfand ich sie als wohlgesinnt. Es kam mir vor, als durchbreche ich eine Wand, die mich aufgehalten und an der entlang ich mich verwirrt durch eine Kindheit getastet hatte, die keine Kindheit mehr war – ziellos zwischen Unschuld und Erwachsensein hin und her irrend. Achtzehn zu werden bedeutete, dass jetzt der Spaß losging. Die Vorstellung, dass ich etwas Neues erleben würde, stimmte mich froh. Der Weg in die Freiheit verhieß eine Reise durch endlose Ebenen, über unvorstellbar hohe Berge und weckte meine Abenteuerlust. Ich spürte einen gewaltigen Hunger in meiner Seele. Genau wie die Stadt brauchte ich neue Erfahrungen, sonst würde sich mein Körper in ungelebten Träumen zusammenkrümmen und innerlich verschleißen, zerfressen werden wie die Blütenblätter von den Ameisen. Ich wollte alles erleben und so viel in mich hineinschlingen, wie ich konnte.

Es fehlten noch zwei Tage bis zum Fest – und keine Nacht, denn vor lauter Aufregung konnte ich kaum schlafen. Tagsüber fühlte ich mich wie wundgescheuert. Nachts schwebte ich durch meine Ideen, mein Kopf murrte und brachte mich durcheinander. Ich begehrte gegen mein Schicksal auf. Ich haderte mit meinem Leben. Der schlimmste Kleingeist ist vielleicht der, der vor seinem Glück steht und es nicht erkennt. Und ich fürchtete, mein Glück zu missachten oder, schlimmer, zum Glück nicht zu taugen.

Dann war der Tag endlich da. Zwei kleine Blumensträuße

und ein Paar schlichte Schuhe aus Glas – ein Geschenk meiner Patin. Sie waren sehr hübsch und standen schon lange für diesen Tag bereit. Ein verregneter Nachmittag, Tee und überschwängliche Küsse auf die Wangen von unserem Dienstmädchen. Kein Geschenk von den Tanten, nur ein leichtes Streicheln über das Haar und ein kühles »Herzlichen Glückwunsch«. Ich war bereit, aber nicht besonders gut gekleidet: Ich hatte vergessen, mir altersgemäße Kleidung zuzulegen, und so ging ich zum Ball, als würde ich dort auf einen Schlag erwachsen. Noch empfand ich die achtzehn Jahre nicht, sie würden mir verliehen werden, sobald ich den Ballsaal betrat. Sie und die Kraft der Verführung, die ihnen innewohnte, die Jugend auf dem frischen Gesicht. Ich trug mein Trägerkleid, dessen Rock, kurz und weit wie ein Kinderrock, eine Spanne über dem Knie endete, was mir eine gewisse Anmut verlieh, einen verheißungsvoll wiegenden Gang, er schwang um mein Hinterteil und begleitete jeden meiner Schritte wie bei einem Ballett. Beim Gedanken an all die Menschen auf dem Fest zitterte und zagte ich. Wer wusste, dass ich Geburtstag hatte, und wer nicht? Würde man mich am Ende vergessen? Oder würden die Leute mich in Gesellschaft endlich wahrnehmen?

Schließlich packten mich die Tanten, ungeduldig über meine Trödelei, am Arm. Margarida und die Grille gingen mit Riesenschritten vorneweg. Dieser Teil der Stadt war sehr eigen, gerade einen Tag zuvor war ich in diesen Straßen spazieren gegangen: vorbei an dem Pfarrhaus mit dem Festsaal, der Hauptkirche und dem Weg, der zum Friedhof führte. Bei Nacht, vor allem bei abnehmendem Mond und Neumond, lag alles in kohlschwarzer Finsternis. Ich hielt immer Ausschau nach dem Mond, bevor ich mich in diese Gegend wagte. Vor der Hauptkirche lag ein winziger Platz, gerade groß genug für einen einzigen Baum, einen Lapacho, der so alt war wie der Platz und trotzdem immer noch eine dichtbelaubte Krone und ganze Trauben glockenförmiger Blüten aufwies. Schwefeltyrannen, Drosseln und manchmal sogar Krallenäffchen brachten Bewegung in das leuchtende Rot. Am Stamm des Baumes lehnte ein Liebespaar, so dicht beieinander wie die verschiedenen Rottöne der Blüten, und ließ den Lapacho Zeuge ihrer Zärtlichkeiten werden. Einen endlosen Augenblick lang wünschte ich mir, genau dieser Baum zu sein. Mühelos würde ich still und schwer stehen, zwei Liebenden Halt geben, würde ihre köstliche Liebe einatmen und die Luft mit meinen Seufzern füllen, wäre voller Geschichten. Dann fiel mir das Fest wieder ein, und ich ging gedankenverloren weiter.

Für die Musik würde ein berühmtes Kammerorchester sorgen, das aus der Hauptstadt angereist war. Die Musiker hatten schon vor ihrer Ankunft viel Aufsehen erregt, es wurde mehr über ihre Attraktivität geredet als über ihr musikalisches Können. Frauen hören Musik vor allem mit den Augen. Für das Essen sorgte eine in der Hauptstadt und Umgebung höchst begehrte Köchin. Auch sie hatte im Vorfeld erhitzte Diskussionen ausgelöst, der Aufregung nach zu schließen, versprach dieses Fest großartig zu werden. Ich versuchte, nicht zu viel zu erwarten, wenn ich auch ein klein wenig nervös war, da ich ja das Gefühl hatte, es sei auch mein Fest. Wer weiß – vielleicht hatten die Tanten eine Überraschung für mich vorbereitet? Ein Geburtstagsständchen, dargebracht vom Orchester, oder irgendeine andere Würdigung. Angst und Sehnen gingen bei mir Hand in Hand.

Vor dem Gemeindesaal wurde mir klar, dass selbst auf der Treppe das Fest bereits im Gange war. Verwirrt stieg ich die Stufen hinauf, den Blick nur so weit erhoben, wie mein Stolz es zuließ, flankiert von Tante Margarida und Tante Florinda. Zum x-ten Mal zupfte ich mein Haar zurecht und fragte, ob die dezente Schminke rund um meine Augen nicht verschmiert und mein Kleid in Ordnung sei.

Es war merkwürdig, wie ich mein Alter spürte: Von einem Augenblick zum nächsten fühlte ich mich erwachsener. Ich zögerte auf dem Weg nach oben, denn hinter den Türen zum Festsaal wartete mein neuer Lebensabschnitt; fast wäre ich stehen geblieben, weil ich so etwas wie eine Verwandlung erwartete, ich erwog zurückzukehren und sah mich um, und da verstand ich, dass ich meine Unbeschwertheit verloren hatte, dass es schon zu spät war. Langsam ging ich weiter, durch die Menge hindurch, vielleicht wirklich in dem Glauben, dass dies mein Fest sei. Ich setzte einen Fuß vor den anderen und betrat den gutgefüllten Saal – plötzlich lag über allem eine bedeutungsvolle Schwere. Von den Flügeltüren aus sah ich Paare, die sich in der Mitte schneckenhausförmig zum Klang des Orchesters drehten. Tänzer und bestickte Stoffe, ihr Glanz und ihre Federn. Alle amüsierten sich sichtlich. Ich verfolgte das Geschehen interessiert, auch wenn ich misstrauisch dachte, achtzehn zu sein sei vielleicht doch nicht anders als sechzehn und würde mir nichts Neues bringen als noch mehr vergangene Zeit, die sich schwer auf meine Lider legte. Doch da entdeckte ich etwas Aufregendes: Ich sah Tante Florinda in vertraulichem Gespräch mit einem hochgewachsenen Mann mit honigfarbenem Haar und gefährlich lebendigen Augen. Er musterte mich mit spöttisch heruntergezogenen Mundwinkeln und sagte etwas zu meiner Tante, die sich daraufhin zu mir umdrehte. Dann kam er auf mich zu. Mir war, als müsse ich sterben, und ich wollte wieder zurück in die Arme meiner Kindheit. Er kam noch ein Stück näher; ich lief weg, bevor er bei mir war, und floh auf die Toilette, wo ich meine Schläfen benetzte, durchatmete und den Mut fasste, wieder zurückzukehren. Etwa zehn Minuten konnte ich den Mann nirgendwo entdecken. Ich nahm ein Glas Champagner und setzte mich an unseren Tisch, eine Erwachsene, trank in großen Schlucken und spürte, wie er jeden Winkel meiner Mundhöhle ausfüllte. Ich fand den Alkohol ein bisschen zu stark, aber die Bläschen waren sehr verführerisch und brachten mein Urteilsvermögen rasch ins Wanken. Als ich die Augen wieder öffnete, stand er vor mir, der Mann, der mit Tante Florinda gesprochen hatte. Wieder hatte ich das Gefühl, dass mein Körper sich ohne mein Zutun auflöste, wie bei einer Ohnmacht. Und das Gefühl wich nicht, mein Blick verdunkelte sich für einen Moment, der mir wie eine Ewigkeit erschien – Schweiß sammelte sich in kleinen Perlen auf meiner Oberlippe und durchtränkte mein Kleid. Ich senkte den Blick, wollte nicht wahrhaben, was mit mir geschah, und auch meine Ohren ließen mich im Stich und verstanden nicht, was der Mann zu mir sagte, sie hörten nur die Verwirrung meines Körpers. Als ich auf den Gedanken kam, den Mann anzusehen, hatte er sich bereits vorgestellt und nannte mich »Kleine«; erst jetzt konnte ich ihn deutlich verstehen. Er forderte mich zum Tanzen auf, und gegen meinen Willen erhob sich mein Körper und ging mit ihm, als könnte er tanzen und hätte es schon viele Male im Leben getan.

Meine Hüften hatten bisher nie eine Rolle gespielt, ich entdeckte sie zum ersten Mal. Ich spürte, dass sie nicht auseinanderbrechen würden, wenn ich sie hin und her wiegte; um mich dem Mann anzupassen, musste ich sie bewegen, das gehört beim Tanzen nun einmal dazu. Aber sie waren steif, ließen meine Beine ungelenk und schwerfällig erscheinen. Das Kleid, das ich vor vielen Jahren ein einziges Mal getragen hatte, war zu kurz und eng, um mich darin gut bewegen zu können. Ich hielt den Atem an, vergaß, dass ich Luft brauchte, und als es mir wieder einfiel, schnappte ich hastig danach, und meine Atmung setzte wieder ein. Aber ich tanzte! Meine Füße gaben sich mächtig Mühe und folgten den seinen, bis das Stück zu Ende war. Musste mir das ausgerechnet mit diesem hochgewachsenen Mann passieren, dessen Füße sich so geübt und elegant bewegten? Ich erfuhr, dass er Tito hieß und seinen Urlaub hier verbrachte. Wenn er in der Stadt war, wohnte er gewöhnlich bei seiner Großmutter. Er sorgte für Aufregung unter den Mädchen und den reiferen Frauen wie ein Fuchs im Hühnerstall. Tito kannte Tante Florinda noch aus der Grundschulzeit. Ich mochte ihn, vielleicht weil er mein wahres Alter erkannt hatte und es ihm zusagte. Die Art, wie er mich »Kleine« nannte, hatte einen zärtlichen Unterton, ein Hauch Romantik schwang darin mit. Tante Florinda bemerkte uns und beobachtete mich, die ich zum ersten Mal tanzte, von unserem Tisch aus. Sicherlich hatte sie Tito vorhin, als sie mit ihm getuschelt hatte, um ihrer Freundschaft willen gebeten, mit der Nichte einen Geburtstagswalzer zu tanzen. Das musste es sein: Bestimmt tanzte er auf ihren Wunsch mit mir.

In meiner Verwirrung kam ich kurz aus dem Takt, war aber stolz darauf, bis zum Ende des Liedes durchzuhalten. Mir war, als wären Tito und ich die besten Tänzer im Saal. Wir plauderten, und er erzählte von seinem Leben in der großen Stadt; dann erkundigte er sich nach mir, und ich wagte tatsächlich, ihm zu antworten.

Bald war es vorbei, die Zeit fliegt, wenn wir versuchen, sie festzuhalten. Er dankte mir und brachte mich an den Tisch zu Tante Florinda zurück, küsste mir die Hand und sagte, er wolle etwas zu trinken holen gehen. Nach einer Weile hielt ich nach ihm Ausschau. Ich hatte ein seltsames Gefühl in der Magengrube; es pochte darin, als hätte sie ein eigenes kleines Herz, von dem ich bislang nichts geahnt hatte. Im Saal entdeckte ich ihn nicht.

Tante Margarida und ihr stolzer Gockel tanzten mehr als alle anderen, sie waren ein gutgelauntes Paar, belebten das ganze Fest. Was natürlich nicht an ihm lag, sondern an ihr. Die beiden waren eines dieser Paare, bei denen der eine durch den anderen attraktiver wird und keiner versteht, warum sie eigentlich zusammen sind, ein Paar, bei dem sie der Plural war. Er hatte durch diese Heirat viel gewonnen, sie durch ihren Status als Ehefrau: Die bloße Tatsache, dass sie verheiratet war und deshalb respektiert wurde, verlieh meiner Tante Reife und Selbstbewusstsein, die Freiheit, sich an Orten blicken zu lassen, an die sie sich früher kaum gewagt hatte, wie zum Beispiel in den Tanzsaal. Es schien sie nicht zu ängstigen, dass sie ihm allein gehörte. Margarida wirkte nicht verschüchtert, im Gegenteil, ihr gefiel die Vorstellung, so jung schon in festen Händen zu sein. Sie hatte ihre Träume von anderen Männern ad acta gelegt und setzte all ihre Erwartungen in ihn. Es genügte ihr völlig, mit ihrem Ehemann Erfahrungen zu sammeln. Ich war so damit beschäftigt, Tante Margarida zuzusehen, dass ich nicht bemerkte, dass Tante Florinda nicht mehr neben mir saß. Im Saal fand ich sie nirgends, und weil ich nicht allein sein wollte, sah ich mich überall auf dem Fest nach ihr um.

Ich hatte die Suche schon fast aufgegeben, als mir der hintere Teil des Hauses einfiel, wo wir als Kinder oft in den dunklen Winkeln Verstecken gespielt hatten. Also machte ich mich dorthin auf den Weg. Langsam tastete ich mich voran, spähte selbst in die entlegensten Ecken. Da sah ich im Dunkeln zwei Köpfe dicht beieinander, verbunden durch ihre rastlosen, gierigen Münder. Ich weiß nicht, warum gerade sie meine Aufmerksamkeit erregten, vielleicht durch ihre Hemmungslosigkeit, die für unsere Stadt ganz und gar untypisch war. Sie kamen mir nicht bekannt vor, und es war zu dunkel, um zu sehen, wer es war, also schlich ich immer näher, bis sich eine der beiden Silhouetten in der Dunkelheit als – Tito entpuppte. Mich traf fast der Schlag. Ich weinte leise in mich hinein, heimliche, enttäuschte Tränen, die alle meine schönen Bilder welken ließen, als ich auch Tante Florinda erkannte.

Seidenorigami

Wie ich in mein Bett gelangte? Und weshalb ich mit einer blutenden Wunde am Bein erwachte, die einen Fleck auf meinem Bettlaken hinterließ? Ich erinnere mich an kaum etwas, nur daran, dass ich davonrannte, so schnell mich meine Beine trugen. Verraten und blind vor Zorn.

Ich stand auf und wusch die Wunde und das Laken aus. Ich hatte nicht den Mut, mir selbst gegenüberzutreten, meiner Erinnerung und meinen achtzehn Jahren, die nun Wirklichkeit geworden waren und mir einiges enthüllt hatten; vor allem aber wollte ich meiner Tante nicht begegnen. Die Enttäuschung nagte an mir. Ich fürchtete, dass dieser Tag vielleicht nie vorübergehen würde, der Tag der Aufdeckung der Lügen, dass er sich in irgendeinen Winkel verkriechen und mich immer wieder heimsuchen würde wie ein furchteinflößendes Gespenst. Mit den Jahren verstand ich dann, dass sich an einem solchen Tag ein Gefühl an einem Ort ballt, der außerhalb unserer Zeit liegt, jenseits der Kuppel, die sich über unseren Köpfen wölbt, das, wenn es wie feiner Staub herbeigeweht wird, alles vergiftet – alles bedeckender Hass.

»Guten Morgen, Giza.«

»Tag.«

»Hast du gut geschlafen?«

»Hm.«

»Ich habe mir Sorgen um dich gemacht, wir haben gar nicht mitbekommen, dass du gegangen bist. Warum hast du dich denn nicht verabschiedet?«

Tante Florindas Stimme war leise, aber kräftig. Spöttisch.

»Mir sind die Hände taub geworden, nachdem ich einen Cocktail getrunken hatte, eine Leite de onça mit zu viel Alkohol, und zuvor schon einen Champagner, also dachte ich, ich gehe besser ins Bett, damit ich heute früh rauskomme.«

»Verstehe.«

Meine Tante las in irgendeiner Zeitschrift und aß ein Stück Kuchen dabei. Sie sah mir nicht in die Augen, während sie versuchte, mir Antworten zu entlocken, womit sie mir erzählte, was ich genauso leicht an ihren Augen hätte ablesen können.

Ich vergewisserte mich, dass sich niemand in der Nähe des Frühstückstischs befand.

»Und Tito?«, fragte ich.

»Was ist mit ihm?«, fragte sie, streckte sich und lehnte sich zurück, als wäre nichts geschehen, ohne aber den Blick von der Zeitschrift zu nehmen.

»Ist er auch bald gegangen?«

Sie führte ungerührt die Hand mit dem Kuchen zum Mund und ließ nicht von der Zeitschrift ab. Aber als ich meine Frage zu Tito wiederholte, tat sie überrascht und wechselte das Thema:

»Hast du Doktor Heitor gesehen? Er saß auf den Stufen des Saals und hatte seinen Hund Alfred dabei! Sie haben ganz einträchtig miteinander Stöckchen holen gespielt, ein hübsches Paar.«

Das sollte witzig klingen, so als ob der Hund den Arzt ebenfalls apportieren ließe. Es war ein Witz, den ich sonst immer machte und den Tante Florinda sich nun borgte.

»Hast du Tito gesehen?«, beharrte ich.

Sie sah auf und tief in mich hinein, weit tiefer als in meine Augen, direkt in meinen Kopf, wo die Bilder herumgeisterten, fest entschlossen, sie ein für alle Mal dort herauszureißen. Ihr Blick ließ nicht locker, bohrte sich tief in mein Selbst und meinen Mut, um mich daran zu erinnern, wer sie war und wer ich nicht war.

»Nein, Giza, ich habe ihn nicht gesehen. Und du?«

»Ja, aber nur kurz. Er hat ganz hinten in einer dunklen Ecke eines Raums eine Frau geküsst.«

»Ach ja, ich weiß …« Sie nahm die Zeitschrift wieder auf. »Und was hast du dort gemacht? Hast du ihm nachspioniert?«, fragte sie kühl.

»Nein, ich wollte frische Luft schnappen, mal nachsehen, wie es hinter dem Saal aussieht, ich war dort nicht mehr gewesen, seit ich ein kleines Kind war, und außerdem habe ich dich gesucht.«

Sie saß reglos da, starrte immer noch in die Zeitschrift, und die Zeitschrift starrte zurück. Sie hatte sich so vollkommen unter Kontrolle, dass es mir Angst machte.

In diesem Augenblick wurde mir klar, dass es Seiten an ihr gab, die ich nicht kannte. Ich hatte Angst vor dem, zu dem sie fähig war, vor dem, was ich in ihr geweckt hatte. Schlimmer noch: Ich hatte Angst, dass meine Tante mir nicht mehr mit der Offenheit der wahren Freundin begegnen würde. Erst jetzt, da ich erwachsen war, konnte ich das Verborgene erahnen, und nun wusste ich nicht mehr, wer sie war, eigentlich hatte ich es nie gewusst. Ich hatte meine geliebte Tante verloren, und übrig geblieben waren eine undurchsichtige Frau und ein Rest von mir selbst. Wenn sie nicht diejenige war, für die ich sie gehalten hatte, dann war auch ich eine andere.

Ich erwähnte die Geschichte nicht mehr, aber unsere Vertrautheit ging verloren. Ich schob all das weit von mir weg, doch manchmal holte es mich ein, erinnerte ich mich mit unterdrücktem Zorn daran, dass sie mich verraten hatte, nicht, weil sie Tito meinen Augen geraubt hatte – dem einzigen Teil meines Körpers, der ihn je besessen hatte –, sondern weil wir uns nicht länger nahe waren, weil alles eine große Lüge schien. Es war, als hätte mein Leben erst in diesem Augenblick begonnen. Ich war eine Fremde, und sie noch mehr. Mit meinen achtzehn Jahren war ich neu geboren worden.

Ich stand vom Kaffeetisch auf und machte mich an meine Arbeit: Die Rosen mussten ausgeliefert und die Ameisen getötet werden, die Begonien mussten gedüngt werden, ich musste mich um das Schneiden der Blumen kümmern und alles organisieren. Da entdeckte ich in dem Korb, den wir für das Material zum Binden der Blumen verwendeten, einen zerknüllten, feuchten Zettel, der aussah, als habe ihn jemand hastig dort entsorgt. Darauf stand in geschwungener Schrift:

Du bist wirklich das großartigste Prachtweib, dem ich je einen Besuch abgestattet habe. Ich bin wie betäubt, meine Sinne gehorchen mir nicht mehr. Dein Duft hängt allem an: der Heiligenfigur zu Hause, dem Papayabaum und seinen Früchten.

Die Erde, die Deine Farbe hat, ruft mich zu sich, als ob Dein Körper sie wäre, jeder sanft gerundete Hügel am Horizont ist Dein ... Schade, dass die Pflicht ruft. Es tut mir leid, dass sie wieder über uns bestimmt, aber alles im Leben hat seine Grenzen.

»Du bist das großartigste Prachtweib, dem ich je einen Besuch abgestattet habe«? Was war das denn? Wer hatte es geschrieben? Wo besucht? In unserem Haus? Wann? Ich hatte einen Verdacht. So viele Fragen, die scheinbar ins Nichts liefen: dieser Brief ohne Absender, die Geschichte vom Vortag, die offen, ungelöst geblieben war, überall Anfänge und nirgendwo ein Ende. Ich war von Rätseln umgeben und begann, allem und jedem zu misstrauen. Die Worte waren sicher nicht für jemanden außerhalb unseres Hauses bestimmt, sie standen nicht auf einer der Grußkarten, die wir mit den Blumen auslieferten, und der Zettel war in einem Korb gelandet, wo ihn möglichst niemand finden sollte. Selbst unsere Haushälterin Odézia war verdächtig. Ihre ehemals barocken Brüste waren durchaus noch dazu angetan, Blut in Wallung zu bringen. Warum auch nicht? Außerdem lachte sie oft und gern, war trotz ihres Alters noch unverheiratet und sicher nicht glücklich darüber, hatte keine Angehörigen in der Nähe, kurz: Sie war zu haben. Aber dann dachte ich an ihre Schamhaftigkeit und Schlichtheit und verstand, dass der Brief nichts mit ihr zu tun haben konnte. Mein erster Verdacht war falsch gewesen.

Ich ließ mit meinen Verdächtigungen von ihr ab und landete, ohne es zu wollen, bei Tante Florinda. Meine Gedanken folgten dem naheliegenden Weg.

»Tia, weißt du, wer diesen Brief geschrieben hat und für wen er ist?«

»Was für ein Brief?«

»Dieser hier!«

Tante Florinda streckte die Hand nach dem Zettel aus und betrachtete ihn aufmerksam, aber sie bereute es sogleich und bedachte mich mit einem Blick, den ich nie zuvor gesehen hatte.

»Ich habe nicht die leiseste Ahnung und glaube, du solltest dich nicht in diese Angelegenheit einmischen. Unsere Arbeit verpflichtet uns zu Diskretion, und dieser Brief geht dich nichts an, einverstanden?«

Wie bitte? Meine Tante gab nicht zu, dass der Brief an sie gerichtet war? Sie tat so, als wäre es eine der Grußkarten unserer Kunden?

»Wir dürfen die Geheimnisse dieser Stadt nicht kennen oder uns zumindest nicht an sie erinnern, das gehört sich nicht.«

Ich musste schlucken, als ich ihren Tonfall hörte, mit dem sie mich aufs Neue aus ihrer Nähe verbannte. Mich beschäftigte noch immer der Vorfall vom Abend zuvor – und jetzt das. Wieder musste ich an ihr Gesicht denken, eng an Titos schönes Gesicht gepresst, und daran, wie sich mein Magen zusammengezogen hatte. Ich war mir sicher, dass das Liebesgestammel an sie gerichtet war, nicht an Odézia. Die war ein armes Ding, sie hätte den Brief gar nicht verstanden, hätte sich nie mit jemandem geschrieben, der sich so ausdrückte. »Meine Sinne gehorchen mir nicht mehr«, »Dein Duft hängt allem an«, »Die Erde, die Deine Farbe hat«? Himmel! Damals verstand nicht einmal ich alles, was zwischen den Zeilen zu lesen war, aber ich spürte, dass ein Zauber in ihnen lag.

Meine Tante riss mir den Brief aus den Händen, ging in die Küche und warf ihn dort in den Mülleimer. Mein Blick folgte ihr. Später holte ich den Brief wieder aus dem Müll und nahm ihn an mich, versuchte ihn zwischen Zeitungsblättern zu trocknen und versteckte ihn dann in einer kleinen Truhe – zusammen mit anderen, die ich irgendwann einmal aufgehoben hatte, weil ich sie schön fand oder sie meine Neugier geweckt hatten.

Ich versuchte, die Glaubwürdigkeit meiner Tante wiederzufinden, die Werte, die sie mir mit Großvaters Bestimmtheit vermittelt hatte, aber sie entzog sich diesem Versuch schlangengleich.

Zwei Bougainvilleen liefen kreuz und quer über unsere Hauswand, sie waren gepflanzt worden, um meine Tanten zu erfreuen. Jede hatte ihre eigene Farbe, und sie waren so angebracht, dass sie, ineinandergeflochten, die Schlafzimmerfenster umrahmten. Wenn sie blühten, überzogen ihre vollen Blütenkelche das ganze Haus mit einem Muster aus roten und orangefarbenen Punkten, die einem vor Augen zu einer Farbe verschwammen. Sie muteten an wie dichtgedrängte Papierblumen, wie ineinanderfließende Origamifiguren aus Seide.

Die Risse in meiner Erwachsenenwelt führten mir vor Augen, was ich nie hatte sehen wollen: dass meine Tanten mir nie viel Aufmerksamkeit geschenkt hatten. Sie brachten mir nicht mehr entgegen als Höflichkeiten. Keine verschwitzten, innigen Küsse, keine langen Umarmungen. Zu viel zu reden oder vor ihnen zu weinen galt als Zeichen von Schwäche, von Unbeherrschtheit, aber zwischen ihnen gab es all das, hinter den Kulissen waren sie durchaus zu diesen menschlichen Regungen fähig.

Ein Schmerz zerriss meine Brust, wie ich ihn nicht einmal verspürt hatte, als mein Busen spross. Ich hätte nie gedacht, dass ein Erlebnis – abgesehen natürlich vom Tod – so starke körperliche Schmerzen bereiten könne. Ich hatte geglaubt, jedem Schmerz gewachsen zu sein, stärker zu sein als er, ihn notfalls beherrschen zu können, aber nun verstand ich, dass dies der grausamste Schmerz war, den ich je erleiden würde. Er war unbeherrschbar, entriss meinem Denken die Kontrolle, erschütterte mich von Grund auf. Auf meinen Schultern lag eine Last. War dies das Wesen des Erwachsenseins? Dass man sich mit der verlorenen Kindheit und tausend Fragen in einem hässlichen Sarg wiederfand? Enttäuschung ist wirklich die Gefährtin des Teufels, und das umso mehr, wenn sich herausstellt, dass er jahrelang unerkannt in einem mit Güte und Freundschaft bestickten Kleid an unserer Seite weilte. Ich war in einem Haus groß geworden, in dem ich mich geliebt und geschätzt fühlte, und nun stürzte alles ein. Ich kaute an mir herum und fand doch, nachdem ich alle Nägel abgekaut hatte, keinen Geschmack an mir, nur den Geschmack nach Galle tief in meinem Gaumen.

Konnte man zu jemandem gehören, wenn man niemandem angehörte?

Mit dem Zorn kam in den folgenden Nächten die Schlaflosigkeit, die meine Augen rot werden ließ. So kam es, dass ich jemanden leise die Bougainvillea erklimmen hörte, die sich zu den Schlafzimmerfenstern emporrankte. Ein kalter Schauer überkam mich, kroch unerlaubt meinen Rücken hinauf. Ein Dieb? Ein Geist? Vor Angst gelähmt, dachte ich mit weit aufgerissenen Augen, dass es auch ein größeres Tier sein könnte, das da die Zweige hinaufkroch. Was wäre schlimmer? Mein keuchender Atem dröhnte mir in den Ohren, und ich betete zu Gott, es möge ein Einbrecher sein. Ich hatte schon lange nicht mehr mit Gott gesprochen, aber wie der verlorene Sohn, der sich nur in der Not an den Vater wendet, dachte ich, Er werde es schon verstehen. Ich bat darum, dass es ein Mensch sein möge, denn selbst mit dem unmenschlichsten Menschen konnte man reden – noch dazu in meiner eigenen Sprache –, selbst jemand, der schon Bekanntschaft mit dem Tod gemacht hatte, hätte Ohren. Ein Tier spricht nicht unsere Sprache, und wenn es das täte, wäre es dreimal schlimmer als ein Geist. Man stelle sich ein sprechendes Tier vor! Ich glaube, ich hätte einen Geist vorgezogen, denn der war vor dem Tod wenigstens ein Mensch gewesen.

Immer näher kamen die Tritte, immer deutlicher waren sie zu hören – aber wie ein Tropengewitter waren sie so schnell vorbei, wie sie gekommen waren. Von einem Augenblick auf den nächsten.

Wo der Karneval lebt

Nach und nach packte mich die Neugier, wohin die Landstraße wohl führen mochte, was jenseits des Gartens lag und wie ich selbst wohl außerhalb des Rosengartens wäre.

»Tia Margarida, weißt du, wohin diese Straße führt?«

»Überallhin, Adalgiza. Sie schlägt eine Brücke zwischen Norden und Süden, Westen und Osten und hat kein Ende. Ganz Lateinamerika wird durch sie verbunden, und dann verzweigt sie sich bis nach Mittel- und Nordamerika. Auf ihr kann man sämtliche Winkel dieses Kontinents erkunden, natürlich nur, wenn man die Zeit dazu hat.«

Zeit, die mir davonlief! Dabei wollte ich sie doch nutzen und ihr nachlaufen, etwas Vernünftiges mit ihr anstellen, etwas, was mich fröhlich stimmte, ich wollte aus meinem starren Dasein erlöst werden. Ich sehnte mich nach einer anderen Vegetation, nach neuen Gerüchen und einer anderen Sprache, nach neuen Maßstäben. Ich wollte Freunde finden und mir die Absätze auf neuen Wegen ablaufen.

»Warum fragst du? Das hat dich bis jetzt doch nicht interessiert.«

»Ich weiß auch nicht, ich habe das Gefühl, mit den Jahren ist in mir ein Hunger auf Unbekanntes gewachsen. Ich habe Lust auf neue Geschmacksrichtungen. Etwas in mir sagt, dass es die Welt da draußen wirklich gibt.«

»Ich weiß, es ist ganz normal, dass man irgendwann wissen will, was jenseits des Tellerrands passiert, jenseits der eigenen Vorstellungen, aber manchmal sind unsere eigenen Vorstellungen besser als die der anderen. Glaubst du nicht, du könntest dir diese Welt auch hier erschaffen?«

»Bis vor kurzem habe ich das geglaubt. Jetzt vermisse ich vieles, das ich nie erlebt habe, und ich habe das Gefühl, dass ich es hier nicht finde, dass ich es suchen muss.«

»Schade, dass du neuerdings solche ausgefallenen Wünsche hast.«

»Mal sehen, vielleicht ist meine Unruhe nicht von Dauer. Vielleicht ist sie morgen schon vergangen, vielleicht ruft aber auch die Welt nach mir.«

»Du solltest unsere Stadt erkunden, immer bist du nur hier im Garten, beschneidest die Rosen und erledigst die Bestellungen. Wag dich ein wenig in die Umgebung der Stadt hinaus, aber sei auf der Hut und komme um Gottes willen nicht dieser verrufenen Vila Morena zu nahe. Du wirst schon sehen, ein kleiner Ausflug wird dir guttun.«

Meine Tante empfahl mir, mich zu vergnügen, damit ich die große weite Welt vergaß, und machte mich zugleich auf den Schandfleck unserer Stadt aufmerksam? Eigenartig.

Ganz in unserer Nähe gab es diese skandalumwitterte Gegend. Streng abgeschirmt von unseren sauberen Straßen lag ein heruntergekommenes, zweifelhaftes Viertel, von dem niemand in unserer Stadt zugegeben hätte, dass es zu ihr gehörte, die Heimat der Damas-da-Noite. Vila Morena war ein legendärer Ort, der alles vereinte, was den Menschen unserer netten grünen, anständigen Stadt zuwider war. Seit jeher hatte ich Schauergeschichten gehört, die sich dort zugetragen haben sollten. Es war, als lebte in jenem Viertel am Stadtrand ein fremdes, für uns unerreichbares Volk.

Einmal hatte mir jemand die Geschichte von Aníbal und seinem Zechkumpanen Domingos erzählt. Beide waren am selben Tag in Vila Morena geboren und als Freunde in inniger Verbundenheit aufgewachsen. Sie hatten auf einer gemeinsamen Hochzeit zwei Schwestern geheiratet, und ihre Lieblingsbeschäftigung war es, Trauergesellschaften aufzumuntern, weil sie es nicht ertrugen, die Trauernden beim Leichenschmaus weinend beisammensitzen zu sehen. In ihren Augen war der Tod wie eine Geburtstagsfeier oder einfach nur die Verabschiedung eines Freundes. Wo immer sie Traurigkeit vorfanden, fühlten sie sich von ihr herausgefordert. Sie taten alles, um die traurigen Mienen der Witwen und Hinterbliebenen aufzuhellen, und sorgten für legendäre Trauerfeiern: Sie erzählten peinliche Anekdoten über den Verstorbenen, gaben doppeldeutige Witze und Lieder zum Besten, begleitet von einem Gitarristen, den sie zur Aufmunterung der Lebenden angeheuert hatten. Dem armen Toten wurde zwar so nie die angemessene Aufmerksamkeit zuteil, aber der Leichenschmaus wurde zur Bar, zur Tanzveranstaltung und zur – letzten – Trinkrunde für den Verstorbenen. Dank dieser beiden waren die Trauerfeiern in Vila Morena weithin berühmt.

Domingos war so hellhäutig, dass er fast durchsichtig schien, man hätte meinen können, wenn man ihn drückte oder kniff, strömte Milch aus seinen Poren. Sein Freund Aníbal hingegen war schwarz wie Vinyl, und würde man ihn kneifen, würde Erdöl heraussprudeln, das nachtschwarze Blut unseres Planeten.

In dem alten Auto, das sie sich teilten, saß immer der schwarze Aníbal am Steuer; auf dem Beifahrersitz der weiße Domingos, der zwar keine Ahnung hatte, aber Aníbal mit Vorliebe Ratschläge erteilte. Das ertrug der Fahrer nicht, er gab Widerworte, und schon hatten die beiden den schönsten Streit. Sie bedachten einander mit den wüstesten Beschimpfungen, während das Auto dahinschlich wie einer dieser kurbelgetriebenen Oldtimer, so langsam, dass selbst die Hühner Zeit hatten davonzuflattern. Jeder beleidigte die Mutter des anderen mit so abscheulichen Ausdrücken, dass jemand, der sie nicht kannte, annehmen musste, sie würden jeden Augenblick die Messer zücken und sich gegenseitig umbringen. Es wird erzählt, einmal habe ein klappriger Traktor sie überholt, und daraufhin habe Domingos geschrien:

»Oh, du gottverdammter, dämlicher Idiot, du Sonntagsfahrer, du dummer Hund, du hast ja Angst vor deinem eigenen Schwanz! Nun fahr schon zu!«

»Du bist hier der Idiot! Und ein Feigling noch dazu, du fährst ja nicht mal selbst, machst dich mit deinem platten, eingeschlafenen Arsch auf dem Beifahrersitz breit, denkst, du könntest deine Freunde herumkommandieren, du Idiot, du hast nicht mal einen Schwanz.«

»Hör zu, du Sohn einer fetten Hure. Uns hat gerade ein Traktor überholt, weißt du, wie schnell ein Traktor fährt, du Nichtsnutz? Tu doch was, Blödmann! Das Ding fährt zwanzig Stundenkilometer, und das machst du nur, um mich zu blamieren, und ich ertrage es nicht, dass die ganze Stadt uns dabei zusieht. Du tausendfacher Idiot!«

»Der Idiot bist du, der-Idiot-bist-du! Und zwar zweitausendfach, zweitausendfach!«

»Du wurdest nicht geboren, dich haben sie ausgerotzt!«

»Und dich hat deine Mutter ausgefurzt, und du stinkst bis heute. Du beschwerst dich, du fettärschiger Schwätzer? Dann fahr du doch, das will ich mal sehen, ob du dich traust! Du quatschst und quatschst, kommandierst immer bloß rum. Aber fahren tust du nicht, glaubst du etwa, ich bin dein Chauffeur, Stinker?«

Aníbal sprang aus dem Wagen und trampelte auf seinem Hut herum, dann warf er Domingos die Schlüssel in den Schoß, aber der schaute nur dumm drein, denn er konnte ja gar nicht Auto fahren. Aníbal stapfte die Straße entlang, bis Domingos hinter ihm herkam und sich entschuldigte. Das geschah andauernd, und wenn die Stadt Aníbal neben dem Auto auf seinem Hut herumtrampeln und dann wütend über den Asphalt davonlaufen sah, lachten alle und wussten, was los war. Die Säufer der Stadt sagten: »Ach, Domingos rupft mal wieder den armen Aníbal«, und später dann: »Da geht Aníbal und gibt es Domingos.«

Manche schlossen Wetten ab, wie lange der Krach wohl andauerte und mit welchen Worten die beiden sich bei der Versöhnung gegenseitig entschuldigen würden.

Und kurz darauf ging es wieder von vorne los.

»Dreißig! Dreißigtausendfacher Idiot!«

»Hunderttausendfacher Idiot! Zweihundert-, vierhunderttausendfacher Idiooot!«

Mit der Zeit entdeckten sie immer höhere Zahlen, und der Wettstreit zwischen ihnen trieb immer absurdere Blüten. Milliarde, Billion, Trillion, Quadrillion und so weiter.

Aber nicht nur sie, auch andere Einwohner der Vila waren für ihr amüsantes, ungewöhnliches Benehmen bekannt. Ihre Geschichten gaben uns, was die Stadt uns nicht geben konnte: Vila Morena bot Vergnügen und Abwechslung, und wer den Ort kannte und seine Prüderie überwand, gestand, dass diese Herrin der Nacht Sehnsucht in einem weckte.

Und so fuhr ich eines Tages hin, entschlossen, allem zu widerstehen, was ich als Kind gelernt hatte, und mein Glück in Abenteuern zu finden, die ich anderswo nicht gefunden hatte. Als Alibi für die Spießer hatte ich einen Strauß roter Blumen dabei. Ich stieg in den Käfer und machte mich auf den Weg ins größte Abenteuer meines Lebens: ins Verbotene.

Als wir die Stadtgrenze auf dem einzigen Weg hinter uns ließen, den ich kannte, stieß ich einen Schrei aus, und der Käfer tat einen Ruck, wie um sich aus einer langen Gefangenschaft zu befreien, als würde auch er seine Ängste abschütteln, als schrie und feierte er auf seine Weise. Er kam mir vor wie ein Freund, oder war ich doch ganz allein unterwegs? Vielleicht war an beidem etwas dran.

Wir fuhren eine lange, schmale Straße aus roter Erde entlang, gesäumt von niedrigem Gestrüpp aus verkrüppelten Baumstämmen, die mit kräftigen, behaarten, sandpapierrauen Blättern bedeckt waren. Dazwischen wuchsen staubbedeckte Blumen – dunkelrot, dunkelgelb, kirschrot –, kleine Avocadobäume voller Früchte und schwindelerregend hohe Kastanienbäume. Kastanienbäume haben mich schon immer gleichermaßen fasziniert wie geängstigt: Die Früchte prasselten hart und schwer wie Gewehrkugeln aus vierzig Meter Höhe herab, trafen unvorsichtige Tiere oder Menschen, die unter den Bäumen entlanggingen oder die Kastanien auflasen. Immer fand sich unter den Bäumen mindestens ein von Kastanien erschlagenes kleines Tier.

Die Straße wand und krümmte sich, und plötzlich lag die Brücke vor uns, die unsere Stadt und das Viertel verband, und schon von weitem ließ sich das Gewirr der Dächer ausmachen. Die Brücke wirkte morsch, sie bestand aus achtlos zusammengeschusterten Holzbalken, die aussahen, als wären sie nie ausgetauscht worden, und war so schmal, dass sie jeweils nur ein Auto passieren konnte. Als wir sie überquerten, ächzte sie auf. Unter ihr strömte ein kleiner, gewundener Bach dahin, sprang ungehindert über Steine.

In Vila Morena angekommen, parkte ich den Käfer im Schatten eines Caryocarbaums und machte mich vorsichtig auf den Weg in den Ort: den Wurmfortsatz der Stadt, nur wenige Kilometer vom Zentrum entfernt. Die bunten, lustigen, unnachahmlich geschmacklosen Häuser reizten mich zum Lachen, ich fand sie urkomisch. Es kam mir vor, als wären sie absichtlich nachlässig gebaut, zum Vergnügen des Betrachters – schiefe Wände und grelle Farben, die sich jeglichem Gefühl für Anstand widersetzten. Leuchtend Blau, Grellorange, Pink, Limettengrün, Blutrot, Schwarz, Kaugummirosa. Wo nahmen sie bloß diese Farben her? Stumpfe Farben, Pastelltöne, Beige oder Weiß waren augenblicklich vergessen. Auf Anhieb gefielen mir das Verschwenderische, die achtlos hochgezogenen Wände, die schiefen Fenster, das Fehlen von Zäunen zwischen den Grundstücken. Frauen und Mädchen, die schwatzend und die Trägheit des Nachmittags vertreibend vor den Häusern saßen, während sie Eistee aus zwischen ihre Beine geklemmten Flaschenkürbissen tranken. Ich verstand, dass sie weder Scham noch Scheu kannten; und mir kam für einen Augenblick der Gedanke, dass hier Scham und Scheu vielleicht gar nicht existierten.

In der Ortsmitte stand eine aus abwechselnd leuchtend grün und leuchtend gelb gestrichenen Brettern errichtete Bar. Sie war für den Karneval gebaut worden und schien für immer in ihm verhaftet, zeitlos. Als ich auf sie zuging, rief mir ein Betrunkener in scherzendem Tonfall zu:

»Sag den Stadtleuten, sie können ganz beruhigt sein, die Banditen sind alle hier. Sie können die Türen unverschlossen lassen und die jungen Mädchen unbewacht, der Kuchen kann ruhig auf dem Tisch stehen bleiben, und die Hühner dürfen frei herumlaufen. Und das Geld, nun ja, das Geld …«

Ein anderer setzte hinzu:

»Das sollten sie besser in Sicherheit bringen!«

Sie grölten vor Lachen. Einer spontanen Regung folgend, trat ich ein. Hinter der Schwelle fühlte man sich in ein immerwährendes Karnevalstreiben versetzt, das sich dem Neuankömmling zur Begrüßung um den Hals legte wie ein hawaiianischer Hulakranz. Ein Bild des Chaos, zu dem die Trinker beitrugen, die sich auf den Holzbänken drängten, Karnevalsmärsche mitgrölten, die aus einer alten, mit Schallplatten gefüllten Jukebox in der linken Ecke der Bar kamen. Das Stimmengewirr und die derben Witze der Männer waren schon von weitem zu hören. Dann hatte jemand genug vom Karneval und suchte eine andere Musik aus, einen merkwürdigen Rhythmus, der in meinem Kopf pulsierte und meinen Körper in Unruhe versetzte. Ich ging mit unbewegter Miene bis zum Tresen, und sie saßen mit offenen Mündern da und starrten mich an, ohne sich zu rühren.

»Möchten Sie etwas trinken, Senhorita?«

Unter ihren Blicken spürte ich, dass sie nur auf eine Bewegung oder ein Wort von mir warteten, um mich zur Zielscheibe ihres Spotts zu machen. Ich stand da, klein und verkrampft, sagte einen Satz – zum Tresen hin, damit die anderen mich nicht hörten –, dann trat ich einen Schritt zurück und überlegte, ob ich davonlaufen sollte. Aber die Männer waren betrunken, nicht taub, und hatten gehört, was ich sagte.

»Sie möchte einen mit Orangenblütenhonig gesüßten Surinamkirschsaft, und dazu ein Maria-Mole-Eis.«

Sie lachten nicht, und ich war auf das Schlimmste gefasst. Ich war drauf und dran loszusprinten, aber noch bevor ich meinen Plan in die Tat umsetzen konnte, hatten sich zwei von ihnen vor mir aufgebaut, und eine Flucht war unmöglich.

»Das junge Fräulein ist wohl nicht von hier, was?«

Ich stammelte zitternd:

»Ich … Ich komme aus einer weit entfernten Stadt.«

»Hast du auch einen Namen?«

Ich brachte kein Wort hervor. Dann gab ich mit gesenktem Kopf zu, dass ich ihn nicht sagen wolle.

»Egal, hier heißt du ab jetzt Flor de Laranjeira – Orangenblüte«, sagte der Mann ernst.

Ich wartete auf ein Lächeln, eine spöttische Bemerkung oder irgendein Anzeichen dafür, dass er ein grausames Spiel mit mir trieb. Nichts geschah.

»In Ordnung«, sagte der hässlichere der beiden Männer. »Von jetzt an nennen wir sie Flor de Laranjeira.«

Sie beäugten mich wie ein gerupftes Vögelchen oder wie einen kleinen Straßenhund, der um Essen bettelt und unablässig mit dem ängstlich unter den Bauch gezogenen Schwanz wedelt. Ich fühlte mich unbehaglich und nervös. Dann erkannte ich verwundert, dass die Saufkumpane mich mochten und mich adoptieren wollten, dass ich mit dem Spitznamen, den sie mir gegeben hatten, in die Gruppe aufgenommen war. Trotz ihres übelriechenden Atems und ihrer vom Schnaps und Stunden unter der unbarmherzigen Sonne gezeichneten Haut wirkten sie friedlich.

»Setz dich hierher, Flor.«

Ohne »Bitte« und »Danke«. Sie waren rau, aber herzlich. »Flor de Laranjeira« – vielleicht war das ein Scherz? Ich war mir sicher, dass ihre Freundlichkeit jeden Augenblick in Grobheit umschlagen würde. Und doch berührte der Name, auf den sie mich getauft hatten, unwillkürlich mein Herz. Nie hätte ich gedacht, dass jemand, der so unansehnlich und verdreckt war und roch wie ein Destillierkolben, etwas sagen könnte, was mir gefiel, mir einen so hübschen Namen geben könnte. Ich war immer noch ablehnend und schwieg, hörte nur zu. Es hätte sich auch nicht gelohnt, etwas zu sagen, sie waren so aufgedreht, dass sie mir wahrscheinlich gar nicht zugehört hätten, sie redeten wild durcheinander, brüllten Sachen, von denen ich mir nicht hätte träumen lassen, sie einmal am helllichten Tag zu hören.

»Die Mädchen hier sind alle fröhlich, Flor. Sie sind nett zu jedermann, ganz gleich, ob er von hier oder aus der Stadt kommt.«

In diesem Augenblick deutete der Hässlichere auf eine junge Frau, die draußen an der Ecke aufgetaucht war und laut singend und sich in den Hüften wiegend auf die Bar zukam. Verwundert starrte ich sie an.

»Sieh mal, das ist Juliana! Juliaaana! Komm mal her, ich will dir Flor vorstellen!«

Mit ihren wiegenden Hüften kam die Frau zu uns herüber.

»Hallo! Wie geht's dir, schönes Kind? Ich bin Juliana, freut mich.«

Sie griff nach meinem Haar, roch daran, dann an meinen Händen und Ohren, blickte mir forschend in die Augen und ließ ihren Blick über meinen Körper schweifen, er schien mich auszuziehen.

»Das ist Flor de Laranjeira. Eben gerade angekommen. Hübsch ist sie, nicht wahr?«, sagte der Freundliche.

Sie redeten übertrieben und machten viel Tamtam. Ich spürte ihren Geruch und Julianas Busen dicht an meinem Körper. Sie fragte:

»Kommt ihr heute? Heute wird das Fest etwas ganz Besonderes, die Königin wird da sein.«

»Wohin denn? Welche Königin? Gibt es hier irgendwo ein Schloss? Was denn für eine Königin? Davon haben meine Tanten nie erzählt!«

Mein eifriges Fragen wurde von dröhnendem Gelächter unterbrochen. »Wir feiern hier oft und gern, Flor. Heute zum Beispiel wird es einen ganz besonderen Ball geben, denn die Königin, die höchste unter den Frauen, wird uns besuchen. Das grenzt an ein Wunder, sie ist eine so vielbeschäftigte Frau«, erklärte mir der Hässlichere in einem seltsamen Tonfall, so langsam, als hielte er mich für beschränkt oder zumindest doch für schwerhörig.

»Das schöne Kind ist viel zu jung und unschuldig, um zu verstehen, was hier vor sich geht, siehst du das nicht, Major?«, sagte Juliana. So erfuhr ich den Spitznamen des Hässlichen.

»Es ist so: Die Königin besucht uns selten, und zu ihren Ehren findet immer ein Fest statt. Heute nun ist es wieder so weit. Die Königin empfängt nur den einen Mann, den, der ihr am wichtigsten ist. Manchmal erwählt sie sich jemanden, Florzinha, und beschenkt ihn mit ihrer Liebe«, erklärte mir der Nette mit einer gewissen Häme.

»Ganz so ist es nicht, Salada. Als Königin müsste sie sich niemandem hingeben, der ihrer nicht würdig ist, und wenn sie es tut, dann einzig und allein aus Großmut. Wenn du dich bemühst, wird sie eines Tages vielleicht auch dich empfangen.«

Der Nette hieß also Salada. Damit war der Trupp komplett: Juliana, Salada und der Major.

»Ach, Juliana, wer bin ich schon? Ich würde eher sterben, als ihr zu begegnen, ich will mir diese Möglichkeit nicht mal ausmalen.« Salada seufzte. »Ich würde vor lauter Ehrfurcht die Ehre ausschlagen. Ich hätte weder den Mumm noch den Instinkt, mir diese Frau zu erschließen, ich würde zu viel nachdenken und die Gelegenheit vertun. Verdammt noch mal! Allein der Gedanke an sie macht mich schon nervös, sieh nur, wie ich schwitze. Außerdem heißt es, dass sie heute gar nicht kommt, dass das alles nichts weiter ist als ein Gerücht.«

»Aber wer ist denn diese Königin? Woher kommt sie?«, fragte ich keck.

»Tja, Kind«, sagte der Major. »Auf manche Fragen gibt es keine Antwort. Die Frage ist sinnlos, wir werden es nicht erfahren.«

»Ich werde nicht erfahren, wer diese Königin ist?«

»Niemand wird es erfahren. Sie steht über uns, sie ist die Begehrteste von allen. Es heißt, sie habe die schönsten Augen der Welt. Alle Männer und Frauen träumen von ihr, und ihr Kuss lässt dich alles andere vergessen«, erklärte der Major.

»Das klingt wie ein Märchen von Prinzessinnen und Königinnen. Seid ihr euch sicher? Ihr habt sie doch nicht gesehen? Wer sagt so etwas?«

»Viele haben es gesagt, und man spürt es auch. Manche sind gar nicht mehr zurückgekehrt, um von dem Besuch bei ihr zu berichten. Sie haben sie gesehen, aber sie zu sehen ist gefährlich, es greift dein Hirn an«, sagte Salada.

»Du bist eine schöne Frau, Flor, da sei dir mal sicher. Noch nie habe ich eine schönere Frau gesehen. Natürlich wäre das anders, wenn ich der Königin begegnen würde, aber du, Flor, hast mich verzaubert, das muss ich sagen«, erklärte der Major, und ich war beschämt.

Ich hatte plötzlich Angst, dass sie einen ihrer typischen Scherze mit mir trieben, mich verspotteten, indem sie einer unansehnlichen Frau Komplimente machten, die sonst nie welche bekam. Aber sie wirkten offen und ehrlich, schienen es ernst zu meinen, und die anderen lachten nicht. Ich rutschte unruhig auf meinem Stuhl hin und her, versuchte, die Aufmerksamkeit von mir abzulenken, knibbelte an meinen Fingern. Ich war nervös. Wenn sie etwas an mir stören würde, hätte ich das vielleicht besser verstanden, daran war ich gewöhnt, aber Lob – das war seltsam. In welche Schublade gehörte es?

»Und die Königin?«, fragte ich rasch, um das Thema zu wechseln. »Wie kommt es, dass ihr nichts über sie wisst? Kommt ihr denn nicht um vor Neugier? Irgendwer muss etwas wissen, es gibt doch immer jemanden, der sich verplappert, dessen Neugier größer ist als seine Vernunft. Hat denn keiner ein Foto gesehen, weiß niemand etwas Genaues? Wie kommt sie denn hierher? Im Dunkeln, unter dem Schutz einer Maske?«

Der Major schüttelte den Kopf. »Sie besucht uns nur kurz und schenkt uns Nahrung und Natur im Überfluss, vorausgesetzt, dass wir ihr Geheimnis wahren. Unsere Neugier ist offenbar nicht so stark wie die Hoffnung, sie zu sehen und auf unserer Seite zu wissen. Sollte ihr jemand nachspionieren, wird sie in der Dunkelheit verschwinden und nie wiederkehren, und dann wird diese Gegend verloren sein. Sie ist unsere Heilige, wir alle verehren sie, und sie kommt in den Nächten, wenn der Mond rund und üppig ist, so wie heute.«

»Warum zu Vollmond?«

»Der Mond lässt alles aufwallen, seien es Gefühle wie Zorn, Traurigkeit und Ausgelassenheit, er beeinflusst Empfängnis und Geburt. Wir ziehen unsere Pflanzen nach dem Zyklus des Mondes. Und glaube mir, würden anderswo ebenfalls die Zeichen des Mondes beachtet, ginge es uns allen besser.«

»Ich habe noch nie gehört, dass der Mond irgendwas aufwallen lässt«, sagte ich leise.

»Hast du wirklich noch nie bemerkt, dass deine Traurigkeit trauriger ist, wenn sie dich bei Vollmond überkommt? Wenn du glücklich oder ängstlich bist, verstärkt er deine Gefühle deutlich spürbar, und wenn du voller Verlangen bist, ergreift er Besitz von dir. Unsere Königin ist ein Geschöpf des Mondes, der Schatten, der Religionen und Mysterien, und viel größer als jede andere Königin. Sie ist die Herrscherin über alle verborgenen Wünsche, die oft übermächtig werden, weil wir versuchen, sie zu ignorieren. Sie steigt nur in den Nächten des ersten Vollmonds zu uns herab. Dann erscheint sie mit verdecktem Gesicht und einem berauschenden Duft, wie vom Süßwasser des Flusses und von Brombeeren und Holz, der sich mit den starken süßlichen und sauren Körpergerüchen einer zarten, gesunden Frau mischt, dem Duft ihrer verborgenen Stellen, und am Ende duftet sie nach Blumen, so dass der Erwählte fast zu ersticken glaubt. Als hätte sie uns alle geboren und wolle uns alle wieder verschlingen.«

Ganz offenbar verehrte der Major diese Frau.

»Das meint ihr nicht ernst, ihr redet von ihr, als wäre sie ein Engel, ein göttliches Wesen, eine Naturgottheit.«

»Ich weiß nicht, warum dein Gerede mich nicht wütend macht, aber auf jeden Fall wäre es besser, unserer Königin mehr Respekt zu zollen«, sagte Juliana ernst, doch ohne die Stimme zu heben.

»Du verstehst das nicht, Mädchen. Wir verstehen sie als himmlisches Geschöpf, als Energie, als Wundertäterin, die unsere Träume verwirklichen kann. Sie erfüllt uns bis zur Besinnungslosigkeit. Einmal von ihr erweckt, sind wir nie mehr dieselben, sie vereinnahmt unseren Geist und unseren Körper und macht es uns unmöglich, jemals wieder eine andere Frau zu lieben. Die Entscheidung, sie zu besitzen, ist unser Verderben. Sie ist eifersüchtig wie der Teufel und verzeiht niemals einen Verrat. Nie verliebt sie sich in einen Mann, nur er sich in sie, und selbst nachdem sie ihn bezaubert und verlassen hat, lässt sie ihn nicht los. Ich habe jedenfalls noch nie von jemandem gehört, der danach wieder frei gewesen wäre«, sagte der Major.

»Was? Heißt das etwa, sie verdammt ihn dazu, sie auf ewig zu lieben?«

»So ist es, Flor de Laranjeira. Sie wird zum Fixstern des Auserwählten. Und er ist dazu verdammt, am Ende seines Lebens – oder am Anfang, wie es bei vielen der Fall war – vor Sehnsucht nach ihr zu vergehen. Erst in der Stunde seines Todes wird er ihre Augen wiedersehen und ihr Gesicht erkennen, erst dann wird sie sich ihm vollständig enthüllen. Das ist der Preis, den sie dafür verlangt, der Seele dieses Mannes eine so gewaltige Lust bereitet zu haben. Und die Männer sind froh und dankbar.«

»Aber das ist ja schrecklich, Senhor Salada, das klingt grauenhaft.«

»Senhor Salada? Mach dich nicht lächerlich, Kind!« Wieder

lachten alle. »Ich bin einfach nur Salada, verstanden? Sei doch nicht so verklemmt, red einfach, wie dir der Schnabel gewachsen ist. Du sprichst mit zwei Saufkumpanen, die erst kürzlich aus dem Knast gekommen sind, und mit einer der bekanntesten Huren von Vila Morena – und da bist du so steif?«

Mit stolzer Miene schwenkte Juliana ein Glas Schnaps und kippte es schließlich hinunter. Dann sah sie mich an, als erwartete sie, dass ich ihr einen unsittlichen Antrag machte.

»Sag es.«

»Was soll ich sagen?«

»Salada! Sa-la-da. Nur Salada«, befahl Juliana, hob die Lider und trank den letzten Rest Schnaps aus dem alten, angeschlagenen Glas.

Wieder zögerte ich: Was für eine seltsame Situation. Da saß ich nun in einer Straßenbar, unterhielt mich mit zwei Trinkern, Senhor Salada und Senhor Major, und Senhorita Juliana – nun gut, Senhora Juliana, jetzt, da ich wusste, dass sie ihren Körper verkaufte. Und die beiden Männer waren erst kürzlich aus dem Gefängnis entlassen worden, in dem sie wer weiß warum gesessen hatten: wegen Mord, Raub oder Schlimmerem. All das hätte mich erschreckt, wenn ich die Geschichte nur gehört hätte – nun aber war ich diejenige, die da saß. Ich hörte, was sie erzählten, sah in ihren Augen, dass sie vertrauenswürdig waren. Und so ließ ich mich nach kurzem Zaudern auf sie ein. Ich dachte: Diese Spitznamen dienen dazu, die Menschen einander näherzubringen, hier muss man nicht vornehm tun. Schon gar nicht einem Mann mit diesem Spitznamen gegenüber: Salada – Salat.

»Warum wirst du Salada genannt?«

Der Mann hörte auf zu lachen, und alle in der Bar verstummten, um zuzuhören.

»Als er klein war, hatte seine Mutter Mühe, ihn zu ernähren, lieber als Fleisch oder Süßigkeiten waren ihm Blätter. Oft erwischte sie ihn dabei, wie er das Gras auf der Pferdeweide abrupfte und ganze Büschel aß, mit Erde und allem Drum und Dran«, erzählte der Major.

»Und warum nennt man dich Major? Es ist ja wohl kein militärischer Rang?«

Sie lachten, traten zur Seite, tuschelten miteinander und tauschten verschwörerische Blicke. Schließlich wurden sie wieder ernst.

»Du bist ungeheuer neugierig, kleine Flor. Du musst aufpassen, sonst verbrennst du dir eines Tages noch die Finger. Die Königin hätte Angst vor ihr«, der Major sah mahnend in die Runde.

»Hast du die Königin jemals kennengelernt, Major?«

»Habe ich nicht gesagt, dass sie neugierig ist? Dieses Mädchen wird alle verborgenen Winkel dieser Welt erforschen. Wer von der Königin besessen ist, ist immer weit weg, die Gegenwart hat für ihn keine Bedeutung mehr. Ich könnte jetzt kaum mit dir reden, ich wäre nervös und unaufmerksam, verstehst du?«

»Ach, Gott! Das wären mir ein paar Stunden flüchtigen Vergnügens nicht wert.«

»Das sagst du doch nur, weil du schon von Leben und Liebe gekostet hast«, sagte Salada und brachte mich damit in Verlegenheit.

»Salada, ich sehe so wenig Böses in ihr, ich glaube, sie weiß noch nicht einmal, was ein Kuss ist.«

»Sei nicht gemein, Juliana. Ein so schönes Mädchen wie sie kann doch nicht all die Jahre ungeküsst geblieben sein!«

Ich erhob mich hastig.

»Es ist spät, ich muss gehen. Meine Familie vermisst mich sicher schon. Morgen komme ich wieder, und dann erzählt ihr mir, wie der Abend war. Darf ich? Ich meine, dürft ihr es überhaupt erzählen?«

Ich sah den Major entschuldigend an, denn er hatte mir ja

untersagt, so viele Fragen zu stellen. In seinen Augen lag ein Lächeln.

»Das ist in Ordnung, schönes Kind. Komm morgen wieder, und dann reden wir und erzählen dir alles, was es braucht, um dich glücklich zu machen. Nimm dein Eis mit, wenn du schon den Saft nicht angerührt hast.«

»Pass auf dich auf: In dieser Nacht sind die Gefühle außer Rand und Band. Nutze die Gunst der Stunde und erlebe nur das Schönste«, riet mir Salada.

»Auf Wiedersehen, kleine Jungfrau. Verschwinde nicht auf immer, sondern komm morgen wieder und bring uns deine keusche Schönheit.«

Juliana verstand es zu provozieren, das bekam ich jetzt zu spüren. Sie, mit ihren glänzenden, katzenhaften Augen und ihrem Jeans-Minirock, der so kurz war, dass er eher einem Gürtel glich. Nicht zu vergessen die enganliegende Spitzenbluse, die beim Waschen eingelaufen zu sein schien, so dass man ihren Bauch sah und ihre wohlgeformten Brüste erahnen konnte.

Ich stieg in den Käfer. Noch nie war unser Lieferwagen so weit weg von zu Hause gewesen. Und ich erst! Als ich über die Ereignisse der letzten Stunden nachdachte, fühlte ich mich, als wäre ich in einem anderen Teil der Welt wiedergeboren worden. Vielleicht war es nur ein Fiebertraum? Die Menschen hier waren so völlig anders als alle, mit denen ich bisher zu tun gehabt hatte. Die Menschen in meiner Stadt waren zurückhaltend, nachtragend, traurig und wenig umgänglich und achteten immer darauf, die Ehre und den Schein zu wahren. Nie sah man sie fluchen oder aus vollem Hals lachen, schreien oder laut reden, zu viel trinken und die Kontrolle verlieren. Sie führten kein Leben in der Öffentlichkeit, liefen nicht Arm in Arm durch die Straße und kosteten nicht aus, was das Leben ihnen zu bieten hatte. Sie waren Sklaven der Schicklichkeit, und es war ihnen egal, dass diese sie am Leben hinderte. Auf dem Heimweg dachte ich darüber nach, dass ich meinen Ausflug nach Vila Morena zu Hause besser nicht erwähnen sollte. Und wenn sie mich fragten, wo ich gewesen war? Ich war offen und ehrlich und könnte sie niemals belügen, selbst nach meiner letzten Begegnung mit Tante Florinda nicht. In der Hochstimmung, in die mich dieser Nachmittag versetzt hatte, hätte ich ihr sogar ihr Geheimnis mit Tito verzeihen können. Der Besuch der Vila ließ mich träumen. Ich könnte meine eigene Liebesgeschichte erleben und wäre nicht mehr darauf angewiesen, mir die anderer Leute auszumalen. Und hielten sie mich tatsächlich für ein »wunderschönes Geschöpf«? Vielleicht war ich jenseits der schmalen Brücke, wo andere Spielregeln und ein anderes Schönheitsideal galten, tatsächlich ein Mädchen, das anderer Menschen Vorstellungen entsprach.

Inzwischen war die Dunkelheit über uns hereingebrochen, und als ich zu Hause ankam, war es Zeit zum Abendessen. Ich bereitete mich innerlich auf naheliegende Fragen vor und blieb bei den Mangobäumen stehen, um mein Zuspätkommen mit ein paar frischen Mangos zu rechtfertigen.

Beim Händewaschen war ich so nervös, dass ich eine Porzellanseifenschale meiner Großmutter zerbrach. Vom Klirren angelockt, liefen meine Tanten herbei.

»Du ungeschicktes Ding, was hast du angerichtet! Du Trampel! Mamas Seifenschale!«

Kaum hatte Tante Florinda das gesagt, fiel Tante Margarida in die Schimpftirade ein.

»Immer machst du alles kaputt, immer kommst du zu spät und noch dazu zerzaust und schmutzig.«

»Aber Tia, ich habe die Seifenschale nicht gesehen und bin auf dem nassen Boden ausgerutscht. Was hätte ich denn tun sollen?«

»Du bist ungezogen, sehr ungezogen sogar. Wie kannst du nur um diese Uhrzeit Mangos pflücken gehen?«

Hoppla! So schimpfte Tante Margarida mich immer, wenn sie unglücklich war, und ich musste gleich an Salada und seine Theorie von den überbordenden Gefühlen bei Vollmond denken. Sicher war meine Tante schon traurig aufgewacht, und ihre Traurigkeit war von Stunde zu Stunde gewachsen, aber darüber konnte ich mit ihr nicht sprechen. Der Themenwechsel würde sie misstrauisch machen, und sie würde mich sicher fragen, woher ich diese Ideen hatte. Ich würde ihr die Wahrheit sagen müssen, und dann würden sie mich nicht mehr aus dem Haus lassen. Dabei sehnte ich mich nur danach, dass diese Nacht vorbeiging, um wieder in die neue Welt einzutauchen. Also schwieg ich, wie so oft.

Auch während des Abendessens blieb ich stumm und stellte mir vor, was wohl gerade in Vila Morena geschah. Ich ertrug das Geplauder meiner Tanten und der Grille über den Nachmittagstee mit den Töchtern von Frau Soundso kaum, sagte gute Nacht und ging auf mein Zimmer. Ich nahm ein ausgiebiges Bad und spürte, wie in meinem Inneren eine heftige Neugier nach der kleinen Straße mit den verrückten Häusern nagte.

Ich ahnte, dass mein Lebensweg eine entscheidende Wende nahm.

In Vila Morena hatte ich einen abwechslungsreichen Nachmittag verbracht und mich mit Menschen unterhalten, die meine Tanten niemals ertragen und schon gar nicht empfangen würden. Wie war es möglich, dass man sich »völlig unpassend« verhielt und trotzdem glücklich war und sich amüsierte? Dass man das Gefühl hatte, sich ein gutes Lachen verdient zu haben, dass man Hoffnungen hegte, ein Gespräch voller aufregender Worte führte, voller ernstgemeinter, direkter Worte, dass man lebte? Vielleicht war es einfach so, wenn man Grenzen übertrat, weil der Leidensdruck zu groß wurde. Stundenlang grübelte ich darüber nach, dann schlief ich ein – nur um gleich darauf wieder aufzuwachen. Ein seltsames Geräusch, das gleiche, das ich schon in den Nächten zuvor vernommen hatte, machte mir Angst. Wieder drang die Furcht vor einem Einbrecher oder einem wilden Tier in mein Bewusstsein und riss meine Ruhe in tausend Stücke. Das Geräusch starker, aneinanderreibender Zweige, knarrende Fenster, Schritte auf den alten Holzdielen des Hauses. Ich verkroch mich unter der Decke, so dass weder Kopf noch Füße herauslugten, als ob die Decke zu irgendetwas anderem nutze wäre, als mir den Schweiß über den Körper zu treiben. Plötzlich hörte der Lärm auf. Verwirrt dachte ich, dass es am Ende vielleicht doch ein menschliches Wesen war, und so schöpfte ich Mut und schwor mir, beim nächsten Mal herauszufinden, wer es war. Ich wartete noch eine Weile, ob der Lärm wieder anhob, aber alles blieb still, und so schlief ich ein.

Lärmende Lügen

Als ich am nächsten Morgen zum Gartentisch kam, saß da nur Tante Florinda mit nassem Haar und gelbem Kleid, das im Sonnenlicht noch gelber leuchtete, und trank ihren Tee.

»Guten Morgen, Tia Florinda, wo ist denn Tia Margarida?«

»Sie ist früh aufgestanden und wollte zur Kirche, obwohl sie ein bisschen erkältet ist. Sie kommt sicher bald zurück. Warum? Wolltest du etwas von ihr?«

»Nichts Wichtiges, ich wollte sie und dich nur fragen, ob ihr heute Nacht auch den Lärm gehört habt. Du kannst dir nicht vorstellen, wie sehr ich mich gefürchtet habe! Zweige haben gegen mein Fenster geschlagen, und ich glaube, jemand ist an den Rabatten zu euren Schlafzimmern hinaufgestiegen ...«

Tante Florindas freundliche Miene verfinsterte sich.

»Komm mir nicht schon wieder mit deinen Hirngespinsten, Giza. Da war kein Lärm. Niemand hat irgendetwas gehört. Und jetzt lass mich in Ruhe weiter frühstücken.«

Die kalte, wütende Stimme, mit der sie mich unterbrach, traf mich wie ein Hieb auf die offene Handfläche. Sie wollte nicht darüber reden, wieder einmal wurde sie zornig, wenn ich ihre Nähe suchte. Immer wieder erzählte ich am Frühstückstisch vom nächtlichen Lärm, und nie gab eine der beiden Tanten zu, ihn auch gehört zu haben. Die Geräusche machten mir Angst.

Ich weiß wohl, dass die Nacht beängstigend ist und die Phantasie in der Dunkelheit alles größer erscheinen lässt – aus einer Maus wird ein Elefant, und im Halbschlaf klingt jedes Geräusch zwanzig Mal lauter, aber ich bildete mir all das nicht ein. An diesem Morgen wollte mir nichts so recht schmecken, ich kaute lustlos auf allem herum, was nach und nach aufgetischt wurde. Gleichzeitig aber war ich froh, in Vila Morena gewesen zu sein und Salada, Juliana und den Major kennengelernt zu haben.

Nach dem Frühstück setzte ich mich eine Weile in den Garten, um mich zu sonnen. Die roten Rosen und ich wandten uns dem Licht und der Wärme zu und wiegten uns im Morgenwind. Rote Rosen stehen für die leidenschaftliche Liebe, für absolute Liebe, für alles, wonach die Stadt sich sehnte, das in ihr aber nicht geduldet wurde. Die Rosen eroberten die Körper der Liebenden, fingen ihren Blick ein und sprengten sämtliche Ketten und Fesseln. Als ich mir noch einmal durch den Kopf gehen ließ, was der Major über die Leidenschaft gesagt hatte, fiel mir auf, dass bei Vollmond alle Kunden rote Rosen bestellten. Der Geliebte von Dona Tereza, der Briefträger für seine Frau, der Mann im Rathaus für seine Kollegin, die von seiner Leidenschaft nichts ahnte, und der Schlachter für seine drei Frauen. Jeden Monat aufs Neue schnitten wir sie eimerweise. Die sich im Gewächshaus drängenden Eimer waren der Beweis für die heimlichen Leidenschaften der Stadt. Tausende roter Rosen.

»Ist dir schon mal aufgefallen, wie faszinierend rote Rosen eigentlich sind, Odézia? Sie sind zarter und samtiger, voller und schöner als jede andere Blume, ihr Anblick bringt jede Ordnung durcheinander. Sie verstören dich, locken dich, gehen dir nicht mehr aus dem Sinn. Sie setzen deinen schlafenden Körper in

Flammen, wecken die Lust, ihre samtene Haut zu streicheln, sie sogar zu essen. Sie sind die verführerischsten Blumen von allen, besonders wenn der Hunger nach Berührung am größten ist. Diese Sehnsucht treibt uns immer in die Arme des Falschen, zu jemandem, in den wir uns niemals verlieben würden, wären wir bei klarem Verstand. Unglücklichsein ist gefährlich, denn wir glauben, die Leidenschaft ist das einzige Gegengift gegen den Tod im Leben.«

Odézia zog sich die Schuhe aus, strich ihre Uniform glatt und setzte sich mir zu Füßen. Sie liebte diese Augenblicke, in denen ich uns bei der Arbeit damit unterhielt, dass ich ihr Geschichten erzählte, liebte es, mir zuzuhören, wenn ich ihr leise die Briefe unserer Kunden vorlas, die uns tief in die Seele der Stadt blicken und den dort angehäuften Schmutz erkennen ließen. Wenn sie sich danach wieder an die Männer und Frauen mit ihren feinen Manieren und ihrem vorbildlichen Auftreten erinnerte, seufzte sie erleichtert auf und sagte, dass eben doch niemand vollkommen war. Dabei liebte sie die Ordnung – jeden Tag war mein Zimmer aufs Neue hergerichtet und duftete nach den Lilien, die sie am Ufer des Baches pflückte. Die Schuhe waren geputzt und standen ordentlich in Reih und Glied, die Haarbänder waren gebügelt und aufgehängt, mein breites, aber spartanisches Bett war aufgeschlagen, und die Fenster standen offen, damit der Wind ungehindert hereinwehen konnte. Mein Nachmittagsimbiss stand auf dem Tisch, der in Richtung Sonnenuntergang gedreht und mit Fleißigen Lieschen geschmückt war. Sie war ein liebevolles Wesen, das immer um mich herum war, mich seine Gegenwart spüren ließ, ohne jemals aufdringlich zu sein.

Unsere Odézia war eine Frau ohne allzu üppige Kurven. Schuhe mit flachen Absätzen, unauffällige Augen und die im Nacken zusammengesteckten Haare unter einem Tuch verborgen. Schmale Lippen und Hängebusen, eine dunkle, schmucklose, untadelige Uniform. Sie war eine stille, aber wirklich aufmerksame Frau – immer in unserer Nähe, ohne jemals ihre Meinung zu irgendetwas zu äußern. Sie kam aus dem Süden, war schlicht, bescheiden und von Kopf bis Fuß völlig unerfahren in weltlichen Dingen, aber zumindest kannte sie die Welt vom Süden bis hin zu uns herauf. Odézia hatte bestimmt schon mal von den Geheimnissen zwischen Frau und Mann gehört, doch ich glaube nicht, dass sie jemals mit jemandem geschlafen oder das Thema auch nur angesprochen hatte. Mich bedachte sie immer mich freundlichen Blicken, und ich wage zu behaupten, dass ich sie trotz ihres Schutzwalls aus Zurückhaltung und Schüchternheit kannte. Sie wohnte in einem Kämmerchen im hinteren Teil des Hauses, nahe der Tür zum alten Garten. Der Raum war klein für eine Frau ihres Alters und für die vielen Erinnerungen, die er hätte beherbergen müssen, aber in ihm fand sich nicht ein einziges Erinnerungsstück, kein Foto an der Wand, keine Sammlung von kleinen Döschen oder Schachteln, Vasen oder Heiligenfiguren. Nichts. Er war rein wie ein kostbares, sorgfältig aufbewahrtes Geschenk, wie ein Spielzeug, das man seit Jahren nicht aus der Kiste geholt hat, eines von denen, die uns das Gefühl geben, es eigentlich nicht zu besitzen und nicht benutzen zu dürfen, eines von denen, die wir fürchten zu zerbrechen oder zu verlieren. Eines dieser Geschenke, die wir nie besitzen.

Die Wucht des Wunders

Ich habe solche Sehnsucht nach Dir. Ich habe Dich in fremden Gesichtern gesehen, habe Nacht für Nacht auf Dich gewartet. Verlasse Deinen Mann und komm zu mir. Bleib immer bei mir. Ich weine vor Sehnsucht, ich denke an nichts anderes, ich kann nicht mehr arbeiten und weiß nicht mehr, was Schlaf bedeutet. Du kannst mich wieder aufrichten, und kommst Du nicht um Deinetwillen, so komm aus Mitleid – hab Erbarmen mit mir.

Das war einer der Briefe von Maurício, die den roten Rosen für Dona Carina beilagen. »Von M. für C.« unterschrieb er, um unerkannt zu bleiben. Furchtbar kitschig und ebenso naiv wie explizit. Von Maurício, der mit Cândida verheiratet war, an Carina, die Frau des Notars Ramiro. Ich hob den Brief auf, weil mir seine Offenheit viel über den Mann verriet, der über seine Qualen schrieb.

Aus allen Briefen ging hervor, dass die Absender von einer fremden Macht besessen waren, dass diejenigen, die sie liebten, sie vollständig erobert hatten. Selbst wenn der Briefeschreiber einem verrückten Kranken verfallen war, fühlte er sich wie dessen Sklave und Diener und nahm jede Verletzung hin. Als ich verstand, welche Gefahr von diesen Gefühlen ausging, schwor ich mir entsetzt, dass mir ein solches Elend niemals widerfahren sollte. Ich schätzte meine Freiheit zu sehr, um mich jemand anderem als mir selbst vollständig auszuliefern. Zwar sehnte ich mich nach Liebe, aber vielleicht war es besser, wenn es diese nur in meiner Phantasie gab. Die Vorstellung, jemand anders könne mich vereinnahmen, machte mir große Angst. Wieso sollte ich jemandem Macht über meine Entscheidungen, mein Selbst geben, wieso sollte ich alles riskieren? Meine Freiheit ließ mich sein, was ich wollte. Meinen Tanten war völlig egal, was einmal aus mir werden würde, was mir in gewisser Weise die Entscheidung erleichterte – selbst die Entscheidung, nichts zu werden und so weiterzuleben wie bisher.

Mit der ersten Vollmondnacht wuchs die Zahl der Aufträge ins Unermessliche. Nichts vermochte die Furcht der Kunden zu beschwichtigen, ihre Bestellung könne nicht rechtzeitig ausgeliefert werden, und niemand merkte, dass alle Arbeit an mir hängenblieb. In den frühen Morgenstunden wankte ich erschöpft nach Hause, wütend darüber, dass die Zeit so schnell vergangen war. Ich aß, um den Hunger nach Vila Morena, der an mir nagte, zum Schweigen zu bringen. Dann nahm ich ein Bad und versuchte einzuschlafen. Ich rollte bestimmt hundert Mal im Bett hin und her, während ich mir vorstellte, wie viel Spaß der Major und seine Freunde in den letzten Nächten wohl gehabt hatten. Gerne wäre ich schnell eingeschlafen, um noch schneller wieder aufzuwachen, aber meine Gedanken halfen mir nicht, mich zu beruhigen. Ich sehnte den Tag herbei, und so quälte ich mich durch die Nacht. Schlafen hieß, Zeit zu verlieren, in der ich über die wichtigen Entdeckungen der letzten Tage nachdenken konnte.

Als ich aufwachte, schwebte Tante Florindas Gesicht dicht über mir.

»Der Pater erwartet seine tägliche Blumenlieferung, Giza. Wach auf, du bist spät dran.«

Noch halb betäubt, fassungslos, wie ich so viele Stunden durch unnützen Schlaf hatte vergeuden können, war ich fünf Minuten später fertig. Die Sonne brannte erbarmungslos auf mich herunter. Ich schnitt weiße Rosen und brachte sie Pater Carlos. Weiße Blumen des Friedens, für den er so sehr betete. In seinem Gesicht hingegen fand sich keine Spur von Frieden, aber ich küsste brav seine haarige Hand und bat ihn – wenn auch etwas widerwillig – um seinen Segen.

»Du bist spät dran, Mädchen.«

»Entschuldigen Sie, Pater, ich weiß auch nicht, was mit mir los ist, ich habe verschlafen.«

»Du bist wohl verliebt, was? Ich sehe dir an, dass du bereit bist, deinem Herzen zu folgen. Sei vorsichtig, in diesem Zustand vergisst man alles andere.«

Ich verzog unwillig das Gesicht und neigte den Kopf, um zum heiligen Sebastian hinüberzuschielen. Das Bildnis des von Pfeilen durchbohrten Märtyrers hing hinter dem Pater und starrte mich an. Ich lief rasch davon, aus der Kirche hinaus, bevor er mich mit seinen Pfeilen verfolgen konnte. Die Heiligen in der Kirche flößten mir schon immer Angst ein, und ich bin mir sicher, dass sie genau dafür gemacht sind. Ich fürchtete, wenn ich sonntags nicht zur Messe ginge, werde einer der Heiligen zu mir nach Hause kommen und mich holen. Er würde mir nicht von der Seite weichen, weder im Schlafzimmer noch im Bad, bis zur Toilette würde er mich verfolgen. Eine schreckliche Vorstellung, die mich lähmte und mit Grauen erfüllte.

Ich lieferte noch zwei weitere Blumensträuße ab: einen im Rathaus und den anderen, den vom verliebten Maurício, bei Dona Carina. Auf dem Rückweg beschloss ich, noch schnell die Pflanzen zu beschneiden und die letzten Bestellungen zu erledigen, in Gedanken war ich aber schon in Vila Morena. Im Haus würde ich mich nicht blicken lassen, weil ich wusste, dass die Tanten dort nur mit weiteren Aufträgen auf mich warteten.

Mit dem Käfer fuhr ich bis zu einem Brunnen mit klarem, eiskaltem Wasser in der Nähe des gewundenen Baches. Ich wusch mein Gesicht, tauchte die Arme in das munter sprudelnde Wasser, trank einen Schluck vom eisigen Nass und wusch mir den von der Schufterei völlig verschwitzten Nacken.

Es war die zweite Vollmondnacht. Nach den Hinweisen aus Vila Morena, den ungewöhnlich vielen Rosen-Bestellungen, dem wiederholten Lärm neben meinem Fenster und nicht zuletzt weil ich am Morgen verschlafen hatte, war ich fest davon überzeugt, dass der Mond seinen Einfluss auf uns hatte. Das kalte Wasser rann mir langsam durch die Kehle, die Hitze sammelte sich unter meiner Schädeldecke, verursachte ein Kribbeln auf meiner Kopfhaut und in meinen Erinnerungen. Ich tauchte mein Gesicht ins Wasser, das nach allen Seiten spritzte. Zuletzt wusch ich mir gründlich die Füße. Eine Gruppe von Wäscherinnen, die ich vom Sehen kannte, hatte gerade ihre Arbeit beendet; nun zogen sie an mir vorbei, eine fremde Melodie singend, und grüßten mich im Vorübergehen. Ich drückte mich noch ein wenig länger vor der Arbeit, streckte mich auf dem Boden aus, wollte nur kurz ausruhen und döste schließlich ein, eingehüllt in ein Blatt aus Schlaf.

Lautes Stöhnen weckte mich auf, ein Geruch nach zertrampeltem Gras, und meine Sinne versuchten fieberhaft zu erfassen, woher das Geräusch kam. Was hatte mich da aus meiner Ruhe gerissen? Ich lief zu der Wiese, die hinter dem kleinen Brunnen lag – nichts. Vielleicht war das Geräusch von weiter unten gekommen, von dem Wäldchen. Unsicher, was ich zu sehen bekommen würde, drang ich vorsichtig, die Zweige beiseiteschiebend, in das Unterholz vor. Ich musste wissen, was das für Geräusche waren, die ich auch nachts manchmal hörte und die meine Tanten an meinem Verstand zweifeln ließen. Ob es die gleichen waren wie jetzt?

Die Bäume standen dicht beieinander, und dornige Zweige zerkratzten mir Gesicht und Hals. Das Stöhnen wurde lauter, und jetzt hörte ich den Schrei einer Frau. Halb erwartete ich, ein von wilden Tieren verstümmeltes Opfer vorzufinden, zerrissen von einem Leoparden oder zerfleischt von den Klauen eines Ameisenbären – den ich ohne zu zögern töten würde. Ich dachte, ich könnte vielleicht das Tier töten, das ihr das antat, und griff mir, auf das Schlimmste gefasst, einen dicken Ast. Mit der anderen Hand griff ich nach einem Stein, um so gut wie möglich gewappnet zu sein, und folgte dem Lärm, der immer lauter wurde. Es war ein grässliches Geräusch. Schritt um Schritt, Zweig um Zweig schlich ich so leise wie möglich langsam auf das Wesen zu, das die Frau zerfleischte. Zwischen ihren spitzen, hohen Schreien keuchte sie; sie musste sich in einem Zustand befinden, den ich nie erlebt hatte. Und dann verstand ich plötzlich, wie sehr ich mich getäuscht hatte. Ihre Schreie zeugten von Wahnsinn, und der Wahnsinn, der sie erfasst hatte, war der, aus dem wir alle geboren werden. Über ihr hing ein Mann, als wollte er sie verschlingen. Er war nackt, mit festen, runden Gesäßbacken und einem breiten, muskulösen Rücken, der schweißbedeckt war. Die beiden waren untrennbar zu einem einzigen Wesen verschmolzen, das sein Dasein und seine Wut herausschrie, die kostbare Stille dieses Nachmittags zerriss. Mein Körper, den ich nicht vollständig kannte, erglühte in dem Augenblick, in dem mein Blick das Bild erfasste.

Erschrocken brauchte ich einige Sekunden, um zu verstehen, was da vor sich ging. Mich überkam ein unbezähmbares Verlangen, mich zu ihnen zu gesellen, während meine geheimsten Körperstellen zum Leben erwachten wie ein neugeschlüpfter

Schmetterling. Das Stöhnen wurde lauter und wilder – Hitze ging von ihm aus und zwang mich in die Knie. Meine Sinne waren in so heftigem, wütendem Aufruhr, dass ich weinen musste. Ich war eiskalt, wie tot, und mein Atem ging flach. Ich sackte auf die Erde, spürte meinen Magen und meine Reflexe, und meine Augen füllten sich erneut mit Tränen. Meine Schenkel waren feucht, und etwas tief in meinem Inneren pulsierte heftig, dort zwischen den Schenkeln, wie ein Herz, das gerade fast so etwas wie einen Infarkt erlitten hatte.

Jetzt vereinte sich das Stöhnen des Mannes mit den Schreien der Frau zu einer verzerrten Sinfonie, die so laut war, dass sie meine Ohren zu zerreißen und mich zu überwältigen drohte. Wieder flatterte der Schmetterling in mir, und ich stöhnte mit ihnen.

Ein kleines Wunder ließ mich die Besinnung verlieren.

Meine Augen kehrten sich nach innen, und mein Körper ließ sich ohne Widerwillen fallen. Ich breitete meine Arme aus, dann verebbten die Wellen langsam, um noch intensiver zurückzukehren.

Ich pulsierte.

Endlich überkam mich ein nie gekannter Friede und brachte selbst den Wald zum Schweigen. Ich fühlte mich dankbar, erleichtert, gereinigt und verstand nun, warum diese Lust verboten war: Keine Kirche wäre jemals in der Lage, eine so mächtige Verbindung zum Göttlichen herzustellen.

Ich dachte: »Mein Gott, es gibt Dich wirklich. Ich danke Dir.«

Entblätterte Ehen

Der Dezember brach an, und mit ihm die Jahreszeit, in der es zwei Monate lang ununterbrochen regnete – es ist die Zeit der Überschwemmungen, wenn das Wasser die Menschen in ihren Häusern gefangen setzt. Die Löcher der alten Rua Tiradentes verschwinden im Schlamm, die Stadt erscheint noch abgeschiedener als sonst, und nur die Blumen können den unter dem Wasser leidenden Menschen Erleichterung bringen. Der Motor des Käfers war stark, und mehr als einmal diente er nicht nur zum Ausfahren der Rosen, sondern zog auch die Wagen derer aus Schlammlöchern, die unerwartet stecken geblieben waren; entweder fuhr ich mit dem Käfer hin oder Tenório mit seinem Traktor. In der Rosenzucht gab es wenig zu tun, die Natur nahm uns das Gießen ab. Auch die Ameisen gaben in dieser Zeit – unserem Winter – Ruhe. Dann fielen die Blattschneiderameisen erneut vom Himmel und kündeten vom Ende der Regenzeit. Sie erschienen am Horizont, flogen zu Tausenden über den Garten hinweg und zogen mit ihren roten proteingefüllten Hinterteilen viele verschiedene Vögel an, die auf der Jagd nach Leckerbissen in den letzten Regen eintauchten. Wenn wir die Blumen schnitten, sammelten wir gleich ein paar Ameisen für die Straßenjungen ein, die die Hinterteile in gewürztem

Maniokmehl wälzten und brieten, ein Festschmaus, mit dem sie das Ende der wetterbedingten Gefangenschaft feierten.

Die geschnittenen Blumen sortierten wir nach Farben getrennt in Körben. Rote Rosen standen für »erklärte Liebe«, mit dem die in ihrer Verzweiflung Eingeschlossenen ihren Herzen und Liebesbekundungen Luft machten. Weiße Lilien sagten: »Lieb mich, wenn du kannst«, baten um Liebe, schmückten aber auch die Altäre der weiblichen Heiligen, symbolisierten »Keuschheit und Reinheit«, waren die »Blumen Unserer Lieben Frau« und wurden Witwen, herzlosen Frauen und jungen Mädchen, aber auch der Muttergottes auf den Kirchenaltären dargebracht. Die Nelken auf ihren Stängeln warteten auf die Verstorbenen – wenn man sie nicht pflückte, verdorrten sie und schlugen wieder aus; sie warteten auf jemanden, der selten kam, und hatten es am wenigsten eilig. Wenn dann manchmal rasch hintereinander mehrere Einwohner unserer Stadt starben, erinnerte man sich zwangsweise wieder an die Nelken und schnitt sie eilig ab. Jungen Mädchen schenkte man gelbe, rosafarbene und weiße Rosen, »jungfräuliche Blumen«, die für die keusche Liebe einer Prinzessin standen.

»Guten Tag, Pater Carlos, gestatten Sie? Pater Carlos?«

»Ja, Mädchen, komm nur rein.«

»Ich bringe Ihnen die weißen Rosen und die Lilien für die Muttergottes.«

»Ja, ja. Stell sie bitte in die Vasen.«

Pater Carlos wirkte niedergeschlagen, müde und trauriger als sonst.

»Ist etwas, Pater, ist alles in Ordnung?«

»Nein, Mädchen, es ist nichts. Nur dass der Regen fällt und fällt. Möge Gott mir helfen, aber manchmal denke ich, das ist eine Strafe.«

Der Pater langweilte sich. Ich blieb ein bisschen bei ihm, hockte ganz still zu Füßen der Bank, in der er saß, und brachte schließlich den Satz heraus, der mir auf dem Herzen lag:

»Bereuen Sie es?«

Ich konnte den Satz nicht zurücknehmen oder behaupten, er sei mir gegen meinen Willen herausgerutscht. Es war, als gehörte er nicht mir. Er war mir ein bisschen peinlich, aber was sollte ich machen?

Der Pater hob an: »Das Leben nimmt uns beim Arm und führt uns, und es gibt tonnenweise Schlamm, durch den wir waten. Und dann war da eine Liebe, die mir nicht gehörte, oder, besser gesagt, nicht mir allein. Ich dachte, dass Gott mich riefe, mich um Hilfe bat. Also nahm ich an. Natürlich handele ich im göttlichen Auftrag, aber das eben auch rund um die Uhr. Es ist wirklich mühsam, den Vater zu vertreten, wenn man allenthalben auf die Probe gestellt wird. Man braucht einen starken Glauben.«

Ich sah zu dem Bildnis des heiligen Sebastian hinüber, der mich anstarrte und mir zuzurufen schien: »Nun ist es aber genug, du neugieriges Ding.« Die Pfeile in seinem Leib machten mir Angst, es war, als wollten sie mich warnen, als drohten sie, sich umzukehren und auf mich zu zielen. Mich streifte der Gedanke, dass der Regen das einzig Lebendige war, was dem armen Clown Gesellschaft leistete. Die Menschen blieben zu Hause, nur zur Messe kamen alle – natürlich war er bedrückt.

Noch bevor ich wusste, was ich tat, küsste ich ihn auf die Stirn, als ob dieser Pater jemand wäre, den man küssen durfte, der es verdiente, ins Gesicht geküsst zu werden. Ich hätte ihm gerne gesagt, dass ich ihn verstand. Im Hinausgehen starrte ich seine riesigen Schuhe an, die unter der Soutane hervorlugten. Er sah mir nach und schien nicht zu wissen, ob er mich für meine liebevolle Geste tadeln oder mir dafür danken solle. Einsamkeit existiert selbst innerhalb der Kirchenmauern – und manchmal ist sie es, die uns in die Kirche treibt. Dabei suchen wir dort genau das Gegenteil: Gesellschaft, Antworten, die Liebe zu überirdischen Wesen, uns selbst. Bot ihm die Religion vielleicht die Möglichkeit, der Einsamkeit zu entfliehen? Aber nach allem, was ich sehen konnte, hatte er keine Gesellschaft, er war ein hingebungsvoller, pflichtbewusster Diener Gottes, der traurig war über die Leere der Antworten, die er voller Hingabe suchte, gezeichnet von all den Jahren im Zwiegespräch mit dem Unsichtbaren. Es schien, als hätte er seine Liebe nie verwunden. Und Gott schien er nicht da gefunden zu haben, wo er Ihn suchte, vielmehr schien er sich noch stärker an dem berauscht zu haben, das ihn in die Flucht geschlagen hatte, an jener Liebe, die, selbst wenn sie sich nicht erfüllte, greifbarer war als die Heilung, nach der er sich so sehr sehnte. Sie lastete auf seinen Schultern und wuchs tränenschwer.

Ich nahm den Weg durch die Rua Tiradentes und war in Gedanken noch bei dem Pater, als ich den alten Hund mit dem englischen Namen erblickte, Alfred, der erstaunlicherweise vor dem Haus auf sein Herrchen, Doktor Heitor, wartete. Ich fuhr ganz langsam, nicht wegen der Löcher, die meine Nase nur allzu gut kannte, sondern um zu sehen, was vor sich ging.

Der Hund saß auf der Veranda und leckte sich eine Hinterpfote, das Licht, das im Salon brannte, warf den Schatten des Fensterkreuzes auf die Straße. Auf dem Sofa saß, die langen Haare fast über die gesamte Breite der Lehne verteilt, eine Frau! Und hinten im Zimmer tanzte der Alte, der von Tag zu Tag älter wurde, für die Frau und entblößte sich.

Der Glaube mancher Menschen ist unerschütterlich! Sie sind dermaßen von sich eingenommen, dass sie eine ganze Welt erfinden und obendrein die anderen dazu bringen, ihre Illusion für echt zu halten.

Natürlich saß der Hund vor dem Haus, wahrscheinlich war er von Doktor Heitor dahin verbannt worden, weil er sonst dessen Liebeswerbung gestört hätte, er hatte wohl versucht, seinem Herrchen Konkurrenz zu machen. Ich folgte der Straße bis zu ihrem Ende und schaute mir jedes Haus genau an; überall waren die Fenster geschlossen und die Möbel hineingeräumt. Ich fuhr einmal quer durch die ganze Stadt bis zum Friedhof, dessen Pforte verschlossen war. Dann fuhr ich zurück, vorbei an der Post, am Rathaus und an unserem Haus bis zum Ende des Gartens, einfach so zum Vergnügen, um einmal ungestraft durch den Matsch zu fahren und zuzusehen, wie die Wasserfontänen hochspritzten. Der Bach war nun ein breites, reißendes Gewässer, angeschwollen von den Regenfällen der letzten Tage. Ein erwachsener, starker Fluss.

Ich stieg aus dem schlammbespritzten Wagen und ging zum Wasser, um meinen Nacken und meine Hände zu benetzen. Ich schlug mir die mit eiskaltem Nass gefüllten Hände vors Gesicht, warf die Schuhe weg, schürzte mein Kleid bis zu den Knien und stieg bis zu den Knöcheln ins Wasser. Dann wusch ich mir den Nacken und kehrte um, um ein wenig dem neuentstandenen Flusslauf zu folgen, der einen Großteil des kleinen weißen Sandstrandes verschluckt hatte, in den ich in der Trockenzeit gerne mit einem Stock Buchstaben zeichnete. Gerade, als ich wieder gehen wollte, ließ die kurz hinter den Wolken hervorlugende Sonne vor mir etwas aufblitzen. Ich ging näher und schob den Sand beiseite, der den Gegenstand bedeckte. Es war ein ungewöhnlich breiter Goldring, schwer und so schmutzig, dass seine Verzierungen unter einer Dreckschicht verborgen lagen, die davon zeugte, dass er möglicherweise von weit her angeschwemmt worden war. Auf der Rückseite waren Initialen auszumachen, die ich aber nicht entziffern konnte. Ich spürte, dass der Regen stärker wurde, und lief mit langen Schritten zur Straße zurück.

Beim Wagen angekommen, stieg ich ein, legte den Ring ins Handschuhfach und fuhr los.

Ich hatte an diesem Tag eine letzte Auslieferung zu machen, einen Blumenstrauß für Dona Carina. Wenn ihr Mann Ramiro, der Herr über das Notariat, nicht zu Hause war, tanzten die Mäuse auf dem Tisch. Auf der großen Grußkarte, die ich vor meiner Abfahrt noch kopiert hatte, um sie zusammen mit den anderen Briefen in meiner Schachtel zu verwahren, standen sahneweiche Worte, gebutterte Worte, mehr Butter als Brot, voller Gerüchte, Sorgen und Dramen. Als ich nun still in meinem Wagen an der Ecke ihres Hauses saß, las ich sie noch einmal. Ich wollte sichergehen, dass diese Blumen wirklich für sie bestimmt waren, auch wenn es keinen anderen Strauß gab.

Carininha, wenn ich an Deinem Haus vorbeigehe und Du mich durch das Küchenfenster ansiehst, bin ich Dir so nah. Deine Augen umfangen mich wie die Augen Gottes. Ich bin nur ein kleines Geschöpf, das ausweglos in seinen Kummer verstrickt ist, in seine Träume, die allein Dir dienen.

Ich flehe den Allmächtigen an, dass Du Deine Zurückhaltung aufgibst und aller Welt unsere Pläne offenbarst, unsere Schwächen. Es liegt nur an Dir.

Das Leben wartet nicht, Carininha, es sinkt wie Blei, es springt einem davon. Man entdeckt das Glück nicht in jedem Gesicht. Man pflückt es nicht von jedem Baum. Man findet es nicht in jedem Heilmittel.

Wir sollten uns nicht davon abhängig machen, was die anderen denken, denn dann wird das Glück uns niemals finden.

Man soll ein Jahrzehnt der Gewissheit nicht sinnlos vergeuden. Solltest Du eines Tages zu mir kommen wollen, mit Deiner Seele, Deinem Körper, so bitte ich Dich, kämpfe nicht dagegen an. Es wäre einfach zu schön.

Ich werde Dich weinend in meine Arme schließen. Bitte vergiss nicht: Solltest Du Deine Zurückhaltung aufgeben, werde ich das als endgültigen Beweis für die Gnade Gottes ansehen, für die Gewissheit, dass Er seine Kinder erhört.

Meine Güte! Was für ein hartnäckiger Typ. Maurício, der Mann von Dona Cândida, Carina, die Frau des Notars Ramiro: eine verbotene Liebe. Beide waren vergeben. Was war denn da los? War diese Hysterie normal, oder war der Mann auf dem besten Wege, verrückt zu werden? Sie verbrachte tatsächlich ihr ganzes Leben am Fenster, von dem ich jetzt wusste, dass es das Küchenfenster war. Aber hatte sie wirklich ein Jahrzehnt Ehe nur gespielt? Liebte sie ihren Mann, oder war sie von dem Wunsch besessen, zwei Männer zu haben? Nein, das wäre, wenn man es sich genau überlegte, dann doch zu viel des Guten. Ich, die ich noch keinen einzigen Mann gehabt hatte, hätte gern drei oder vier gehabt, aber fein säuberlich getrennt, einen von jeder Farbe und Ethnie. Ich war schon immer der Überzeugung, dass das Herz einer Frau sehr viel größer ist als das eines Mannes. Im Herzen einer Frau ist Platz für die Liebe zu vielen, denn es ist immer auch das Herz einer Mutter. Männer sind ganz anders, sie kommen klein zur Welt und sterben klein, sie weinen und zittern, wenn sie sich weh tun – sie sind verletzlich. Frauen kümmern sich immer um andere. Sie lieben, sie geben sich hin, sie leiden – denn das ist Liebe, Drama, Traum oder Magie. Alle ihre Kräfte sind fruchtbar. Ginge es nach ihnen, würden sie jeden Tag heiraten, auch wenn es jedes Mal ein anderer wäre, nur um »ja« sagen und den Schleier tragen zu können, um im Mittelpunkt des allgemeinen Interesses zu stehen und den Kuss zu erleben. Sie sind ungestüm, unbefriedigt, scharfzüngig und unruhig. Und wenn sie dann die Wahrheit erkennen, dass sie nämlich alles erlebt haben, was es zu erleben gab, wandeln sie sich aufs

Neue. Ich möchte den Mann sehen, der sich ein »langweiliges Weib« wünscht! Das Leben der Männer ist doch sowieso langweilig.

Dona Carininha und Dona Cândida waren das Spiegelbild ihres Alltags. Wenn das Fest der Phantasie vorbei ist, tut man gut daran, von neuem zu beginnen. Die Liebe ist eine hübsche, weibliche, in ein langes luftiges Kleid gehüllte Lüge, duftend, mit geschürzten Lippen. Sie wird über das Hässliche, Unbezähmbare, Ungehobelte und Stinkende gebreitet, das von ihr verdeckt, verborgen und verschönert wird. Über diese List verfügen die Frauen aus reinem Überlebenstrieb.

Dona Carina hatte sich für ihr Alter gut gehalten. Die verschmähte Dona Cândida hingegen, die in den Hintergrund verbannte Frau, die Maurício nur allzu gern verlassen oder gegen einen Zentner Guaven eingetauscht hätte, hatte jegliche Eitelkeit hinter sich gelassen, ließ sich selbst im Stich, wie ihr Mann sie beinahe im Stich ließ. Sie war aus ihrem Körper in einen anderen geschlüpft und weilte nicht mehr unter uns. Man sah ihr auf den ersten Blick an, dass sie nur an das Geschirr dachte, das gespült werden musste, und daran, was sie wohl am nächsten Tag zum Mittagessen machen könnte. Die Gedanken alter Frauen, die sich nicht mehr um ihr Aussehen oder ihre Körperpflege kümmern. Sie hatte ihren Mann ans Schicksal, an den Zufall, an ihre Nicht-Existenz oder ihre Nachlässigkeit verloren. Wahrscheinlich wusste sie es, aber sie wirkte wie jemand, der es nicht wissen wollte. Vielleicht dankte sie Gott dafür.

Was lief falsch mit Maurício und Dona Cândida oder mit Carina und ihrem Ramiro?

Ob die jetzigen Paare nicht vielleicht einfach nur zu lange gemeinsam gereist waren? War es nicht an der Zeit, ein wenig von der Reise auszuruhen? So viele gemeinsam verbrachte Jahre. Niemand kann von Moçoró nach Coxim reisen, ohne ab und an eine Rast einzulegen oder mal auf einer anderen Bank Platz zu nehmen. Vielleicht war ein Spaziergang genau das Richtige, eine frische Brise im Nacken, ein kleiner Umweg durch die Nachbarschaft, bis man wusste, dass es dort am gemütlichsten ist, wo man am bequemsten sitzt?

Es wurde Abend, und ich beeilte mich, den Rosenstrauß und die Nachricht zu überbringen, bevor Ramiro von der Arbeit nach Hause kam. Ich klopfte, und Dona Carina öffnete rasch die Tür, gedankenverloren und gebeugt wie immer. Sie murmelte »Guten Abend«, griff hastig nach dem Strauß und zog die armen Blumen durch den schmalen Spalt herein, so dass einige ganz entblättert wurden. Dann knallte sie mir ohne ein weiteres Wort die Tür vor der Nase zu. Ich hörte sie im Wohnzimmer mit sich selbst reden.

Die Zeit verschlingt alles: die Blinden, Tauben, Irren, Reichen, Mütter mit kleinen Kindern, die in den Bäumen herumklettern, Männer, die zu wichtigen außerordentlichen Sitzungen gehen, und Leute, die Weihnachtsfeiern besuchen – der Tod macht da keine Ausnahme. Er verschont selbst die nicht, die mehr als genug Zeit haben, weil sie das Leben nicht in vollen Zügen leben.

Dona Carina sparte an allem, an Seife wie an Worten, an Vergebung wie an Mitleid, am Lachen, am Weinen, an der Zärtlichkeit. Niemals stieß sie einen Seufzer aus, alles war bemessen. Nicht einmal Doktor Heitor hatte bei ihr Erfolg gehabt, dabei hatte er es oft genug versucht: die Hand in der Tasche, in den Augen das Feuer seiner Jugend, das Rückgrat kerzengerade. Sie aber erlag ihm nie, wich niemals vom Weg ab, verfolgte nur, was sie erreichen wollte. Sie hatte unauffällige Augen und eine winzige Nase, gepflegte und genau abgezirkelte Haare: Strähne um Strähne eigens gebürstet und geflochten, als ordnete sie mit ihnen ihr Schicksal. Es hieß, sie stamme aus Minas Gerais, einer fernen Gegend, wo die Menschen geizig waren. Dort wurde alles Große klein, man sparte beim Einkauf und verniedlichte alles: Kästchen, Hügelchen, Schnittchen, Häuschen. Ein Völkchen, das gerne Schnäppchen jagte. Die Zärtlichkeit aber kam von Herzen.

In unserer Stadt galten Dona Carina und ihr Mann Ramiro als vorbildliches Ehepaar – wie man sie auf Plakaten und in der Margarinewerbung sah, ein allzu schönes Paar, wie die bösen Zungen sie nannten. Maurício, der Liebhaber, hingegen war zu breit geraten, zu ausladend, sein Bauch war groß wie ein Ballon. Er hatte dichtes Haar, und auch an Armen und Beinen war er stark behaart, nur auf der Brust wuchs das Haar spärlich. Selbst wenn er nichts tat, war er immerfort in Bewegung, ruderte wild mit den Armen, schwang sie hin und her wie eine kaputte Wetterfahne. Alles an ihm war wie sein Brief: dramatisch. Er redete laut und atmete rasselnd, war in keiner Hinsicht verhalten. Mit der Stille kam er nicht zurecht, er hasste sie. Ein gefährlicher Mann, um mit ihm eine heimliche Liebschaft zu haben, selbst im Schlaf war er nicht zu ignorieren, oder, besser gesagt, die Welt war nicht einmal sicher vor ihm, wenn er schlief. Er schnarchte so laut, dass die Leute überall in der Stadt sagten, wenn es donnerte: »Maurício ruft mal wieder nach seinen Artgenossen.« Wo auch immer er hinkam, fiel er auf, wenn er eintrat, verstummten alle, und Maurício übernahm das Kommando. Ganz im Gegensatz zu Dona Carina war er ein Superlativ. Er hatte ein Riesenauto, ein Riesenbett, ein Riesenhaus, riesig viel Geld, einen Riesenkörper, eine Riesenstimme, einen Riesenhintern, einen Riesenbauch. Man verstand, dass bei ihm alles groß sein musste, um ihre Kleinheit auszugleichen.

Immer, wenn ich ihm begegnete, musste ich an seinen verzweifelten Brief denken und fragte mich, was die beiden wohl aneinander fanden, wo sie doch gegensätzlicher nicht hätten sein können. Der gefräßige Mann würde die sparsame Frau bestimmt verschlingen. Oder war es möglich, dass die beiden, wenn sie miteinander allein waren, ihre Rollen tauschten? Alles, was sich in ihr zusammendrängte, brach bei ihm aus allen Poren. Warum sollte man da nicht annehmen, dass sich das in trauter Zweisamkeit umkehrte? Ich begann, den beiden die Daumen zu drücken.

Das nächste Mal würde ich den Blumenstrauß gleich ausliefern, nachdem ich den Brief für mich kopiert hatte. Während ich so in meinem Käfer saß und nachdachte, trat Dona Carina vors Haus und spähte verstohlen die Straße entlang. Als sie nur mich entdeckte, stopfte sie den Blumenstrauß hastig in die Mülltonne. Das kam mir seltsam vor, andererseits: Was blieb ihr als verheirateter Frau anderes übrig? Der Ehemann würde misstrauisch werden, wenn er so viele rote Rosen bei seiner knickerigen Frau fände. Und bevor sie sich in die Situation brachte, ihm irgendetwas erklären zu müssen, hatte sie die Rosen schon dreimal weggeworfen. Es waren samtige und nach Garten duftende rote Rosen, und es tat mir schrecklich leid um sie. Ich blieb noch ein Weilchen sitzen und dachte über das Geschehene nach, versuchte eine Erklärung für ihr Verhalten zu finden, und vernachlässigte liebend gerne meine Pflichten, um noch ein wenig zu spionieren. Als ich näher heranfuhr, entdeckte ich Maurício an der nächsten Ecke, halb Sancho Pansa, halb Don Quijote, bereit, gegen Windmühlenflügel zu kämpfen. Er starrte unverhohlen die Tür an, dann ging er zur Mülltonne und zog den ganzen Strauß hervor. Das ergab alles keinen Sinn! Mir brummte der Schädel. Ob er sich die ganze Liebesgeschichte nur einbildete? Litt er an Liebeswahn, nachdem er einmal nach der Messe zufällig mit ihr zusammengestoßen war und ihr zu tief in die Augen gesehen hatte? Aber woher wusste er, dass der Blumenstrauß in der Mülltonne lag? Hatte er sie beobachtet? Er nahm die Blumen, blieb stehen und betrachtete »Carininha« durch die Lamellen des Fensters, dann warf er eine Rose auf das Dach, schnupperte an den anderen, seufzte, setzte sich auf den Bordstein, sprang wieder auf, und das mehrere Male hintereinander. Er drückte die Rosen an seine Brust und drehte sich im Kreise, sang dabei eine Melodie wie ein Schlagersänger, ließ den Bauch kreisen, dann den Hintern und zog schließlich ab. Ich wäre beinahe aus dem Wagen gesprungen, um ihn zu verscheuchen, denn Ramiro musste jeden Augenblick von der Arbeit kommen. Trotzdem ging er nur zögerlich davon, wie jemand, der lieber geblieben wäre. Kaum war er um die Ecke gebogen, kam Ramiro um die andere. Oh, was für ein schlechter Charakter, dieser Maurício.

Da das Spektakel nun vorbei war, dachte ich nicht länger darüber nach, sondern war sofort wieder in Vila Morena. Wer es kennt, sehnt sich immer wieder dorthin zurück. Vila Morena, der Ort der letzten großen Geheimnisse ... Und mein Käfer und ich standen hier herum, mitten in der Stadt, hinter der Kirche.

Unser Friedhof beherbergte mehr Tote als unsere Stadt Lebende. Auf den Fotos sah man vornehme Damen und gutgekleidete alte Leute, Hausangestellte, junge Männer und Frauen, darunter in Stein gemeißelt ihr Todesdatum. Als ich noch ein Kind war, gingen wir, wenn wir der Ameisen überdrüssig waren, auf den Friedhof, um uns die Verstorbenen anzusehen, ich, Tante Florinda und noch ein paar andere Kinder. Wir hielten Ausschau nach Geistern, doch die zeigten sich uns nie. Meine Tante war Teil meiner kindlichen Phantasiewelt, doch mit zunehmendem Alter war sie mir fremd geworden. Und zum Ausgleich für diese Entfremdung hatte mir das Erwachsenwerden die Vila geschenkt.

Hinter dem Friedhof lag die Straße, die früher für mich nichts weiter gewesen war als ein unbedeutender Ackerpfad, weit und bunt vor mir. Mein Käfer fand den Weg von allein. Die ächzende Brücke und gleich dahinter Vila Morena mit ihren kleinen Häusern und seiner großen Schamlosigkeit. Ich parkte den Wagen und spazierte zur Karnevalsbar. Drinnen traf ich, als gehörten sie zum Inventar, auf Salada, Juliana und den Major.

Sie empfingen mich mit strahlenden Mienen, lauten, ungezwungenen Stimmen, herzlichem Lachen und weit offenen Augen.

»Wo hast du denn gesteckt?«, fragten sie.

»Plötzlich warst du verschwunden, ich dachte schon, du würdest überhaupt nicht mehr wiederkommen. Vielleicht würdest du am Ende doch lieber in diesem Kaff bleiben, das so tut, als wäre es eine Stadt. Juliana und ich und auch Salada haben hier einsam und allein wochenlang auf Florzinha de Laranjeira gewartet. Wir haben die ganze Zeit an dich gedacht. Wo warst du bloß?«

Ich entschuldigte mich:

»Ich musste viel arbeiten und habe es einfach nicht früher geschafft, aber ich habe oft an euch gedacht, ich habe euch vermisst.«

»Süße … du bist so anders. Was ist passiert?«

Bei dieser Frage verzog sich Julianas Mund noch einen Tick spöttischer, als ich es bisher an ihr gesehen hatte. Wie schon bei unserer ersten Begegnung schnupperte sie an meinem Haar, doch jetzt mit einem anderen Gesichtsausdruck, wie ein Jagdhund. Dann wiederholte sie:

»Du hast dich verändert. Ich weiß nicht, was es ist, aber bis zum Ende unseres Gesprächs werde ich es herausgefunden haben.«

Ich schenkte Juliana keine Beachtung, sondern rief eifrig:

»Nun sagt schon. Was war los in Vila Morena, was haben die Leute hier so getrieben? Was ist passiert, was es in der Stadt nicht gibt?«

»Aaah, alles, Kind! Hier gibt es Leben, deine Stadt dagegen ist nur von Geistern bevölkert.«

»Aber was ist passiert, Major? War die Königin hier?«

»Aha, also das ist es, was du wissen möchtest, Florzinha?«

Und ob ich neugierig war. In den Wochen, in denen ich die Vila nicht hatte besuchen können, hatte ich viel nachgedacht. Mir gefiel diese Geschichte: eine Königin mit wahrhaft treuen Untertanen, die sie liebten und verehrten. Was bekamen sie im Tausch von ihr dafür? Hier war eine höhere Macht am Werk. Kein Volk verehrt ausnahmslos seine Königin. Immer genügt nur eine Kleinigkeit, um sie von ihrem Sockel zu stoßen – wie jeder weiß, findet sich immer ein Vorwand, den Mythos zu zerstören.

»Du, Major, scheinst mir der ergebenste ihrer Untertanen zu sein, derjenige, der am heftigsten in die Königin verliebt ist: Hast du sie das letzte Mal gesehen? Warst du bei ihr?«

»Wir waren alle in der Nähe, aber keiner von uns war bei ihr. Sie hat niemanden erwählt.«

»Aber wie ist das möglich? Ich meine, sie darf doch frei wählen, ohne dafür Rechenschaft ablegen zu müssen?«

Die drei lachten laut auf.

»Du bist wirklich süß, Florzinha. Sie ist die Königin, die Göttin. Sie tut nur, was ihr gefällt. Sie hat Macht über uns, niemand widerspricht ihr, niemand hält sie auf. Wir sehen sie nicht einmal an, niemals würde sie zulassen, dass man was Schlechtes über sie sagt. Sie würde uns alle töten.«

»Sie würde euch töten, Salada, hast du wirklich ›töten‹ gesagt?«

Der Major erklärte hastig:

»Nein, das hat er nicht gesagt. Sie tötet niemanden, sie ist die Herrscherin des Guten. Wer sich gegen sie erhebt, zerstört sich eben selbst. Dafür sorgt schon die Natur. Die Königin verkörpert

Weiblichkeit und Fruchtbarkeit, aber da sie aus Energien besteht, ist sie größer als alle Frauen, und das Männliche liegt ihr zu Füßen.«

»Aber hat sie denn schon einmal getötet, Major?«

»Natürlich nicht, Florzinha. Sie ist gütig, mehr gibt es dazu nicht zu sagen. Unser Gerede macht mich noch ganz nervös. Außerdem hat sie sich für heute angekündigt, und es ist nicht gut, auf ihrem Terrain über diese Dinge zu reden. Warum bleibst du nicht zum Fest?«

»Wie soll ich das denn anstellen? Ich muss doch zu Hause Bescheid sagen. Um wie viel Uhr kommt sie denn?«

»Gegen Mitternacht.«

»Und was geschieht dann Besonderes?«

»O Flor! Alles ist dann besonders. Komm mit, Kind«, sagte Juliana. »Lass uns ein wenig durch den Ort gehen.«

Ich nahm die Einladung an, und wir vier verließen die Bar in Richtung Hauptplatz. Alle Häuser, die wir passierten, waren mit Blumen geschmückt.

»Sieh nur die Fähnchen da vorne und die Transparente an den Häusern. Sie sprechen von Liebe und Ergebenheit. Komm mit, sieh dich um, du bist noch nie wirklich im Ort gewesen. Geh in diese Gasse da rechts und sauge alles in dich auf, bis deine Neugier gestillt ist«, sagte Juliana, während wir durch Vila Morena schlenderten.

»Wie kannst du in deiner Stadt glücklich sein, Flor de Laranjeira? Dort hält man dich doch bestimmt für ein altkluges Kind mit einer viel zu großen Klappe«, sagte Salada.

»Merkwürdig, dass du das sagst, denn genau so fühle ich mich. Das hast du gut erkannt. Der Unterschied zwischen beiden Welten ist unübersehbar. Dort gilt jeder Fehler, den man macht, als Schandfleck, und ich habe immerfort das Gefühl, beurteilt zu werden. Alle finden mich hässlich.«

Juliana unterbrach mich und sagte nachdrücklich:

»Dann warte nur bis nachher! Jetzt sehen wir uns die Vila an, wir haken dich unter und zeigen dir alles. Ah, mein kleines Miststück, heute entwischst du uns nicht.«

Zum ersten Mal in meinem Leben hatte ich das Gefühl, zu Hause zu sein. Ich lächelte, ein wenig eingeschüchtert von ihrer groben Zärtlichkeit, und versprach:

»Abgemacht, Juliana.«

Sie umarmte mich, und wir gingen weiter wie zwei kleine Mädchen, Jugendfreundinnen. Mit ihren Hüften allerdings konnte ich nicht mithalten. Sie ließ sie kreisen, schwang ihre Rundungen, als wolle sie mich dazu einladen, das Gleiche zu tun. Ihr Hinterteil beschrieb eine liegende, große Acht, feurige Rhythmen, die die Blicke der jungen, auf den Bordsteinen sitzenden Männer auf sich zogen. Die riefen uns auf Schritt und Tritt nach: »He!«, »Holla!«, »Hübsches Kind!«, »Hallo, Süße!«

Ich kam kaum voran, so aufregend war alles für mich. Juliana musterte mich mit dem gleichen forschenden Blick wie bei meiner Ankunft.

»Du musst mir erklären, was mit dir passiert ist. Du strahlst mehr, bist … ich weiß nicht, was. Irgendetwas ist geschehen.«

Wie konnte sie das wissen, wo nicht einmal ich es genau wusste? Spürte sie, was mit mir geschehen war, als ich das Pärchen im Wald beobachtete, mein Wunder?

»Es ist nichts geschehen, Juliana. Es geht mir einfach besser. Ich bin in letzter Zeit glücklicher.«

Lachend fragte sie mich:

»Wird deine Familie dir erlauben herzukommen, oder haust du einfach ab, um heute Nacht hier dabei zu sein? Ich wette, das traust du dich nicht.«

»Wenn sie kommt, Juliana, wäre das wirklich sehr mutig von ihr«, sagte der Major, der direkt hinter uns ging, aufmunternd.

»Ich weiß nicht, ob ich das kann, ich denke nicht. Außerdem bin ich nicht vorbereitet und bräuchte ein bisschen Zeit.«

»Nun gut, mal sehen, ob du es schaffst. Ich hoffe es sehr. Es wird ein großartiges Fest, anders als alles, was du bisher erlebt hast. Du wirst beeindruckt sein!«, sagte Juliana.

Vor jedem Haus stand ein Holzrahmen, auf den ein handbemaltes, mit einem Spruch und einem Symbol versehenes Stück Stoff gespannt war. Das Symbol erinnerte mich an etwas, was ich schon einmal gesehen hatte, eine geschwungene Linie, ähnlich den Kurven einer Frau. Die Huldigungen an die Göttin, die Königin, lauteten:

Seid gesegnet, Herrin. Danke, dass Ihr zurückgekehrt seid, wir erflehen Euer Licht; gegrüßet seid Ihr, Gottkönigin, wir wünschen Euch Glück.

Einige der Spruchbänder fielen mir besonders auf:

Wählt mich um der Liebe willen, die Ihr für einige Eurer Geliebten empfindet.

Nehmt mich mit Euch.

Ich werde nur Euch allein gehören, Königin.

Wenn Ihr mich erwählt, werde ich auf immer Euer Sklave sein.

Die Vorstellung einer solchen Sehnsucht erfüllte mich mit Angst. Wen verlangt es schon nach einem Zustand ständiger Entrückung, nach einem Leben in einer hermetisch abgeriegelten Welt für den Rest seiner Tage? Danach, eine Reise ohne Wiederkehr anzutreten? Je mehr wir uns einer engen Gasse näherten, aus der geschäftiger Lärm drang, desto deutlicher waren Veränderungen zu erkennen, erst bei einem Haus, dann beim nächsten. Alles war in rasender Eile mit wilden, ineinanderfließenden Bildern bemalt worden, mit den unterschiedlichsten Motiven. Wir befanden uns offenbar auf einer Art geheiligtem Weg, der in einen von Häusern umgebenen Platz mündete. Die Häuser hatten nur eine Tür und ein Fenster und waren kleiner als die Häuser entlang der Hauptstraße. In der Mitte des Platzes, auf den die Bilder zuliefen und wo sie sich mit anderen trafen, stand ein einzelnes, größeres Haus, das in einer einzigen Farbe bemalt war: Es war blutrot. In seiner Schlichtheit hob es sich deutlich von den bunten Häusern ab, zwischen denen es stand, und ich erkannte, dass es sich um das Haus der Königin handeln musste. Sein Balkon quoll über von weißen, gelben, hell- und dunkelroten, lilafarbenen und purpurnen Blumen, die mit Schnüren aus Baumwolle und Bananenfasern um das Holz gewunden waren. Auch die anderen Häuser wurden geschmückt. Unter die Fenster wurden Planken genagelt, so dass man, wenn man das Fenster öffnete, einen Tresen wie in einer Straßenbar oder einem Laden hatte. Alle Bewohner des Ortes, auch die Alten, beteiligten sich an den Vorbereitungen. Einige sangen fröhlich, andere erzählten Legenden von der Königin, wieder andere arbeiteten einfach nur mit freudigen Mienen.

»Siehst du, Flor? Was hältst du davon?«

»Ich bin überwältigt, Major! Hier gibt es so viel Neues, so viel Unbekanntes. Ich wollte in die Welt hinaus und alles über fremde Kulturen erfahren, aber jetzt bin ich sicher, wenn die Welt diesen Ort sehen könnte, diese Rituale, er wäre der Inbegriff der Lebensfreude.«

Juliana ging in eines der Häuser, um eine Freundin zu begrüßen und mit ihr zu plaudern. Es war eine dunkelhäutige, schlanke Frau mit lockigem Haar, deren spärliche Bekleidung ebenso gewagt war wie die Julianas. Allerdings wirkte sie ein bisschen weniger wild, und auch ihr Lachen war ruhiger. Ich hätte zu gerne gewusst, worüber sie redeten. Juliana machte große Augen und lächelte aufgeregt. Dann kam sie wieder zu uns herüber.

»Ruth sagt, heute wird die Königin ganz sicher jemanden erwählen.«

»O wunderbar!«, rief Salada, riss die Augen auf und rieb sich die Hände in einer Mischung aus Vorfreude und Furcht.

»Wer ist sie, Juliana?«

»Sie ist eine der Kammerzofen des Vollmonds, Kind. Die Königin hat mehrere von ihnen. Sie bereiten ihre Ankunft und ihr Bad vor. Sie bringen den Auserwählten ins Haus und umsorgen ihn, dann geleiten sie die Königin zurück in die Natur.«

»Sie lebt in der Natur?«

»Nein, Süße. Sie ist die Natur. Sie ist Königin, Göttin und elliptische Macht dieses Planeten, die Vereinigung verschiedener positiver, fruchtbarer Energien. Wenn sie erscheint, vertreibt sie unseren Kummer und beginnt einen Zyklus reinen Lebens. Sie wählt nur aus Liebe, aber da ihre Liebe zu einem menschlichen Wesen nicht von Dauer sein kann, verschmilzt sie kurz darauf wieder mit den Elementen. Ihre Gefühle erlöschen, da der Auserwählte ihrer Reinheit nicht gewachsen ist.«

»Und was heißt elliptisch?«

Der Major sagte: »Das ist der abgeflachte Kreis, die Umlaufbahn der Planeten, der größte aller Naturgeister. Das fruchtbare weibliche Prinzip, das alles in Bewegung hält. Die ungefähre Kreisbahn, die unser Planet auf einem bekannten, vorgezeichneten Weg beschreibt. Kurz gesagt: die Seele des Körpers, den wir gemeinsam mit anderen Kräften bewohnen, Flor.«

Das erschloss sich mir nicht, und das wenige, das ich verstand, war mir fremd.

»Wir unbedeutenden Menschen sind nur am Leben, weil sie uns leben lässt. Unser Planet atmet, produziert, isst und blutet, und sie kommt aus seinem tiefsten Inneren. Aus dem Himmel, dem Meer, aus den Bäumen und der Lava. Sie ist die Mutter und das Ende – die Größte von allen. Und in dieser Zeit des Vollmonds ist sie besonders stark. Ihre Energie wird zu allem, was es braucht, und für uns wird sie zur Göttin.«

Ich hielt es kaum aus, ihnen zuzuhören.

»Und ihr glaubt das alles wirklich? Ihr seid ja verrückt!«

Sie lachten nur.

»Versuch heute Nacht hierherzukommen, Süße, dann wirst auch du eine Anhängerin dieser heidnischen Religion.«

»Oje, ich muss los! Es ist ja schon spät.«

Ich verabschiedete mich hastig, denn ich dachte nur daran, wie sehr meine Tanten sich aufregen würden, wüssten sie, dass ich darauf wartete, dass sich die elliptische Macht der gesamten Natur in einer Frau materialisieren würde. Als ich mich von allen verabschiedet hatte, hörte ich den Major hinter mir sagen:

»Vorsicht mit dem Vollmond, Kind, denk dran, dass er alles überborden lässt! Lass mich dich zu deinem Auto bringen.«

Aus Angst, mich noch mehr zu verspäten, begann ich zu laufen.

»Nicht nötig, Major!«

Auf dem Weg zu meinem Käfer belauerten mich die Männer wie Wölfe, hielten jedoch Abstand. Ein paar alte Frauen versuchten, mich anzusprechen, sie sahen mich an, als müssten sie mich von irgendwoher kennen, aber ich hatte keine Zeit, auf sie einzugehen. Weiter vorne entdeckte ich Ruth, die gerade mit einem Kranz aus Rosen auf dem Kopf eines der Häuser betrat.

»Wirst du kommen?«, rief sie.

Einen Moment lang hatte ich das Gefühl, als spräche sie mit mir, aber das konnte ja nicht sein, sie kannte mich gar nicht.

Also lief ich weiter. Beim Wagen angekommen, sah ich, dass ein großer, schlanker Mann, der mir vage bekannt vorkam, sein Auto hinter meinem abstellte, aber es war zu dunkel, um ihn zu erkennen. Ich erschrak und stieg schnell in meinen Wagen, denn ich wusste, dass er aus der Stadt kommen musste, er durfte mich auf keinen Fall hier sehen. Der Mann ging auf die nächste Straßenlaterne zu, und als das Licht ihn traf, zuckte ich zusammen. Das konnte nicht sein! Seit Monaten hatte ich ihn nicht gesehen, schließlich wohnte er nicht hier in der Gegend. Ich musste mich einfach irren, aber alles stimmte: die Größe, der Gang, der Körperbau, das Haar. Es war Tito.

Ich wartete, bis er in der Gasse verschwunden war, dann ließ ich den Wagen an, bog um die Ecke und gab Gas. Ich wirbelte so viel Staub auf, dass ich nicht einmal die Brücke sah. Ohne die Toten eines Blickes zu würdigen, fuhr ich am Friedhof vorbei, war aber geistesgegenwärtig genug, im Leerlauf vor unser Haus zu rollen. Als ich die Küche betrat, traf ich dort auf Tante Margarida.

»Wo kommst du her?«

»Ich habe bei Nestor ein Eis gegessen.«

»Findest du nicht, du hättest uns wenigstens anrufen sollen? Bald wissen wir gar nicht mehr, ob du überhaupt zum Abendessen kommst. Du schuldest uns Respekt und weißt, dass wir zum Essen mit dir rechnen. Heute haben wir es nach zwanzig Minuten aufgegeben, auf dich zu warten, und mit dem Essen angefangen.«

»Bitte entschuldige, Tia, es tut mir leid. Mach dir keine Sorgen um mich, ich habe schon zu Abend gegessen, also ich meine … ich habe so viel Eis gegessen, dass ich so satt bin, als hätte ich zu Abend gegessen. Also dann, gute Nacht, ich gehe in mein Zimmer und ruhe mich aus, heute war ein langer, arbeitsreicher Tag.«

Sie kam mir hinterher, redete über dies und das und war ganz sanft. Extrem freundlich dafür, dass jemand zu spät gekommen war, noch dazu ich.

»Giza, wir haben heute über den Garten gesprochen. Wir werden uns den hinteren Teil vornehmen, um den wir uns seit Jahren nicht gekümmert haben. Wir nutzen immer nur den vorderen Teil. Mein Mann wird sich Urlaub nehmen und ein paar Männer anheuern, die sich um den dahinterliegenden Abschnitt kümmern sollen. Wir machen das noch dieses Jahr. Und in den nächsten Jahren nehmen wir dann nach und nach die anderen Abschnitte in Angriff. Ich will, dass du bei allem dabei bist, vor allem bei den Männern, die im Roden unerfahren sind. Du kannst das am besten koordinieren, denn du kennst die importierten Rosen, die verschiedenen Bromeliensorten, die Vicunhas und andere Beetblumen, die andere aus Unkenntnis ausreißen könnten, weil sie sie für wilde Pflanzen oder Unkraut halten.«

»In Ordnung, Tia. Aber können wir morgen darüber reden? Ich muss baden, ich habe leichte Kopfschmerzen, die bestimmt schlimmer werden, wenn ich nicht ein wenig zur Ruhe komme.«

»Du musst schlafen, du bist erschöpft. Odézia, mach Giza einen lauwarmen Saft mit Orangenblütenhonig«, rief sie.

Sie schien um mich besorgt zu sein. Das gefiel mir, und ich nahm ihre Sorge ohne das geringste Misstrauen hin.

Klagen vom Grunde einer Flasche

Ich nahm ein Bad, während ich über meine Flucht nachdachte: Ich brauchte Kleider und Schuhe, mit denen ich mühelos aus dem Fenster klettern konnte, eine Kopfbedeckung, mit der ich nicht so leicht erkannt würde, und den Käfer würde ich im Leerlauf bis zum Hang schieben. Meine Tanten durften nicht einmal im Traum ahnen, dass ich nachts nach Vila Morena fuhr – noch dazu bei einem Fest wie diesem.

Irgendwann einmal hatten sie mir die Geschichte eines Mädchens erzählt, das aus Liebe zu einem Mann von der Vila in die Stadt gezogen und von den Stadtbewohnern getötet worden war. Man stelle sich vor, was geschehen würde, wenn sie herausfänden, dass ich an dem Tag dorthin fuhr, an dem die ganze Vila in Aufruhr war, noch dazu allein und mitten in der Nacht, während sie schliefen. Das würden sie mir nie verzeihen. Ich auf einem heidnischen Fest, wie ich dem Erscheinen einer Teufelin beiwohnte, die offenbar aus der Wildnis kam, irgendeinen armen Kerl auf die hinterhältigste Weise zu ihrem erotischen Sklaven machte und dann wieder verschwand.

Mein Plan war folgender: Ich würde ins Wohnzimmer gehen, mich mit einem überzeugenden »Gute Nacht!« von allen verabschieden und so tun, als würde ich ins Bett gehen. Dann würde ich warten, bis alle schliefen, und hinausschleichen. Nachdem ich ausgiebig gebadet hatte, schlüpfte ich in meinen Schlafanzug und bemerkte, dass der mit Orangenblütenhonig gesüßte Saft auf meiner Kommode stand. Daneben lag eine kurze Notiz:

Trink diesen Saft unbedingt aus, Giza. Er wird Dir helfen, Dich zu erholen, so dass Du für den morgigen Arbeitstag besser gewappnet bist. Es küssen Dich Deine Tanten

Ich ließ den Saft stehen; ich war so aufgeregt, dass ich ihn nicht hinunterbekommen hätte. Der Saft war ein Liebesbeweis meiner Tanten: Wenn sie merkten, dass ich besonders müde oder aufgeregt war, stellten sie mir immer ein Glas davon auf die Kommode. Ich ging ins Wohnzimmer, wo sie normalerweise nach dem Essen noch einen Aperitif nahmen, in Gesellschaft der stocksteifen Grille, die sich ohne jede Anteilnahme mit ihnen unterhielt. Doch sie waren nicht da.

Ich ging zu Tante Florindas Zimmer, aber auch da regte sich nichts. Hatten sie sich etwa so früh schon schlafen gelegt? Auch aus Tante Margaridas Zimmer drang kein Laut. Ich legte das Ohr an die Tür und lauschte angestrengt – vollkommene Stille. Also ging ich zurück in mein Zimmer, schlüpfte in eine einfache Hose und eine Bluse, die mir passend erschienen, wickelte ein Tuch um meinen Kopf und schminkte mich stark um die Augen herum. Die Schminke und das Tuch gaben mir das Gefühl, zumindest ein wenig maskiert zu sein.

Mir blieb nicht viel Zeit, es war schon zehn Uhr, und ich wollte nichts verpassen: den Beginn des Festes, die Musik, die gespielt wurde, was verkauft und was getrunken wurde. Alles, was der bizarren Ankunft dieser Göttin vorausging, ihren Auftritt und die Reaktion der Leute, einfach alles. Ich fürchtete, erwischt zu werden, aber mein Wille war stärker als mein Anstand, stärker auch als meine Tanten, die mir in letzter Zeit so fremd geworden waren. Früher, als sie noch die Freundinnen meiner Kindheit waren, hätte ich mich ihnen niemals widersetzt, aber jetzt waren wir uns längst nicht mehr so nah. Aber vielleicht machte ich mir in letzter Zeit einfach auch nur zu viele Gedanken um das »Warum«.

Ich öffnete das Fenster, setzte mich auf die Fensterbank und schätzte die Höhe ab. Seufzend machte ich mich bereit, lehnte mich vor und … sprang nicht.

Zum Springen war es viel zu hoch. Zwar hatten die Tanten vor ihren Fenstern wunderschöne Flammenbäume gepflanzt, aber vor meinem Zimmer wuchs nichts – da war alles kahl, es war unmöglich hinauszuklettern, ohne sich irgendwo festzuhalten.

Also beschloss ich, mich lieber durch die Küchentür davonzumachen, als einen Sprung zu riskieren. Am Ende hätte ich noch aller Aufmerksamkeit auf mich gezogen und mir etwas gebrochen. Ich durchquerte das stille Haus, bis ich vor der Küche angekommen war. Ich fürchtete, Odézia könne mich in flagranti erwischen und mich meinen Tanten verraten. Das wäre das Ende meines Abenteuers.

Ich hatte es immer bedauert, eine halbe Portion zu sein, ein Strich in der Landschaft, aber nun war ich froh darüber. Es erleichterte mein Vorhaben. Mit angehaltenem Atem schlich ich durch die Küche und drehte den alten Schlüssel der Hintertür. Bis hierher war alles glattgegangen. Als ich die Tür öffnete, spielte sie nicht mit und gab empört einen spitzen, verräterischen Schrei von sich. Beim Schließen schrie sie erneut.

Ich rannte zum Käfer, glücklich über meinen Erfolg, setzte mich hinein, und als ich die Schlüssel suchte, musste ich einsehen, dass ich sie vergessen hatte. Wie konnte ich nur! Nun gut, ich war noch nie zuvor ausgebüxt, heute war mein erstes Mal. Also das Ganze noch mal von vorn: Ich schlich durch die Hintertür und holte meine Autoschlüssel. Keine Spur von Odézia oder den Tanten. Ich schloss die verräterische Tür und schob den Käfer im Leerlauf die Straße entlang, eine Hand am Lenkrad, die andere an der Tür. Der Duft der Ledersitze erschien mir in dieser Nacht viel stärker als sonst. Ob das am Mond lag? Vielleicht war auch nur mein Geruchssinn geschärft, weil ich so schwer atmete. Ich rollte bergab. Als ich weit genug vom Haus entfernt war, legte ich den zweiten Gang ein und fuhr nach Vila Morena.

Ich fühlte mich stark, bewunderte meine Kraft und meinen Mut, schrie mein Glück hinaus, doch es dauerte nicht lange, bis Zweifel und Angst in mir aufstiegen, vermischt mit Schuldgefühlen, weil ich meine Tanten hinterging und ihren guten Ruf aufs Spiel setzte. Mit einem Mal war ich mir nicht mehr so sicher, ob der Besuch in Vila Morena eine gute Idee war. Vielleicht sah mich jemand, und dann würde meine Flucht den Tanten zu Ohren kommen, darauf konnte ich wetten. Trotzdem wollte ich nicht auf halbem Wege aufgeben, und so sagte ich mir: Fahr einfach weiter zur Vila, Giza. Nur Mut.

Ich lächelte grundlos, pfiff ein wildes Lied, den Wind im Gesicht, und es war, als trüge mich die Straße ganz von allein ans Ziel. Plötzlich torkelte mir ein Mann vors Auto. Instinktiv trat ich auf die Bremse, und es war nur meinem Reaktionsvermögen zu verdanken, dass ich ihn nicht von seinem leidvollen Säuferdasein erlöste.

»Was fällt Ihnen ein? Beinahe hätte ich Sie umgebracht!«

»Ach, dazu bist du doch viel zu feige. Du bringst überhaupt nichts zustande. Wieso hat Gott mir ausgerechnet dich geschickt? Hier gibt es so viele Sonntagsfahrerinnen, und da musst ausgerechnet du mir begegnen. Du hast mich doch schon die ganzen letzten Jahre umgebracht, verflucht noch mal, warum bringst du es jetzt nicht ein für alle Mal zu Ende?«

»Wir kennen uns nicht, mein Herr. Könnten Sie bitte aufhören, wirres Zeug zu reden, und mich weiterfahren lassen?«

Der Mann legte sich über die Kühlerhaube, krümmte sich und begann zu schluchzen. Zuerst hatte ich Angst, dann empfand ich Abscheu. Plötzlich, beim Gedanken an die Zeit, die er mir raubte, wurde ich wütend. Doch er war so gequält und schmerzerfüllt, sehnte sich den Tod herbei, sagte, nur dieser könne ihm Linderung bringen, dass ich schließlich Mitleid mit ihm hatte.

»Nun aber runter vom Käfer, ich muss weiter, Sie Saufnase. Ich bin verabredet. Verschwinden Sie, bevor ich Sie überfahre.«

»Schwören Sie, dass Sie es tun werden? Schwören Sie bei Gott?«

Das beeindruckte mich. Er war wirklich bereit zu sterben: Wie konnte es sein, dass jemand nicht weiterleben wollte?

»Sie sind ja irre! Der Alkohol hat Ihnen das Gehirn vergoren.«

»So ist es, genau so! Bitte töte mich! Ich bin unwürdig zu leben. Ich habe schon alles gesehen, was es zu sehen gibt, und weiß, dass das Leben keinen Reiz hat. Ich habe den Weg des Leidens gewählt, ich kann ohne Leiden nicht leben, und zugleich ertrage ich es nicht länger. Ich glaube, ein rascher Tod wäre das Beste, dieser Tod auf Raten ist schrecklich.«

Jetzt bloß nicht die Geduld verlieren. Ich antwortete:

»Was Sie brauchen, ist ein Bad. Ich glaube, dass der Tod sich von Ihnen fernhält, weil er keine Lust hat, jemanden in Ihrem Zustand zu holen. Außerdem glaube ich, Sie sind eigentlich schon tot, Sie Quälgeist.«

»Ich trinke aus Liebe, ich bin eine wandelnde Leiche. Du warst wohl noch nie verliebt, was? Ist das so, Mädchen, hast du noch nie dein Herz verloren? Wenn Gott gnädig mit dir ist, oder auch gemein zu dir, wie Er es zu mir war, wirst du eines Tages noch an mich denken.«

Sein Gerede ging mir allmählich furchtbar auf die Nerven.

Ich verstand das Gestammel des liebeskummerkranken Säufers nicht und dachte bei mir, dass die Leute sich Leidenschaften und Kummer ausdenken, um sich selbst zu bemitleiden oder um der Langeweile zu entfliehen. Im Falle dieses stinkenden Kerls war die Liebe nur ein Vorwand für sein selbstzerstörerisches Verhalten, das sicher schon begonnen hatte, bevor er all das erfunden hatte, was ihn auffraß. Eines Tages hatte er dann die perfekte Ausrede gefunden, sich nicht selbst umbringen zu müssen, und sich eine neue Begleiterin erschaffen, eine Gefährtin in Form von Schnaps.

Ich drückte ein paar Mal auf die Hupe, doch der Kerl rührte sich nicht von der Kühlerhaube. Aus der Ferne sah ich ein Auto näher kommen und dachte, dass dies seine Chance auf den Tod sein könnte. Nun gut, besser ein anderes Auto wurde mit Fusel besudelt als mein geliebter Käfer. Ich sagte:

»Ich habe eine Idee, wie Sie sich umbringen können!«

»Ah ja? Wie schön! Sag schon, wirst du mich in dem kleinen Bach ertränken?«

»Nein, der Bach ist zu weit weg, außerdem ist er schmal und flach, das wäre zu mühsam. Gehen Sie hier in den Wald und zählen Sie bis hundert.«

»Ach du meine Güte – bis hundert? Reicht nicht auch bis zwanzig?«

»Das ist zu kurz, niemand stirbt bei zwanzig.«

»Ich kann nur bis zwanzig zählen.«

»Na gut, dann zählen Sie eben fünf Mal bis zwanzig.«

»Heilige Mutter Gottes, was für ein verrückter Tod! Dass jemand vom Zählen stirbt, habe ich noch nie gehört. Na ja, mein versoffenes Hirn weiß sowieso nichts mehr. Wahrscheinlich gibt es so einen Tod. Tut es weh? Reicht es nicht, mich einfach zu überfahren? Das geht schneller, und ich muss mich nicht auf die Zahlen besinnen. Ich muss jetzt sterben, jetzt gleich. Damit diese

Halunkin aus Reue stirbt. Diese Schlampe, diese giftige Schlange. Diese Schöne, die einem die Augen verbrennt. Diese Teufelin.«

»Sie werden niemanden umbringen. Weder sich selbst noch Ihre Geliebte. Aber jetzt möchte ich Sie bitten, in den Wald zu gehen.«

Der andere Wagen näherte sich uns, gleich würde er an ihm vorbeifahren, und wenn der Säufer ihn sähe, würde er sich vor ihn werfen, und das musste ich verhindern.

»Gehen Sie jetzt. Ich sage Ihnen: Wenn Sie bis hundert gezählt haben, ist alles anders, dann sind Sie tot.«

»Schwörst du es?«

»Ich schwöre es aus ganzer Seele.«

»Du bist so großherzig, Und so schön. Bist du schön? Ich kann es nicht erkennen, aber ich sehe, du hast Mitleid mit einem armen Kerl wie mir. Du bist ein Engel, eine Heilige. Bist du schön? Du hattest Angst, dass ich dich verfluche, was? Der Fluch eines Säufers taugt aber nichts.«

Der Säufer weinte vor Glück, er richtete sich auf und kam auf mich zu. Ich dachte schon, er wolle mir aus Dankbarkeit die Hand küssen. Er stand direkt vor mir, als das andere Auto schon fast bei uns war.

»Bitte halten Sie sich von mir fern, wir bringen das alles gleich in Ordnung.«

»Dann muss ich erst einen Abschiedsgruß an die Frau schreiben, die mich auf dem Gewissen hat.«

»Oooh nein, Sie Saufnase. Abschiedsbriefe sind sehr wortreich, und so viel Zeit habe ich nicht.«

»Aber ich muss ihr doch sagen, dass ich mich ihretwegen umbringe, was wäre sonst der Witz an der Sache? Sie wird sich über den Liebesbrief eines Mannes freuen, der ohne sie nicht weiterleben wollte. Das ist Romantik, junge Dame. Du weißt doch, was Romantik ist, oder etwa nicht?«

Aha. Jetzt erwies sich, dass der Säufer nicht nur stank, sondern außerdem noch romantisch und hellseherisch veranlagt war. Ich erklärte ihm:

»Nur eine Verrückte würde sich über solch einen Brief freuen. Sicher bekommt sie lieber Blumen als den Brief eines Selbstmörders.«

»Blumen?«

Er hielt inne, um nachzudenken, und es schien ihn gewaltige Mühe zu kosten, diese neue Möglichkeit zu begreifen, sich bei einer Frau beliebt zu machen. Er strengte sich so sehr an, dass er völlig unbekümmert einen Furz fahren ließ, laut wie eine Tuba. Ich riss unwillkürlich die Augen auf und hielt mir die Nase zu, weil ich mir gar nicht ausmalen wollte, wie dieser Furz roch. Dann tat ich so, als hätten nur die Bäume untereinander geraunt.

Der Wagen fuhr vorbei und mit ihm die Möglichkeit, die Aufmerksamkeit seiner unbekannten Angebeteten auf seine Weise auf sich zu ziehen. Staub wirbelte auf, aber er bemerkte es gar nicht, sondern sagte:

»Glauben Sie wirklich, dass Blumen eine Frau stolzer machen als die Tatsache, dass man sein Leben für sie wegwirft?«

»Ich glaube, Blumen sind besser.«

»Das glaube ich nicht, Blumen sind zu gewöhnlich.«

»Haben Sie denn kein Vertrauen zu den Frauen? Und bedenken Sie, dass es eine Frau ist, die Sie das fragt.«

»Den Frauen vertrauen? Nein, ich vertraue ihnen ganz und gar nicht.«

Er spuckte dicht vor mir auf den Boden, und ich schwor mir: Wenn er mich träfe, würde ich mit Freuden wieder und wieder über ihn hinwegfahren und ihm dann ein paar Blumen hinstreuen.

»Aber, mein Fräulein, Rosen sterben schnell, sie haben ein kurzes Leben und wir Menschen nicht. Ich habe für sie so vieles von mir aufgegeben, ich opfere ihr mein ganzes Leben: die neun Monate, die meine Mutter mich in ihrem Leib getragen hat, die Scherze, die mein Vater mit uns trieb, meine Brüder, die ohne mich einsam gewesen wären, die Fröhlichkeit meiner Freunde. Meine Lebensjahre bis zum heutigen Tage, die Frauen, die ich noch lieben würde, und die Kinder, die ich mit ihnen hätte. Das Leben, das sie mir geschenkt hätte, wenn ich weiterleben würde, und das Glück, auf das sie verzichtet hat. Mit mir wäre sie so viel glücklicher als mit dem Bastard, den sie geheiratet hat.«

Und dann brach der Verrückte wieder in Tränen aus, schluchzte laut, hysterisch, schamlos. Er warf sich auf den Boden, strampelte mit den Beinen, wälzte sich hin und her und drosch auf die Erde ein wie auf das Gesicht eines Feindes.

»Es wird sie glücklich machen zu erfahren, dass niemand sie so sehr geliebt hat wie ich. Wer bringt sich schon für jemand anderen um? Das ist das größte Geschenk, das einem jemand machen kann. Einen größeren Liebesbeweis gibt es nicht.«

»Noch sind Sie nicht tot. Sehen Sie denn nicht, dass wir immer noch hier stehen und uns unterhalten?«

»Ah, jetzt weiß ich, wer dich geschickt hat. Ich weiß nun, wer du bist, du bist der Tod. Der Tod höchstpersönlich, der jetzt hier mit mir verhandelt. Ach, du meine Güte! Der Tod ist aber sehr geschwätzig, und ich finde auch, du solltest ein besseres Auto fahren, ein Käfer ist des Todes nicht würdig. Besser gekleidet solltest du eigentlich auch sein. Jetzt bin ich doch etwas enttäuscht von dir. Deine Scheinwerfer sollten scharf wie Schwerter sein, und du solltest mich schneller töten, was für ein erbärmlicher Tod ist das denn! Ich sehe schon, man hat mich belogen. Ich dachte, du wärest bedeutender. Gibt es bei euch verschiedene Abteilungen? Hat man mir jemanden aus den unteren Rängen geschickt? Nur weil ich arm bin und keine schöne Totenwache verdient habe – schon im Leben ein Niemand, ein

Versager. Dabei verdient jeder eine ordentliche Totenwache. Ich bin doch nicht hier, um Geschäfte zu machen, das Einzige, was ich will, ist ein rascher Tod, der mich nicht entstellt, verstanden? Ich will hinterher nicht aufgedunsen sein und weißen Schaum vor dem Mund haben, der allen Angst macht. Ich will schön aussehen, damit die Frau meinen Tod bereut und mich in ihrem Herzen bewahrt. Außerdem trägt der Tod eine Sense und steht nicht mit offenem Mund herum und quasselt die ganze Zeit!«

Dieser versoffene Trottel war tatsächlich der Überzeugung, ich wäre der Tod. Er schlug sich in die Büsche, schimpfend, aber mit stolzgeschwellter Brust, als wolle er sterben wie ein Fürst oder wie ein Märtyrer, und fragte immer wieder, wie er denn sterben würde.

»Wie funktioniert das denn mit dem Sterben durch Zählen?«

»Es ist ganz einfach.«

»Tut es weh?«

»Ein bisschen.«

Der Säufer drehte sich zu mir um.

»Ein bisschen? Ein bisschen viel oder ein bisschen wenig?«

»Glauben Sie denn, der Tod ist süß wie Limonade? Wollen Sie nun sterben oder nicht?«

»Meine Güte! Der Tod hat es aber eilig!«

Er drang immer tiefer ins Gestrüpp, schob Äste beiseite, stürzte, wankte nach links und nach rechts und pflügte mit der Brust durch das Unterholz wie ein Schwimmer durchs Wasser, bis er allmählich in der Dunkelheit verschwand. Dann begann er zu zählen. Als ich das Gefühl hatte, nun sei er weit genug weg, um mir nicht mehr vors Auto springen zu können, gab ich Gas. Ich hörte ihn noch schreien:

»Verräterin! Ich war doch erst bei sechs! Wie soll ich denn sterben, wenn ich nicht mal zählen kann?«

Er schrie weiter, aber die Worte verklangen im Gestrüpp.

Sicher würde er nach der Anstrengung, sich auf die Zahlen zu besinnen, einschlafen. Ich verstand das Drama der Verliebten nicht, hatte immer gedacht, Liebe sei etwas Wunderbares.

Ich parkte den Wagen am Ortsrand, noch vor der Holzbrücke, dann ging ich in den Wald hinein und folgte einer Schneise, die parallel zur Straße verlief. Überall wimmelte es von Menschen. Wie konnte ein so kleiner Ort so mit Leben erfüllt sein? Hinter den Häusern zu meiner Linken hatte sich eine Menge versammelt, die sich langsam vorwärts schob. Ich hielt Ausschau nach bekannten Gesichtern, fürchtete, jemandem aus meiner Stadt zu begegnen, und hoffte, Juliana oder einen ihrer Freunde zu finden. Einmal entdeckte ich einen Mann in der Menge, der mir den Rücken zuwandte und mir bekannt vorkam, suchte aber weiter nach Juliana. Einige Menschen hatten sich wie zu einem Volksfest herausgeputzt, trugen Blumen im Haar, die Frauen hatten rot geschminkte Lippen, die Männer Blumen im Knopfloch. Ich beobachtete das Treiben, und plötzlich sah ich wieder den Mann, und mein Magen verkrampfte sich. Wie konnte es sein, dass ein Magen sich beim bloßen Anblick eines Menschen zusammenzog? Es war, als erkenne mein Körper seinen Körper wieder, während der Kopf noch nicht wusste, wer er war. Als ich ihn mir genauer ansah, ihm direkt ins Gesicht sah, verstand ich.

Es war Tito.

Mich überlief ein Schauer, und mein traumatischer achtzehnter Geburtstag fiel mir wieder ein. Warum war er hier? Warum verdarb er mir meinen Ausflug, das Fest, auf das ich mich so gefreut hatte? Er schien es darauf anzulegen, mir meine schönsten Augenblicke zu ruinieren. Sicherlich wusste er von der Königin, er war wohl aus dem gleichen Grund hier wie ich, aus Neugier. Ich zupfte mir einen kleinen Zweig von der Hose und zerrte heftig an meinem aufgesteckten Haar, jeder meiner Schritte und jede meiner Bewegungen waren mir unangenehm, und mir war klar, dass er, wenn er mich entdeckte, gemerkt hätte, dass ich direkt aus dem Wald kam. Zwischen zwei Häusern erspähte ich eine Lücke – und da war Juliana. Wie sehr ich mich freute, dieses wunderbare Weibsstück zu sehen! Sie war meine Rettung. Eilig bahnte ich mir einen Weg zu ihr. Ich kam hinter einer Reihe von Wäscheleinen voller Kleidungsstücke heraus, rief Julianas Namen, und nachdem ich mir fast die Kehle heiser geschrien hatte, hörte sie mich endlich.

»Ich fasse es nicht, dass du es geschafft hast! Du raffiniertes kleines Luder!«

Ich wäre am liebsten im Erdboden versunken, als ich sie so schreien hörte. Tito war irgendwo vor uns.

»Sei still, Juliana. Ich bin heimlich hier. Verkleidet, siehst du das nicht?«

»Klar, ich hätte dich kaum erkannt.« Sie lachte spöttisch. »Das hast du prima hingekriegt, mach dir keine Sorgen, sollte jemand in der Stadt aus seinem Gefängnis ausbrechen, um sich hier zu vergnügen, wird er dich nicht erkennen.« Ihr Tonfall war belustigt.

»Und das ist auch gut so. Ich habe nämlich vom Gebüsch aus einen Typen entdeckt, den ich lange nicht gesehen habe und der aus meiner Stadt kommt. Da habe ich mir Sorgen gemacht.«

Julianas Miene verdüsterte sich.

»Bist du sicher? Es ist seltsam, dass jemand aus deiner Stadt hier sein soll. Du musst dich irren, das kann nicht sein.«

»Warum nicht? Die Vila gehört noch zu unserem Bezirk, sie liegt nebenan. Wenn ein Fest wie dieses stattfindet, warum sollten die Leute nicht herkommen, ich bin doch auch hier?«

»Das ist etwas anderes, du bist du. Na gut, lassen wir das erst einmal. Wollen wir zum Platz gehen?«

»Ich kann es kaum erwarten. Du kannst dir nicht vorstellen, welche Angst ich heute ausgestanden habe.«

»Ich bin stolz auf dich, Flor. Das zeigt, dass du deinen eigenen Willen hast. Dass du Mut in der Brust hast. Und was für eine Brust! Du musst sie zeigen, mach die Männer verrückt!«

Juliana griff nach meinen Brüsten und wollte sie zurechtrücken, mehr, um mich meine Angst vergessen zu lassen, als um sie wirklich richtig zur Geltung zu bringen, aber ich schlug ihr auf die Hände, um sie davon abzuhalten.

Wir schoben uns durch die Menschen, die mich regelrecht anstarrten, vielleicht weil sie spürten, dass ich hier fremd war; manche aber waren direkter. »Dich kenne ich doch irgendwoher«, sagte einer. Es dauerte eine Weile, bis wir durchgekommen waren, denn Männer und Frauen strömten herbei, um sich mit uns zu unterhalten, grüßten uns, griffen nach unseren Händen, küssten uns auf die Wangen. So viele Zärtlichkeiten, sehr seltsam für jemanden, der an dieses Ausmaß von Freundlichkeit nicht gewöhnt war. An der Stelle angekommen, an der die Straße in den Platz mündete, konnten wir außer den Häusern am Rand nichts sehen. Überall standen mit Bändern geschmückte Tresen, an denen es Obst, Trockenfrüchte und Tonkrüge mit Wasser gab, damit man sich die Hände waschen konnte. Auch gab es zahlreiche Speisen, die ich nicht kannte, zum Beispiel ein Gericht aus Maismehl, Oliven, Knoblauch und Huhn, alles in Bananenblätter gerollt und an Ort und Stelle in großen Kesseln gekocht, die vor den Fenstern der Häuser aufgestellt worden waren. Vor allen Haustüren standen Schüsseln mit Honig auf dem Boden, und viele Männer bestrichen sich im Vorbeigehen die Gesichter damit. Ich war schon an einigen vorübergekommen, deren klebrig glänzende Gesichter einen seltsamen Anblick boten.

»Wozu der Honig und die Blume am Hemd, Juliana?«

»Das bedeutet, dass der Mann bereit und willens ist, sein Leben der Göttin zu opfern, dass er zu ihrem Geliebten erwählt werden will«, erklärte sie mir.

»Ich dachte mir schon, die Männer hätten uns nicht mit einem Kuss begrüßt, weil sie so klebrig sind.«

»Das hat damit nichts zu tun, Süße, sondern liegt daran, dass sie sich von dem Augenblick an, in dem sie sich mit Honig und einer Rose schmücken, schon als vergeben betrachten. Uns zu küssen wäre ein Verrat, den die Bienenkönigin nicht verzeihen würde.«

»Das heißt, alle diese Kerle können von der Königin vernascht werden?«, fragte ich, bemüht, mich auszudrücken wie Juliana. Sie bemerkte es und lächelte.

»Ja, alle diese Kerle gehören ihr. Was für eine Verschwendung! Verzeih den Scherz, Göttin und Königin«, fügte sie in ernstem Ton und mit zum Himmel gewandtem Blick hinzu. »Aber sie nimmt sich immer nur einen.«

»Hör mal, wenn du schon mit der Herrin redest, könntest du sie dann bitten, endlich anzufangen? Wenn das noch lange so geht, muss ich nämlich wieder los.«

Juliana sah mich nicht an, sie lachte nur.

»Wo sind Salada und der Major?«

Nach kurzer Suche fanden wir sie vor dem Haus gegenüber mit honigverschmierten Gesichtern. Salada sah aus, als sei ihm nicht ganz wohl in seiner Haut, der Major aber schien das Ganze zu genießen.

»Hat Salada Angst?«

»Riesenangst, geradezu Horror!«, antwortete Juliana. »Er ist noch nicht bereit, er ist noch zu jung.«

»Jung? Ist das eine Frage der Jugend? Sind es die älteren Männer, die sich hingeben?«

»Natürlich! Warum sollte ein älterer Mann nicht die Geheimnisse der Königin kennenlernen wollen? Warum sollte er nicht mit der unglaublichsten Frau der Welt zusammen sein wollen? Und die Neugier! Der Wunsch, sie kennenzulernen! Wie oft denken die Männer, wenn sie mit einer Frau zusammen sind: ›Wenn diese hier schon großartig ist, wie muss dann erst die Königin sein? Wie machtvoll muss der Sex mit ihr sein!‹ Alle werden zu Dienern der Königin, wenn sie von ihr erfahren. Wie kann man ein Mann sein und sie nicht begehren?«

»Aber gibt es tatsächlich einen Zauber? Das klingt mir alles nach Hexerei.«

»Es gibt einen Zauber, mit dem sie den Mann umhüllt und in ihre Welt zieht, wo sie ihm die Augen für das Übernatürliche öffnet. Es ist ein Weg ohne Wiederkehr, denn danach erscheint ihm unsere Welt eng und klein. Sie entführt den Kerl in ihre Welt, und er ist verloren.«

Ach bitte, das klang wirklich zu albern. Ich wollte nur noch wissen, wann es anfing und wie lange es dauern würde. Ich fürchtete mich davor, dass jemand aus meiner Stadt auftauchen und meinen Tanten erzählen könnte, dass er mich hier gesehen hatte. Ich sollte lieber wieder gehen, das Palaver nahm kein Ende, und die Königin ließ sich nicht blicken. Juliana versuchte, mich zu beruhigen.

»Es ist niemand aus deiner Stadt hier, Süße, bist du verrückt? Vergiss es! Deine Leute sind so fromm und gehorsam, die trauen sich nicht hierher.«

»Gehorsam? Wem sollen sie denn gehorchen?«

»Das fragst du? Der Ordnung, den Konventionen, die über allem stehen. Dem Druck der Leute, dem Getratsche und den Feindseligkeiten.«

Bei ihren Worten hatte ich plötzlich das Gefühl, dass mich jemand beobachtete, direkt ansah. Mochte Juliana auch noch so sehr betonen, das könne nicht sein, mein Eindruck, dass viele Augenpaare mich anstarrten, war stärker. Also wandte ich mich nach links. Dort stand Tito, den Blick auf mich geheftet, und ich erstarrte. Meine Hände und Beine fingen an zu zittern, und ich stöhnte innerlich auf. Ich ließ Julianas Arm los und wollte den Rückzug antreten, aber es war unmöglich, von dem Platz wegzukommen, immer mehr Menschen strömten herbei und verstopften die Einmündung der Gasse, meinen Fluchtweg.

»Kennst du ihn, Süße?«

»Ich kenne ihn, er ist aus meiner Stadt, das ist der Mann, von dem ich dir erzählt habe.«

Juliana war zuerst verblüfft, aber dann auch unglaublich wütend auf den Fremden. Sie entgegnete heftig:

»Das kann nicht sein. Er kommt von außerhalb, was macht er hier?«

»Er wird neugierig sein, Juliana, weiter nichts.«

»Was schnüffelt er hier herum, der Mistkerl. Er hat kein Recht, neugierig zu sein. Ich kenne Typen wie ihn! Wer hierherkommt, der ist eingeladen oder ein Kind von Vila Morena. Bei dir ist das anders, du bist unsere Freundin. Die anderen sind gefährlich, sie dulden uns nicht in ihrer Nähe, sie wollen uns vernichten.«

Ich war verdutzt über Julianas Bemerkung, übertrieb sie nicht ein wenig?

»Du hast ja keine Ahnung, Süße. Und vorerst wirst du auch nichts erfahren, denn dieser Mann kommt zu uns herüber.«

Mir war, als müsse ich in Ohnmacht fallen, dieser entsetzliche Druck auf meinen Magen war stärker als je zuvor.

»Zieh nicht so ein Gesicht. Besser noch: Vergiss dein Gesicht. Verstell dich. Lach laut, rede, wie dir der Schnabel gewachsen ist, und tu so, als wärest du eines dieser schamlosen Geschöpfe, die hier haufenweise herumlaufen. Nutz die Gelegenheit und tu so, als hättest du schon mit vielen Männern geschlafen, hörst du? Hast du verstanden, was ich dir gesagt habe? Vielleicht merkt er ja nichts.«

Wie hatte ich bloß so dumm sein können zu glauben, dass ich hier niemanden aus der Stadt treffen würde? Sie war direkt nebenan, von Vila Morena nur durch ein paar Kilometer Wildnis und eine Brücke getrennt. Im Grunde genommen waren beide Orte durch eine verlockende Straße miteinander verbunden, und Vila Morena hatte einen äußerst schamlosen Ruf. Nur ich konnte so naiv sein zu glauben, dass ich die Einzige war, die sich heimlich hierherschlich.

Nach allem, was geschehen war, wusste ich nicht, ob ich mit Tito unter normalen Umständen hätte reden können – wenn ich zum Beispiel in der Stadt vom Markt oder aus der Apotheke kam –, wie sollte ich es dann hier tun? Ich war aufgewühlt, fühlte mich links liegengelassen, musste erneut daran denken, dass er meine Tante mir vorgezogen und sich mit ihr über mich lustig gemacht hatte. Alles brach wieder über mich herein, die Enttäuschung eines Kindes traf mich völlig unvorbereitet ins Kreuz, es war schlimmer, als hätte man mir einen Lutscher aus dem Mund gerissen, um ihn meiner Tante zu geben. Von ihr fühlte ich mich schlimmer verraten als von ihm, aber er trug eine gewisse Mitschuld. Er hatte ihr geholfen, mir etwas vorzugaukeln, er hatte mich gegen meine Tante ausgespielt und mir die Augen für etwas geöffnet, was ich gar nicht sehen wollte. Ihr Getuschel mit ihm, seine Blicke, ihrer beider Gelächter, als sie zu mir herübersahen, und ihre Küsse im hintersten Winkel des Gemeindehauses waren nicht länger vergangene Ereignisse, sie schwappten in die Gegenwart. Ihm jetzt zu begegnen wäre gefährlich und könnte tragisch enden, denn er würde Tante Florinda alles erzählen. Er kam auf mich zu, um mich zu entlarven und noch mehr zu verhöhnen. Als anständiger Mann hätte er sich verstellen müssen und die Angelegenheit nie zur Sprache bringen dürfen, aber nein … Titos Gesicht war neben mir, dann direkt vor mir, so nah, dass ich seinen Atem spürte. Er lächelte und sah mir vergnügt in die Augen.

»Hallo.«

»Hallo, Ti…«

Beinahe hätte ich seinen Namen genannt, mehr zu mir selbst als laut, und mich damit verraten, aber zu meinem Glück hatte er gleich weitergesprochen.

»Entschuldige meine Aufdringlichkeit. Ich habe dich von weitem gesehen, und seitdem sehe ich dich überall. Du bist schön. Ich konnte mir die Gelegenheit nicht entgehen lassen, dich kennenzulernen. Darf ich wissen, wie du heißt?«

Ich schwieg, während meine Gedanken rasten. Er sah mich anders an als damals, und ich verstand, dass er möglicherweise die Wahrheit sagte. Fast wäre es mir nun lieber gewesen, er hätte mich erkannt, denn so war es noch schlimmer. Vielleicht sollte ich doch Julianas Ratschläge befolgen. Während er redete, dachte ich nach, ich achtete nicht auf das, was er sagte, bis eine Bemerkung von ihm mich plötzlich aufhorchen ließ. Er hatte gesagt, er fände mich schön, außergewöhnlich, und machte mir alle möglichen Komplimente. Wie konnte er nur? Log er mir dreist ins Gesicht? Hatte er diese Farce zusammen mit meiner Tante ausgeheckt? Und wenn sie ihn geschickt hatte, um mich zu überwachen? Vielleicht würde sie in der nächsten Sekunde hier auftauchen und mich in Scham und Schande nach Hause schleppen oder ihn mitnehmen, nachdem sie miteinander gelacht hatten, und mich wieder mit meinem Verlangen allein lassen.

Juliana antwortete für mich.

»Ihr Name ist Flor de Laranjeira, junger Mann, aber du kannst sie einfach nur Flor nennen. Sie ist meine Cousine und kommt aus dem tiefsten Landesinneren, eine halbe Wilde. Beachte sie gar nicht, Süßer, sie ist so gut wie stumm, weißt du? Ich heiße Juliana, und du?«

Tito nannte Juliana seinen Namen, ohne sie anzusehen, wie man es normalerweise tut, wenn man sich vorstellt. Er hatte nur

Blicke für mich, starrte mir in die Augen, dann auf meinen Körper, und ich schmolz dahin. Vielleicht machte die Königin mit den Männern das, was er mit seinen Blicken mit mir tat. Ich dachte, dass auch er wusste, wie der Zauber funktioniert.

»Gefällt dir das Fest? Bist du schon lange hier?«

Bei diesen Fragen rückte er immer näher an mich heran, dann nahm er meine Hand und küsste sie sanft, direkt vor meinem Mund. Dabei sah er mir forschend erst in das eine, dann in das andere Auge und schließlich auf meinen Mund. Ich stammelte kaum hörbar:

»Es … es gefällt mir sehr. Ich bin erst … erst vor kurzem hier angekommen und kenne kaum jemanden … aber ich fühle mich wie zu Hause. Die Leute sind alle sehr nett.«

»Möchtest du ein bisschen herumspazieren und sehen, was es in diesen Buden gibt? Wir könnten etwas trinken«, lud er mich ohne die geringste Scheu ein.

»Nein, danke. Ich muss hier bei meiner Cousine Juliana bleiben, nicht wahr, Juliana? Wir hatten abgemacht, das Fest gemeinsam zu feiern.«

»Glaub bloß nicht, dass du das Fest mit mir verbringen wirst, wo du hier einen schönen Mann hast, der mit dir feiern will! Geh nur, das ist gut, denn so angele ich mir auch einen Kerl.«

Tito beharrte:

»Gehen wir etwas trinken?«

Unwillkürlich nickte ich. Ich und trinken? Ich warf Juliana einen Blick zu, mit dem ich sie bat, mir zu helfen, bei ihr bleiben zu dürfen, aber das verfluchte Weibsbild lachte sich nur halb tot. Sie lehnte sich an meine Schulter und flüsterte dicht an meinem Ohr:

»Du bist tot, kleine Eidechse.«

Tito an meiner Brust

Ich verstand sofort, dass das mit dem Trinken nur ein Vorwand war und Tito etwas ganz anderes mit mir vorhatte. Nachdem ich schon so lange auf die Liebe gewartet hatte, fürchtete ich, dass ich die Zeit des Hoffens vielleicht schon überschritten hatte und mich in der Phase des Verzichts und der akuten Angst vor der Liebe befand. In dieser Phase versucht man nicht mehr, die Liebe zu finden, sondern hört auf, sie zu suchen. Innerlich war ich eine alte Frau, älter als Dona Cândida oder Dona Carina, und ich war mehr als nervös; aber wie sagt man »Nein« zu einem Mann? Vor allem, wenn man es noch nie gesagt hat und einen alles dazu drängt, »Ja« zu sagen. Zum ersten Mal folgte ich meinem Körper, ich war ein Tier, das sich alles nahm, worauf es ein Anrecht hatte.

An einer der Buden bestellte Tito ein seltsam schmutzig gelbes Getränk und stellte es vor mich hin.

»Eines für dich und etwas anderes, Stärkeres für mich.«

»Was ist das?«

»Etwas, das es nur hier in der Vila gibt. Es ist nicht stark. Soweit ich weiß, wird es aus Mais gemacht, es soll gut sein. Na trink schon, es macht gute Laune.«

»Aber ich bin gut gelaunt, dazu muss ich nicht trinken.«

Als ich an dem Glas roch, nahm ich keinerlei Maisgeruch wahr, nur Alkohol. Ich trank einen großen Schluck, verzog das Gesicht und wunderte mich, dass meine Grimasse Tito nicht vertrieb. Ich wartete, bis er zu dem Mann hinsah, der ihm das Wechselgeld herausgab, schüttete mehr als die Hälfte des Getränks auf den Boden und kippte den Rest rasch hinunter.

»Meine Güte, schon fertig? Du hast es aber eilig, meine Schöne.«

»Medizin muss man rasch nehmen.«

Ich senkte den Blick, denn es war mir unmöglich, auf die Botschaft zu antworten, die seine Augen aussandten. Mir kam in den Sinn, dass ich nicht die Erfahrung meiner Tante Florinda besaß, aber ich fing an, mich auszuprobieren, ihn auszuprobieren. Ich schlüpfte in meine Rolle, spielte das Spiel und gab mir Mühe, wenn auch sicher ein wenig ungeschickt, mich in die Gedanken eines Mädchens aus der Vila zu versetzen. Jetzt wirst du was erleben, Tito. Er merkte den Unterschied sofort, ihm gefiel das Spiel, und er trieb es weiter, indem er ganz nah an mich heranrückte, mir tief in die Augen sah und mir sagte, dass ich ihm gefiel, seit er mich auf dem Fest zum ersten Mal gesehen hatte, dass ich schön war, von einer verborgenen Schönheit. Ich glaubte ihm. Er legte seine rechte Hand an meine Wange, beugte sich vor, und sein linker Arm umfasste meine Taille, meine Füße hoben sich wie zum Tanz. Ich sah ihn mehr an als er mich, und ich küsste ihn, bevor er es tat, suchte diesen Kuss, als hätte ich seit Jahren auf ihn gewartet. Vollkommen Herrin der Lage, legte ich meine Arme um seinen Hals und drückte meine Brüste an seinen Körper, während ich ihm über die ganze Länge des Kusses hinweg in die Augen sah.

»Lass uns gehen«, murmelte ich, meinen Mund dicht an seinen Lippen.

Er sagte nichts, nahm mich nur beim Arm und ging gegen den stetig wachsenden Menschenstrom an.

»Zum Auto?«, fragte er.

»Auto? Welches Auto?«, fragte ich erschrocken, weil ich dachte, er wüsste von mir und dem am Ortsrand versteckten Käfer.

»Ich habe ein Auto, da können wir uns reinsetzen. Was meinst du, hast du Angst?« Ich nickte.

Wir waren am Ortseingang angelangt, ganz in der Nähe der Karnevalsbar, und zum ersten Mal sah ich sie geschlossen. Er ging raschen Schrittes, wich den Leuten aus, wandte sich nach mir um, sah mir in die Augen und bahnte sich weiter einen Weg durch die Menschenmenge. Ich betrachtete ihn, und meine Freude über die gelungene Verführung wuchs, ließ das, was hart und unbenutzt in mir war, weich werden und bröckeln. Ich überholte ihn und spürte plötzlich meinen Körper, und da verstand ich. Ich wiegte mich in den Hüften, als wäre es das reinste Vergnügen zu gehen, ließ meinen Hintern kreisen und rieb meine Schenkel aneinander, eine vollkommene Verbindung der verschiedenen Teile und Hälften meines Körpers, die zuvor immer getrennt gewesen waren oder geschlafen hatten. Diese Teile hatten bisher nur existiert, wenn ich sie betrachtet, gewaschen oder mir weh getan hatte. Jetzt gehörten sie mir, sie waren mein Heim, in dem ich mich gerne aufhielt und mich einrichtete, als gäbe es kein besseres. Ich gebrauchte meinen Körper mit Kraft, hatte ihn völlig unter Kontrolle, meine Hüften waren stolz, und die andächtigen Blicke der Männer um mich herum erfüllten mich mit der Befriedigung eines Bildhauers, der bemerkt, dass die Menschen von seinem Werk fasziniert sind. Ich war eine Skulptur aus Zucker. Die Männer sahen mich ganz anders an, als sie es auf dem Hinweg mit Juliana getan hatten.

Wir gingen zu Titos Wagen, der am Ortseingang geparkt war, gar nicht weit von meinem, und sahen uns um. Die kleine Gruppe Leute, die gerade vorbeiging, beachtete uns gar nicht, sie hatte es eilig, zum Fest zu kommen. Titos Auto war grün und langgestreckt, das neueste Modell einer modischen Marke, eines dieser Autos, deren Innenraum so groß ist, dass man darin wohnen könnte. Wir stiegen ein. Er sah mich an, erfasste mich lange mit seinen Augen, und ich hielt ihnen stand. Dann legte er die Hand um meinen Nacken und richtete seinen Blick auf meinen Mund, meine Brüste, bevor er wieder zu meinen Augen zurückkehrte. Unser keuchender Atem sprach für sich, mein Herz schlug unregelmäßig, wie unter Schock – die Kontrolle, die ich bisher immer über mich gehabt hatte, entglitt mir. Ein dichter Schleier breitete sich über uns und hüllte uns ein. Ich versuchte, meine Rolle zu spielen, so gut es ging, ich weiß nicht, ob er es bemerkte. Ich muss eiskalt gewesen sein, konnte nicht sprechen, aber trotzdem setzte ich mich auf seinen Schoß. Wieder war ich diejenige, die ihn zuerst küsste. Er hob mich auf, führte mich wie bei einem Walzer, wie bei dem Tanz, den wir zuvor nicht fortgesetzt hatten. Ich strich meinen letzten Geburtstag aus, es gab ihn nicht mehr, mein Eintritt ins Erwachsenenalter war jetzt. Tito berührte eine Stelle an mir, an der mein Herz am stärksten und am heißesten pochte, zwischen meinen Beinen war etwas, was ich nicht kannte, ein Tier, das ich herangezogen hatte, ein stilles Tier – bereit, nach ihm zu schnappen. Er nahm meinen Hintern in die Hände und biss mich in die Lippen, knöpfte mir die Bluse auf, küsste meine Brustwarzen und schob seinen Schwanz dorthin, wo er sich wie von alleine einfügte. Ich verstand, dass ich verloren war, als ich spürte, dass unsere Körper zu perfekt ineinander passten, dass ich nicht die Kraft haben würde, diese Empfindung zu stoppen, die ich, wie mir jetzt schien, mein Leben lang mehr herbeigesehnt hatte als alles andere. Mein Körper übernahm die Herrschaft. Es war mein Unterleib, der über alles entschied, mein Kopf wünschte sich nur, dass es geschähe, war ein Fluss loser, unbewusster oder beinahe unbewusster Gedanken. Bei jedem Eindringen wünschte ich mir, er würde für immer in mir bleiben, in mir wohnen, und obwohl der Weg zwischen meinen Lippen verschlossen war, öffneten sie sich, um ihn schneller einzulassen, und der brennende Schmerz war viel weniger heftig als mein Verlangen. Es war, als könne er ganz in mich eindringen, mit Armen und Beinen, und ich würde ihn nie wieder loslassen. Ich hatte ihn gefangen und würde ihn nie wieder hergeben. Er war mein.

Auf dem Fest schlugen die Trommeln, und Jubelrufe drangen durch die Straßen bis zu uns. Wahrscheinlich hießen sie die Königin willkommen. Für mich bejubelten sie mein Glück, und ich fühlte mich mächtig wie meine Tanten, sogar mächtiger als sie. Tito schien ein erfahrener Mann zu sein, er beherrschte die lustvolle Kunst, eine Frau bis zum Wahnsinn zu treiben. Die unvorstellbare Leidenschaft, die ich offenbarte, als ich die Augen aufriss und mich mit Fingern, Armen und Beinen an ihn klammerte, erfüllte ihn sichtlich mit Stolz. Er bemerkte meine Unschuld, aber er musste mich nicht besonders anleiten, damit ich wusste, was zu tun war. Wie hatte ich all die Jahre leben können, ohne dieses Geheimnis zu kennen? Es war die lustvollste Erfahrung, die mein Körper jemals gemacht hatte. In unserem Rausch des Begehrens hörten wir die Rufe der Einwohner dieses kleinen Ortes, Willkommensrufe, die sich mit den Schreien vermengten, die ich ausstieß. Da war es: das höchste der Gefühle. Das, was alle verdienten, alle Kinder Gottes, das größte aller Wunder: der reine Orgasmus. In diesem Fall mein Orgasmus.

Meine Empfindungen explodierten ungehindert wie an dem Tag, als ich das Pärchen im Dickicht bei der Liebe beobachtet hatte, aber nun, da Tito bei mir war, erschien mir dieses Erlebnis bedeutungslos, nicht mehr als ein Vorspiel.

Unsere Lust war so groß, dass wir nicht lange brauchten. Irgendwann sah ich aus dem Fenster, und mir war, als stünde die Morgenröte am Horizont. Ich verstand, dass die Sonne jeden Moment aufgehen würde, und zog mich an. Dann küsste ich sein schlaftrunkenes Gesicht und ging, während er mir mit zärtlichen, wachsamen Augen nachblickte. Vor lauter Sorge vergaß ich ganz, mich für ein nächstes Mal mit ihm zu verabreden, und schlich hinüber zu meinem Wagen. Als ich gerade ins Auto steigen wollte, trat auf einmal eine Gestalt auf mich zu, und ich erschrak. Es war eine unfassbar schöne Frau mit langem Haar, die nach Orangenblüten duftete. Sie richtete ihren tiefen Blick auf mich, und ihr Lächeln war warm – eine Dame. Ihr Blick glitt langsam über mich, dann küsste sie mich auf die Stirn und verschwand furchtlos in der Wildnis.

Ich glitt ins Auto, legte den Rückwärtsgang ein und fuhr zurück in die Stadt. Gedanken und Erinnerungen mischten sich mit der Erschöpfung, die mich aufgrund der Uhrzeit und der vielen neuen Eindrücke umfangen hielt. Kurz bevor ich unser Haus erreichte, schaltete ich den Motor aus und rollte die letzten Meter im Leerlauf. Ich öffnete die Tür, die mit ihrem hysterischen Quietschen meine Ankunft verriet, und stieß mit Odézia zusammen, die gerade dabei war, die Schuhe meiner Tanten zu putzen.

»Herrje, bin ich erschrocken, Dedé. Wieso bist du denn so früh schon auf den Beinen?«

»Dasselbe könnte ich dich fragen, Kind! Wieso bist du so früh schon auf den Beinen? Deine Tanten wissen doch sicher nichts davon, oder?«

»Heute war in der Stadt ein Fest von ein paar alten Freunden, die ich seit Jahren nicht mehr gesehen hatte, weil sie in den Süden gezogen sind. Endlich haben sie mich eingeladen, darauf habe ich mein ganzes Leben gewartet, Dedé, und ich habe es nicht übers Herz gebracht, ihnen abzusagen.«

»Aber deine Tanten wissen nichts davon, stimmt's?«

Ich war kurz davor, ihr eine patzige Antwort zu geben, aber das hätte es nur noch schlimmer gemacht. Also übte ich mich in Geduld und sagte freundlich:

»Sie dürfen es auf keinen Fall erfahren, es würde ihnen sicher nicht gefallen. Dabei bin ich ihnen sowieso ziemlich egal, und ich wollte endlich mal wissen, wie es ist, erwachsen zu sein. Sich für etwas entscheiden, ohne um Erlaubnis zu fragen, verstehst du? Herausfinden, ob ich allein zurechtkomme, entdecken, wie es ist, nur mir selbst zu gehören, und ich glaube, das habe ich diese Nacht.«

»Was hast du?«

»Ich habe mir gehört, Odézia. Ich habe es geliebt, die Kontrolle über mich selbst zu haben.«

Odézia blickte verwirrt und verständnislos drein. Sie sah mich aus großen Augen an.

»Ach, Kind, du bist deinen Tanten gegenüber ungehorsam, dabei sind sie doch so um dich besorgt.«

Ich lächelte spöttisch, wie um zu sagen: Mir kannst du nichts vormachen, Dedé.

»Na gut, lass uns jetzt nicht darüber diskutieren, wir reden ein anderes Mal darüber. Geh schnell rauf, bevor noch jemand aufwacht.«

»Du wirst doch nichts sagen, oder, Dedé? Bitte!«

»Habe ich dir schon einmal geschadet? Geh schnell, bevor es zu spät ist.«

»Danke, Dedé, du bist eine wahre Freundin.«

Dedé lächelte. Ich küsste sie dankbar und schlich, verstohlen wie ein Dieb, in mein Zimmer. Wer die Wahrheit nicht erzählen kann, lernt, geschickt zu lügen.

Erwachsensein, Baccharistee

Mit dem Regen kommen die Erinnerung, die Angst vor Schicksalsschlägen und der Fluch der Einsamkeit. Er überspült unsere Sünden, wäscht sie rein und schwemmt sie fort, zwingt uns, gewundenen Pfaden zu folgen, und tun wir das nicht, hat das schwerwiegende Folgen. Die Tage vergingen, aber nicht für mich, ich war immer noch in den Bildern gefangen, die mich verfolgten. Tito hatte ich nicht wiedergesehen, anscheinend war er nicht mehr in der Stadt. Aber selbst wenn ich ihm begegnen sollte – wie konnte ich ihm erklären, wer ich war? Wie sollte ich ihm entgegentreten? Verdammten mich meine Lügen dazu, niemals fortsetzen zu können, was ich begonnen hatte?

Meine Arbeit verrichtete ich schleppend und schlecht, meine Tanten hielten mich aber ganz gut auf Trab. Maurício schickte Dona Carina wieder Blumen und Nachrichten, und ein geheimnisvoller Mann begann Dona Esmeralda von der Bäckerei mit roten Rosen ohne Gruß den Hof zu machen. Pater Carlos glaubte weiterhin an seine weißen Rosen.

Die Männer, die den Garten rodeten, brauchten mich, um im ersten Abschnitt voranzukommen, doch ich hatte keinerlei Energie und wusste nicht, wie ich meine Qualen verstehen und lindern könnte. Tito war in allem, was ich tat, stand über allem und hinter Menschen, die er nicht kannte. Ständig schrak ich zusammen, weil ich ihn in allen Männern sah, in allen Stimmen hörte. Mein Körper erwartete ihn und war zugleich erschöpft – meine ganze Wachsamkeit war auf ihn gerichtet. Ich litt Höllenqualen, verlangte so sehr nach ihm, dass ich Entzugserscheinungen hatte. Manchmal brach ich in irgendeinem Winkel des Hauses unvermittelt in Tränen aus, ich erkannte mich selbst nicht wieder, meine frühere Ungebundenheit war dahin. Es war ein Virus, ein Krebs, der an einem kleinen Punkt beginnt und dann den ganzen Körper zerfrisst, bis er zuletzt das Gehirn befällt. Jetzt verstand ich die qualvolle Besessenheit der Leidenschaft, ich verstand den Säufer. Ich litt unter Atemnot, Panikattacken, spürte ein unbändiges Verlangen davonzulaufen, zu sterben, zu verschwinden, keinen neuen Morgen mehr zu erleben, mich an den Mann zu klammern, den ich liebte, und ihn nie mehr loszulassen. Schließlich bekam ich so hohes Fieber, dass ich in Ohnmacht fiel, und das rief Odézia an meine Seite, meine einzige Freundin.

»Was hat sie bloß?«, fragten die Tanten von der Türschwelle aus, ohne mein Zimmer zu betreten.

»Nur Fieber und Grippe, weiter nichts. Ich kümmere mich um sie.«

»Was wird nur werden, wenn sie morgen nicht aufsteht und arbeitet, Margarida? Sollen wir für die nächsten Tage jemanden einstellen? Was sollen wir bloß machen?«

»Na ja, lassen wir die Männer den bereits abgetrennten Teil erst mal fertig roden, dann beziehen wir ihn in den restlichen Garten ein und pflanzen die erfassten Blumen um. Sie sollen sich den Garten genau ansehen, einige Rosensträucher umsetzen und alles in Ordnung bringen, so gut sie können, während sie sich erholt.«

»In Ordnung, morgen früh sehen wir nach, ob es ihr bessergeht. Schluss für heute. Gute Nacht, Odézia.«

Sie dachten wohl, dass ich schliefe, aber ich hörte alles mit und verstand sogar ihre Sorgen, wenn ich es auch lieber gehabt hätte, dass sie mir einen Kuss auf die Hand oder die Wange gaben. Vielleicht brauchte ich einfach nur eine Familie. Ich dachte an Juliana.

In meinen Fieberträumen sah ich Tito im Garten mit mir und meiner Sehnsucht spielen, ich lief ihm nach, bekam ihn aber nie zu fassen. Er tauchte auf, zog an meinem Rock und meinen Haaren, pfiff und verschwand wieder, und ich versuchte wieder und wieder vergebens, ihn zu erhaschen. Wenn ich es fast geschafft hatte, lächelte er genussvoll, spöttisch, und wurde von Millionen von Ameisen angegriffen, die ihn vollständig einhüllten und forttrugen. Ich erwachte davon, dass Odézia mit leiser, vertraulicher Stimme etwas zu mir sagte.

»Ich kenne nun dein Geheimnis, Kind.«

»Woher, Odézia?«

Ich dachte, dass ich ihr vielleicht im Traum alles erzählt hatte. Gleich würde sie Titos Namen erwähnen, Vila Morena und meine Freunde. Alles.

»Du bist enttäuscht von einem Mann, dein Herz ist verwundet, du vermisst jemanden.«

Bei Odézias Worten brach ich in haltloses Schluchzen aus.

»Wie kann man von einer Leidenschaft genesen, Odézia? Was ist das Heilmittel dagegen? Ich kann nicht mehr, hilf mir. Ich kenne mich selbst nicht mehr, ich halte das nicht aus …«

»Du musst geduldig sein, Kind. Ich werde dir einen Tee aus Baccharis brauen, das lindert die Verzweiflung. Der zähflüssige Saft der Leidenschaft sammelt sich nicht im Herzen, sondern im Magen, das Herz leidet nur unter dem Rückstau des Gifts.«

Sie erklärte mir alles: Die Baccharis reinigte den Körper von

Grund auf, den Ort, an dem das Labyrinth unserer Traumata liegt und wo die Erinnerung haust.

»Ich brauche diese Arznei dringend, Dedé. Ich bin schwer krank.«

»Das nennt man Erwachsensein, Kind. Eines Tages muss man zu jemandem gehören. Du liebst doch Bücher, Gedichte und Romane? Es gibt nichts Besseres, als jemanden zu haben, der zu einem gehört. Man muss nur aufpassen, dass man sich nicht verliert, aber dafür leben wir, das ist unser Verlangen. Unser ganzes Leben ist darauf ausgerichtet. Was wir anziehen und lesen, was wir arbeiten und in unserer Freizeit tun ...«

»Hör auf, Dedé, ich habe schon verstanden. Ich fühle mich von jemandem beherrscht, besiegt und beherrscht.«

»Wovon sprichst du, du verrücktes Wesen? Träumst du wieder?«

»Ich bin völlig verloren. Es ist nicht gut, sich einem anderen hinzugeben, sich an ihn zu verlieren, Dedé. Vor allem dann nicht, wenn er einen nicht liebt. Vor allem dann nicht, wenn der andere nicht existiert oder ich für den anderen nicht existiere.«

»Was meinst du damit, Kind? Du hast wieder Fieber, was ist das für eine Geschichte?«

»Ich kenne ihn nicht, ich weiß nicht einmal seinen vollständigen Namen oder wo er gerade ist. Ich bin verliebt in jemanden, der nicht weiß, wo er mich findet, wer ich bin. Die Leidenschaft, für die mein Körper ein Gegengift verlangt, ist taub, blind und stumm. Ich bin verzweifelt wie all die würdelosen Schreiber, deren Liebesbriefe ich aufbewahre. Wie der Säufer, dem ich vor einigen Tagen begegnet bin, oder Maurício. Furchtbar! Wie all diejenigen, die ich seit Jahren ausgelacht habe. Ich leide am gleichen Gebrechen wie sie, Dedé, der Wahnsinn hat mich fest im Griff. Jetzt sind sie alle meine Freunde, wir gehören zum selben Stamm, sie sind meine Gefährten im Leid. Wir alle haben eine

Schale von demselben Gift getrunken. Was sollen wir bloß tun? Ich fühle mich schrecklich.«

»Was du so daherredest! Und du weißt nicht, wer er ist?«

»Natürlich weiß ich, wer er ist. Mehr oder weniger – eher weniger. Aber ich weiß nicht, wo ich ihn finden kann, wie ich den Mut aufbringen soll, ihn zu suchen. Was, wenn ich ihn wiedertreffe und er mich nicht erkennt? Was, wenn ihm nicht gefällt, wer ich bin? Was, wenn seine Augen und sein Mund gelogen haben? Wenn er ein Verführer ist oder ein Lügner?«

»Moment. Was ist denn los? Bist du etwa verliebt, und er ist es nicht? Das klingt alles ziemlich verworren. Hast du dich mit ihm getroffen?«

»Ich weiß nicht, wer er ist und was er hier zu tun hat, ich kenne weder seinen Beruf noch seinen Nachnamen. Meinst du, er wird mir die Wahrheit sagen, obwohl ich ihm eine Lüge erzählt habe? Wie findet man heraus, ob ein Mann die Wahrheit sagt? Es kann doch immer auch alles gelogen sein.«

»Willst du ihn heiraten?«, fragte Odézia plötzlich.

»Was?«

»Ob du ihn heiraten willst! Wir können mit deinen Tanten und deiner Patin sprechen, die sich nie besonders um dich gekümmert hat, aber dich sehr liebt, Giza. Sie können deine Hochzeit arrangieren, wir können ihn ausfindig machen, herausfinden, was er will …«

»Wovon sprichst du? Das habe ich nicht gesagt. Nein, auf keinen Fall, niemals!«

Ich wollte aufstehen, das Gespräch beenden, aber Odézia hielt mich fest.

»Beruhige dich, ich habe ja nur gefragt. Noch stehst du nicht vor dem Priester und dem Traualtar, warum willst du also weglaufen? Du willst nicht heiraten. Warum nicht?«

»Ich glaube, darüber habe ich nie nachgedacht, oder jedenfalls kann ich mich nicht erinnern, es getan zu haben. Ich habe nicht von Heirat geredet, sondern von Leidenschaft, das ist etwas anderes. Ich will mit ihm zusammen sein, über alles Weitere mache ich mir keine Gedanken.«

»Aber genau darum geht es doch, Kind. Du willst mit ihm zusammen sein, also willst du ihn heiraten, denn dazu heiratet man schließlich. Um zusammen zu sein.«

Odézia verstand offenbar überhaupt nichts.

»Darum geht es nicht! Ich will ihn küssen! Ich will einfach nur, dass meine Gefühle erwidert werden, weiter nichts. Nicht mehr und nicht weniger. Heirat ist nicht der Grund für mein Leiden. Die Leidenschaft ist der Grund, verstehst du, was ich sage, Dedé?«

»Ich weiß nicht, ob ich dich verstehe, entweder gibt es eine Hochzeit, oder es gibt gar nichts. Entweder alles oder nichts! Das Einzige, was ich weiß, ist, dass Leute heiraten wollen, wenn sie einander lieben.«

»Ich weiß nur, dass ich ihn brauche, damit alles wieder ins Lot kommt. Ich glaube, ich muss sterben.«

Odézia musste lachen.

»Ach, nun übertreib mal nicht, Giza. Niemand stirbt vor Liebe, jedenfalls nicht mehr heutzutage. Die Liebe kann dich verletzen, aber dass sie töten könnte, habe ich noch nie gehört.«

Ich musste wieder an Maurício denken, jetzt war ich er und Odézia war ich, mein früheres Ich. Maurício wusste, was es heißt, voller Unruhe zu sein, er wusste, wohin die Ruhe verschwunden war.

»Du bist nicht Florinda; die tut sich schwer mit dem Heiraten. Nein, darin wirst du es deiner Tante nicht nachtun, einverstanden? Außerdem hat sie den Richtigen nur noch nicht gefunden, und du schon.«

»Ich rede nicht vom Heiraten, setz mich bitte jetzt nicht unter

Druck und komm mir nicht mit abgedroschenen Phrasen. Ich will einfach nur mit ihm reden, Dedé. Bestimmt würde er sich von mir abwenden und mich auslachen. Er wohnt irgendwo in einer Großstadt, das hier ist alles zu altmodisch für ihn und peinlich für mich. Ich kann nicht, Dedé, vergiss es.«

»Was, ein Fremder also? Dann vergiss ihn lieber gleich. Wie kannst du dich in einen Fremden verlieben? Die denken nicht mal ans Heiraten, Kind!«

»Quäl mich nicht, Dedé. Verstehst du denn nicht, was ich dir sage? Ich will mich ihm nur hingeben.«

»Na gut, dann musst du deine Liebesqualen allein ertragen. Wenn du nicht zu ihm gehen kannst, rede wenigstens mit mir und hör zu. Vielleicht kann ich dir helfen. Hier ist der Baccharistee, nimm. Von jetzt an wirst du vor dem Schlafengehen eine Tasse trinken und eine weitere morgens auf nüchternen Magen. Das wird dich stärken und dir helfen, die Schwermut zu verdauen. Der Tee wird deine Eingeweide ausspülen, die Leber, die Nieren und den Magen, und das Gift herausschwemmen, das sich in dir angestaut hat.«

»In Ordnung, Dedé. Danke.«

Ich trank einen Schluck von dem bitteren Tee. Er war so stark, dass er wahrscheinlich alles geheilt hätte. Die Baumrinde schwamm auf der Oberfläche, und als ich ein Stück davon zerbiss, kam nur der bitterste Saft heraus. Trotzdem kaute ich weiter darauf herum, in der Hoffnung, dass er alles fortspülen würde. Wenn es meine Erinnerung war, die mich an Tito fesselte, dann musste ich sie loswerden. Bei diesem grässlichen Geschmack musste das Zeug einfach wirken! Etwas Schlimmeres gab es nicht, es würde sicher nicht nur das Gift vernichten, sondern auch sämtliche Vitamine, mein mutloses Herz, und die Geister vertreiben. Ich schlief ein.

Die Angst erschrecken

Der Baccharistee war wie eine Galionsfigur am Bug eines Schiffes, die so hässlich war, dass sie nicht nur die Dämonen verschreckte, sondern auch die Engel. Ich träumte oder jemand erzählte mir … dass ich einen Brief bekam.

Ich habe mich immer um Dich gekümmert, Kind. Seit Deiner Geburt. Du bist mir wichtig, ich liebe Dich wie eine Tochter. Zähl immer auf mich, ich mag es, wenn Du mich rufst, damit ich an Deinem Leben teilhabe.

Ich versuchte zu schlafen, träumte und erwachte. Immer Tito. Wieder spielte er in unserem riesigen Garten, mit den Rosensträuchern, mit meinen Gefühlen, und neckte mich. Er zog mich magisch an, rannte und hüpfte, griff mit beiden Händen nach meinem Gesicht und zog mir meine weiße Bluse aus. Er tauchte hinter mir auf, biss mich in den Nacken, und es gelang mir nie, ihn zu berühren. Ich fand ihn nicht, weder in mir noch woanders. Nach kurzer Zeit erschien er wieder, steckte eine Blume in einer undefinierbaren Farbe in mein Haar. In meinem Traum gehorchten ihm alle Rosen. Er spielte Verstecken und ließ mich ihn jagen, bis mir schwindlig war. Er zeichnete eine seltsame

Karte in die rote Erde, zeigte auf etwas Geheimnisvolles im Inneren des Gartens, und wenn ich sein Gesicht fast berührte, umringten ihn die Blattschneiderameisen, größer als gewöhnlich, und fielen über ihn her. Sie bedeckten ihn, als wäre er ein Insekt oder ein Brotkrumen, und verschleppten ihn an einen unerreichbaren Ort, zum geheimnisvollen Eingang dieses verdammten Ameisenhaufens. Ich verstand nichts, konnte mich nicht rühren. Ein paar Nächte hintereinander hatte ich denselben Traum. Morgens war ich schweißgebadet, erschöpft, als hätte ich kein bisschen geschlafen. Ich hätte mich meinem Traum stellen müssen, aber wenn ich erwachte, sah ich mich mit etwas konfrontiert, dem ich mich nicht gewachsen fühlte. Ich hatte als Kind immer gehofft, dass die Erwachsenen einem irgendeinen Trick beibringen würden, sich gegen Träume und Alpträume zur Wehr zu setzen oder sie zu gestalten. Ein Segen wäre das. Ein paarmal versuchte ich, meine Träume zu beherrschen und mir im Schlaf mein Wachsein zu bewahren, ich versuchte, meinen Traum zu lenken und dem schlimmsten Nachtmahr entgegenzutreten: einem Ungeheuer, einem Teufel, dem Gefühl zu ersticken. Wenn meine Angst am größten war, sagte ich mir, dass dieser Traum – und wenn er noch so sehr ein Alptraum war – mir gehörte und ich mit ihm tun und lassen konnte, was ich wollte. Damit gewann ich endgültig die Oberhand. Meine Angst erschrak vor mir und verschwand für immer. Sie war nicht länger ein Ungeheuer, jetzt war sie der Feigling. Hätte ich diesen Kampf, den ich als Kind gegen meine Träume geführt hatte, jetzt fortgesetzt, müsste ich nicht aufgrund meiner Feigheit leiden.

Aber nach ein paar Fiebernächten war vollkommen klar, dass ich mich meinen Alpträumen nicht stellen konnte.

Vorläufige Diagnose

Als ich endlich aufstand, zitterte ich und war so schwach, dass ich mich an die Wand lehnen musste. Ich versuchte mich anzuziehen.

»Was hast du vor?«

»Ich gehe ein bisschen nach draußen, Dedé, an die Luft.«

»Wenn du immer noch so unsicher auf den Beinen bist, heißt das, dass du noch zu schwach bist. In diesem Zustand darfst du nicht raus!«

»Doch, ich muss wieder zu Kräften kommen, ich sehe aus, als hätte man mich abgestochen.«

»Mein Gott, Kind, nun übertreib mal nicht.«

»Genau so habe ich auch gedacht, bevor mich dieses quälende Gefühl heimsuchte. Ich werde den Mann finden, der für meinen Zustand verantwortlich ist, und hören, was er mir zu sagen hat. Wer weiß: Wenn er meine Liebe nicht erwidert, löst er sich vielleicht einfach in Luft auf und lässt mich in Frieden.«

»Also ist er in der Stadt?«

»Das weiß ich nicht, aber ich werde es herausfinden.«

Odézia half mir beim Anziehen, sie schaute besorgt. Ich hatte abgenommen, wog unfassbar wenig, und mein Kleid war mir so groß geworden, dass ich fast darin verschwand.

»Nun gut, du willst gehen? Dann geh. Aber ich komme mit.«

»Das ist unmöglich, Dedé. Ich werde nicht groß aus dem Wagen aussteigen, das verspreche ich. Ich will nur eine Freundin besuchen und hören, ob es etwas Neues gibt, ob sie eine Nachricht für mich hat. Wenn du dabei bist, wird sie nicht offen mit mir reden.«

»In Ordnung, aber eines sage ich dir: Wenn dir auch nur das Geringste passiert, erzähle ich alles deinen Tanten. Also sei vorsichtig. Und beeil dich. Denk an deinen Zustand.«

Ich fuhr in Richtung Vila, ich ertrug es einfach nicht länger, ihr fern zu sein. Unterwegs wich ich ganz automatisch den Schlaglöchern aus. Ich hätte nicht sagen können, wie ich dort hinkam – aber da war ich. Ich parkte den Käfer direkt vor der Karnevalsbar, stieg aus und ging ohne zu zögern hinein.

»Guten Tag, meine Flor, möchtest du wieder einen Saft?«, fragte mich der Wirt, als wären wir alte Bekannte.

»Nein danke. Ich suche eine Freundin.«

»Juliana ist nicht da. Wahrscheinlich ist sie zu Hause, geh einfach mal hin, es ist das zweite Haus auf der rechten Seite der Gasse.«

Als ich in den Wagen stieg, hörte ich den Barbesitzer noch spöttisch hinter mir herrufen:

»Bis du dich angeschnallt und den zweiten Gang eingelegt hast, Kind, bist du schon da. Es ist gleich nebenan.«

Ich fuhr trotzdem mit dem Auto, ich war einfach zu schwach. Vor dem Haus angekommen, klopfte ich mit letzter Kraft an die dünne Holztür.

»Juliana, Juliana?«

»Wer ist da?«

»Flor.«

Sie öffnete die Tür nur einen Spaltbreit und lugte mit einem Auge hinaus auf die Straße.

»Hallo, Kleines, wie geht es dir?«

»Ich bin völlig fertig, weiß nicht, was ich tun soll, alles ist aus den Fugen geraten.«

»Das klingt nicht gut.«

Sie rührte sich nicht, sah mich nur immer mit dem einen Auge an. Ihr schien nicht wohl in ihrer Haut zu sein. Ich wollte eintreten, doch sie bat mich, draußen zu warten. Kurz darauf trat sie vors Haus und setzte sich zu mir auf den Bordstein.

»Entschuldige, Kleines, aber ich bin bei der Arbeit. Du weißt ja, wie das ist.«

Juliana redete von sich, aber ich hörte gar nicht zu. Ich schaffte es nicht, mich aus dem Zustand zu lösen, in dem ich mich befand, und auch nicht, ihn zu verbergen, mir war alles egal. Juliana erfasste die Situation sofort.

»Du hast dich in den Mann verliebt, nicht wahr?«

»Warum hast du das zugelassen, Juliana? Warum hast du mich nicht davon abgehalten?«

»Aber du hättest mir doch gar nicht zugehört. Nichts hätte dich abgehalten. Nicht einmal das Eintreffen der Königin. Nicht einmal das hätte dich zum Bleiben überredet, Flor.«

»Ich bin so verzweifelt.«

»Du hast mit ihm gevögelt, nicht wahr? Das ist keine Kleinigkeit, nicht für ein Mädchen wie dich. Du siehst krank aus, Süße, wie eine Drogenabhängige. Jede Hure oder Großmutter würde das sofort erkennen.«

»Hure oder Großmutter?«

»Tja, beide haben die Weisheit, so etwas zu erraten.«

»War er hier? Hat er nach mir gesucht?«

»Wer, Süße?«

»Na, wer schon? Tito natürlich«, rief ich wütend.

»Geht's noch? Du suchst den Kerl aus eurer Stadt hier? Ja, er war hier, aber dafür ist jetzt keine Zeit, ich arbeite, verstanden?«

Die Tür ging auf, und die Stimme eines alten Mannes drang heraus:

»Kommst du oder kommst du nicht? Wenn ich alleine sein wollte, müsste ich dich nicht bezahlen, oder?«

Juliana erwiderte gereizt:

»Ich komme ja schon, verdammt! Nur nicht so ungeduldig. Hör zu, Flor, in ein paar Minuten können wir uns in der Bar treffen, okay? Nur ein paar Minuten, dann bin ich fertig. Kein Grund zur Aufregung. Mein Kunde will nur reden, und er ist mit seinem Gequatsche schon fast am Ende.«

Ich fuhr zurück und wartete in der Bar. Ich setzte mich in die Ecke neben die Musikbox, in der Lieder liefen, deren Texte mir wie Botschaften erschienen:

»Du da, ich habe alles getan, damit du mich liebst/oh, Liebste, tu mir das nicht an/schenk mir dein Herz.«

»Möchtest du einen Surinamkirschsaft mit Honig, Flor?«

»Schenk mir was richtig Starkes ein.«

»Wie bitte, Flor? Ich habe dich nicht richtig verstanden.«

»Ich brauche etwas, das mich beruhigt, einen Schnaps.«

»Ja, ist das denn die Möglichkeit. Willst du reden? Du weißt, dass wir hier alles für dich tun, oder? Wir reden mit dir, streichen dir über den Kopf, damit es dir bessergeht, wir singen, wir machen Scherze. Alles, ja?«

»Ich möchte bitte nur einen Schnaps.«

»Einen Kurzen?«

»Himmel hilf! Ja, Mann, einen Kurzen! Oder, wenn dir das lieber ist: einen Schluck Feuerwasser, einmal Pennerglück, einen Flüssigtrost.«

In diesem Augenblick kamen mir die Gedichte der Bohemiens und die Romane, die ich so gerne las, sehr zupass, mir war es ernst. Der Wirt versuchte, mich von meinem Vorhaben abzuhalten. Er betrachtete jede Flasche genau, sagte, das müsse wohl bedacht sein, in der Hoffnung, ich werde es mir noch einmal anders überlegen. Er begann mit den leichteren Sachen:

»Was soll es sein? Pitú, Pirassununga, Vento de Lampião, João Walter Redi Leibol?«

Während er las, schielte er zu mir herüber, beobachtete, ob ich mich schon entschieden hatte. Da mir das nicht gelang, folgten die härteren Sachen:

»Leite da Mulher Amada, Amansa Corno, Chora Rita, Sem-Vergonha, Peladinha ...«

»Genug, genug! Chora Rita! Chora Rita ist genau das Richtige für mich.«

»In Ordnung, Mädchen.«

Er stellte mir ein Glas auf den Tisch, ich kippte es hinunter und sackte in mich zusammen. Als wäre es damit nicht genug, spielte die Musikbox, passend zu meiner Traurigkeit:

Oh, Gärtnerin / warum bist du so traurig?/ Was ist nur geschehen? / Ist es die Kamelie, die vom Stängel gefallen ist / sie hat zweimal geseufzt und ist dann gestorben.«

Und ich fühlte mich wie die Kamelie, die vom Stängel fiel.

»Sei nicht traurig, Mädchen, das geht vorüber. Du hast ja keine Ahnung, wie verzweifelt manche Männer sind, die hierherkommen. Gestern erst war einer hier, der hat drei Gläser Leite da Mulher Amada getrunken. Ein hübscher junger Kerl aus der Großstadt, den hättest du sehen müssen.«

»Wie hieß er denn?«

»Woher soll ich das wissen?«

»Hatte er ein großes, schönes Auto? Ein grünes?«

»Genau! Er war groß, hatte leuchtende kastanienbraune Augen und lockiges Haar. Es ging ihm wirklich dreckig.«

Mein Herz tat einen Sprung, und meine Stimme sagte leise zu mir: Das war er! Es kann nur er gewesen sein.

»Er war so fertig, dass er nicht mal reden wollte. Still und todtraurig. Nachdem er ein paar Schlucke getrunken hatte, murmelte er vor sich hin, alle Frauen wären gleich und er hätte immer Pech mit ihnen. Du hättest sehen sollen, wie traurig er war. Alle Freunde, die hier waren, haben um ihn herumgestanden und ihn aufgemuntert.«

»Wo ist er jetzt? Ist er noch hier?«

»Nein. Juliana hat mit ihm geredet. Danach wollte er nur noch weg. Er war ziemlich wütend. Alle konnten hören, was er gesagt hat. Er hat uns sein Herz ausgeschüttet, hat kein Blatt vor den Mund genommen.«

»Unmöglich. Das kann nicht sein. Was hat Juliana ihm denn erzählt? Wo ist er hin?«

»Juliana meinte, er würde hier nicht finden, was er suchte, und er solle ins Landesinnere zurückkehren.«

»Was? Wie konnte sie bloß! Was soll ich jetzt tun? Ich muss los. Was macht das?«

Ich kramte vergeblich in meiner Tasche nach Geld und musste schließlich anschreiben lassen. Der junge Mann hängte eine handschriftliche Notiz mit Datum an die Wand. Da stand nun mein Name neben den anderen: Flor de Laranjeira.

»Das geht in Ordnung, Flor, du bist hier zu Hause. Ich hänge den Zettel nur hier hin, damit wir es nicht vergessen.«

»Einverstanden. Und bitte entschuldige noch mal.«

»Klar, Flor, kein Problem. Wirst du es bis nach Hause schaffen?«

»Auf jeden Fall, jetzt sollte ich mich leichter tun.«

Ich stieg gerade in den Wagen und drehte den Zündschlüssel um, als ich Julianas Stimme hörte.

»Flor! He, Flor! Mädchen?«

Ich wendete das Auto und fuhr rasch davon. Der Schmerz war unerträglich, und ich konnte jetzt nicht mit Juliana reden. Ich musste zurück nach Hause und alleine sein.

Schnaps dämpft die Gefühle, beruhigt die Nerven und lindert den Kummer. Plötzlich verstand ich, warum es so viele Trinker auf der Welt gab. Es waren Menschen, die sich betäubten, um für eine Weile ihren Schmerz zu vergessen. Wohin man auch sah, immer gab es irgendwo in der Stadt einen Straßenköter, der von seinem ewig betrunkenen Freund begleitet wurde.

Nach einer – wie mir schien – Ewigkeit kam ich wieder zu mir. Mein treuer Käfer hatte mich bis hinters Haus getragen, aber nicht verhindert, dass ich dort in Ohnmacht fiel.

»Giza? Was ist los? Geht es dir gut?«

»Nein, Dedé, es geht mir nicht gut. Du musst einen Arzt rufen.«

»Um Gottes willen, ich hole Doktor Heitor.«

Trotz meiner Schwäche dachte ich: O nein, nicht den Alten!

Odézia rief die Männer herbei, die im Garten arbeiteten, damit sie mich in mein Zimmer trugen. So hatte ich das Haus noch nie gesehen, es bestand nur aus Zimmerdecken. Dicke Holzbalken, aus uralten, edlen Bäumen gefertigt, liefen von einem Ende zum anderen. Sie waren Hunderte von Jahren alt. Mir tat es leid um die armen Bäume, lebendig im Garten wären sie mir lieber gewesen, aber selbst so, kunstvoll ineinandergefügt, waren sie noch schön. Der alte Kristalllüster leistete ihnen Gesellschaft, dazu liebevoll gearbeitete Türrahmen wie in einem Schloss. Lange seidene Vorhänge blähten sich wie Segel.

Aus der Ferne hörte ich Florindas Stimme.

»Guten Tag, Doktor Heitor«, begrüßte sie den Arzt fröhlich.

»Guten Tag, Senhorita Florinda. Und wie geht es Ihnen, Senhora Margarida? Wer benötigt meine Hilfe? Bitte entschuldigen Sie meine Verspätung, ich bin ein vielbeschäftigter Mann.«

»Keine Sorge, Doktor, es ist nichts Schlimmes. Giza hat seit ein paar Tagen Fieber. Sie isst nicht, trinkt nicht und ist in einer Art Fieberwahn. Vielleicht eine nicht richtig auskurierte Grippe oder sonst eine Kleinigkeit, aber es kann ja nichts schaden, wenn Sie mal einen Blick auf sie werfen.«

Tante Margarida konnte Krankheiten nicht leiden, und ich konnte diesen Arzt nicht leiden. Was der Mann bei seiner bisher einzigen Untersuchung mit mir veranstaltet hatte, war nicht richtig gewesen, ich erinnerte mich gut daran. Er hatte meine Nase ein paarmal hin und her geschoben und mich benutzt, um Tante Florinda zu verführen. Ein Metzger. Es war unglaublich: Jetzt, wo ich mich nicht wehren konnte, würde er auf mir herumtanzen, würde hier sein Behandlungszimmer einrichten und an mir seine Anatomiestudien durchführen, und das nur, um den Tanten den Hof zu machen.

Doktor Heitor wusch sich im Waschbecken im Flur die Hände, dann betrat er mein Zimmer. Er betrachtete mich mit meinen ungekämmten, offenen Haaren, in einem verführerisch weißen Nachthemd, dessen Ausschnitt ich nicht schnell genug hatte zuknöpfen können. Er warf sich in die Brust, und seine Stimme wurde honigsüß. Der kühne Geist war zurückgekehrt, und der Doktor steckte mal wieder die Hände in die Hosentaschen. Sein Balztanz galt nun mir! Ich hätte mich am liebsten verkrochen, doch es gab keinen Ausweg. Tante Florinda rutschte unruhig auf ihrem Stuhl hin und her, schlug an die zwanzig Mal die Beine übereinander, warf fünfzehn Mal die Haare zurück, aber er schien sie gar nicht zu bemerken. Ich dachte, dass ich vielleicht wieder träumte, doch dem war nicht so.

»Sie hat hohes Fieber, wie hoch es ist, werde ich gleich wissen. Ihre Augen sind glanzlos, ihr Gesicht ist bleich, sie wirkt ein bisschen anämisch. Aber trotzdem: Wenn ich daran denke, wie sie als Kind war, muss ich sagen, sie ist heute schöner, als ich es je für möglich gehalten hätte. Dieses Mädchen hat sich in den letzten Jahren entwickelt, sie hat sich gemacht. Du bist richtig hübsch geworden, junges Fräulein. Deine Verwandlung ist einfach unglaublich.«

Die Mienen meiner Tanten verdüsterten sich, das war unübersehbar. Sie gingen auf und ab, die eine kratzte sich am Kopf, die andere schlug sich die Hand vor den Mund. Ihre Füße hämmerten ungeduldig auf den Boden, und ihre Gesichter hatten sich gerötet. Tante Florinda fuhr den Arzt an:

»Aber was glauben Sie denn, was sie hat? Und kommen Sie mir nicht mit irgendwelchen Theorien, sondern sagen Sie einfach, was los ist. Wir brauchen eine Diagnose und keine Komplimente.«

»Ganz ruhig, im Augenblick kann ich noch nichts mit Sicherheit sagen. Und dass Sie es nur wissen: Komplimente können eine sehr wirkungsvolle Medizin sein. Ich werde einen Freund, der sich gerade hier in der Stadt aufhält, bitten, ihr Blut zu untersuchen. Was für ein Glück, dass er hier ist, denn sonst hätten wir das Blut einschicken und lange auf das Ergebnis warten müssen. Er wird mir den Gefallen tun, er ist ein guter Freund und er sieht mir sogar ähnlich: ein stattlicher Bursche wie ich. Hübsch, mit vollem Haar.«

Ich dachte, dass es nun offenbar der Arzt war, der träumte.

»Machen Sie sich keine Sorgen, er ist sehr gut. Und er hat sein Arbeitsgerät dabei. Gleich morgen werde ich ihn bitten, mit hierherzukommen und dem Kind Blut abzunehmen, und dann werden wir die Behandlung gemeinsam fortsetzen.«

»In Ordnung, aber hier sind Sie jetzt fertig, richtig? Sie könnten mit uns einen Hibiskustee trinken, was halten Sie davon?«, fragte Margarida.

Die Tanten hatten Angst, mich mit dem verrückten Alten allein im Zimmer zu lassen. Aber er war so alt, dass selbst sein kühner Geist einen Buckel bekommen hatte und geschrumpft war. Er rief nicht länger Zorn oder Ekel in mir hervor, das Alter hatte sich bereits häuslich in ihm eingerichtet. Meine Tanten verließen das Zimmer und nahmen ihn zu meiner Erleichterung mit, eine an jeden Arm gehängt, so dass der Arzt gehen konnte, ohne zu wanken.

»Dedé?«

»Ja, Liebes?«

»Ist Leidenschaft im Blut nachweisbar?«

»Natürlich nicht!«

»Ich wette, dieser Mann wird es erkennen, er wird mich ansehen und alles wissen. Was mache ich, Dedé? Er wird es den Tanten erzählen. Was soll ich bloß machen?«

»Was ist denn los, Giza? Was verheimlichst du mir bloß? Wenn es wirklich nur eine Leidenschaft ist, musst du dir keine Sorgen machen. Oder ist es am Ende etwas Schlimmeres?«

»Nein, nichts Schlimmeres. Aber: Gibt es denn etwas Schlimmeres als das? Nur der Tod ist schlimmer. Außerdem reicht mir diese eine Sorge, dieser Mann, der mich aus meinem Alltag gerissen hat, das alles ist anstrengend genug. Ich wollte das alles nicht, das weißt du.«

»Das ist nicht ein Mann, Liebes, das ist ein Gefühl. Der junge Arzt wird nichts herausfinden, außer vielleicht, dass du traurig bist und nervös. Und wenn er etwas über dein Herz sagt, bittest du ihn um Vertraulichkeit.«

»Ich brauche deine Hilfe, Dedé: Wenn er Verdacht schöpft und den Tanten davon erzählt, ist das mein Ende, sie werden mein Verderben planen: eine Hochzeit. Dann sind sie hinter diesem Mann her, und das verkrafte ich nicht.«

»Gut, ich werde es versuchen. Aber das alles ergibt für mich keinen Sinn. Ich verspreche nichts, ich weiß noch nicht, was mir dazu einfällt, aber bis morgen habe ich sicher eine Lösung gefunden.«

Die Medizin des Alten tat ihre Wirkung: Ich schlief ein.

Berufsgeheimnis

»Giza, wach auf, Kind. Der Doktor ist da.«

»Guten Tag, Giza«, sagte der neue Arzt, als er mein Zimmer betrat.

Ich rührte mich nicht, hatte mich zur Wand gedreht. Ich wollte die jüngere Version von Doktor Heitor nicht kennenlernen. Er stellte seine Tasche auf der Kommode ab und sprach mit geduldiger Stimme zu mir, doch ich reagierte nicht.

»Guten Tag, Giza … Willst du nicht antworten? Nun gut. Hast du Angst vor der Nadel? Mach dir keine Sorgen, die ist dünn, das wird kein bisschen weh tun, versprochen. Ich gebe mir auch alle Mühe, schnell zu sein.«

Ich glaubte die Stimme zu kennen, die schweren Schritte, den Atem und die Berührung der Hände. Und dann wusste ich es, ohne hinzusehen, mein Körper war wie elektrisiert, fast hätte ich mich in seine Arme geworfen. Er maß meinen Blutdruck, setzte das Stethoskop auf meine Brust und band meinen Arm ab. Mein Haar war offen und fiel mir störrisch ins Gesicht, das ich noch immer abgewandt hatte.

»Wie geht es denn der jungen Frau? Irgendwelche weiteren Symptome außer dem Schwächegefühl? Lass mich deine Augen und deinen Mund sehen.«

Ich zitterte innerlich so sehr, dass ich glaubte zu zerspringen.

»Kannst du dich bitte umdrehen?«

Hinter der Tür hörte ich die Tanten rumoren. Sie waren atemlos vor lauter Aufregung. Am liebsten hätten sie den Arzt mit einer Musikkapelle empfangen. Tante Margaridas Stimme überschlug sich regelrecht.

»Wie geht's, Tito? Beeil dich, in zehn Minuten gehörst du uns. Du musst uns alles über die neuesten Trends und Moden in der Großstadt berichten, was man jetzt isst, über wen man spricht, wer krank geworden ist – das Allerneueste, alles, was sich dort tut!«

Was sollte ich machen? Wie würde er reagieren? Jetzt oder nie. Ich durfte nicht länger warten. Als meine Tanten sich anschickten hereinzukommen, drehte ich den Kopf und sah ihn an.

Die Zeit blieb stehen.

Ich glaube, ich vergaß, wie man atmet. Weder Geräusche noch Bilder drangen zu uns durch, wir waren Gefangene, am Grunde eines eingefrorenen Augenblicks, der uns umhüllte wie eine Muschelschale. Er starrte mich aus weit aufgerissenen Augen an und richtete sich mit einem Ruck auf. Dann schloss er die Augen und stützte den Kopf in die Hand. Ich versuchte ihm zu signalisieren, dass er sich zusammenreißen solle. Der Tanten wegen.

»Wie geht es denn unserem Glückskind? Es ist nämlich wirklich ein glücklicher Zufall, einen klinischen Pathologen in der Nähe zu haben, wenn man ihn gerade braucht! Noch dazu einen, der bereit ist, einem aus reiner Freundschaft zur Familie Blut abzunehmen und es zu untersuchen.«

Tante Margarida lächelte unablässig, hüpfte hin und her und sah dabei immer auffordernd Tante Florinda an.

»Ich habe sie mir noch gar nicht richtig angesehen, ich fange ja gerade erst mit der Untersuchung an«, sagte Tito lahm.

»Dann beeil dich mal, so schlimm wird es um die Kleine schon nicht stehen. Komm schnell zu uns runter, Odézia hat gerade frischen Limettensaft zubereitet, dazu gibt es warmen Orangenkuchen mit Süßholzsamen. Du hast den richtigen Tag erwischt, montags gibt es bei uns den besten Kuchen weit und breit, in der Stadt redet man von nichts anderem.«

»Hast du geduscht? Hast du in den letzten Tagen überhaupt etwas gegessen?«

Tito brachte vor lauter Verwirrung nicht einmal mehr meinen Namen über die Lippen. Auch ich war stumm wie ein Fisch, die Tanten redeten für uns alle.

»Würdet ihr mich bitte mit ihr alleine lassen?«

»Stören wir etwa, Tito?«, fragte Margarida und sah Florinda verstohlen an.

»Natürlich nicht, Margarida. Aber ich kann meinen ärztlichen Pflichten besser nachkommen, ohne gleichzeitig euch mein Ohr schenken zu müssen. Ich bin gleich bei euch, um euren berühmten Kuchen zu kosten.«

Widerwillig verließen meine Tanten und Odézia den Raum. Sofort ging Tito auf mich los.

»Ich fasse es nicht, dass du die Frau bist, der ich begegnet bin, Flor de Laranjeira!«

Er sprach meinen Namen verächtlich aus, als hätte er einen üblen Nachgeschmack.

»Ich konnte es dir nicht sagen. Ich hatte fürchterliche Angst, du würdest mir nicht verzeihen. Ich wollte ja mit dir reden, aber wie? Was würdest du von mir denken, nachdem du mich in Vila Morena kennengelernt hattest? Ich wusste nicht, ob du noch dort bist, erst heute habe ich erfahren, dass du mich auch gesucht hast.«

»Ich habe nicht dich gesucht, sondern Flor de Laranjeira. Ich bin erstaunt, wie gut du lügen kannst.«

»Mir blieb nichts anderes übrig, Tito. Ich war am falschen Ort. Und ich durfte nur dort sein, wenn ich mich verstellte. Das Ganze tut mir schrecklich leid, es passt auch gar nicht zu mir, ich gehe nie aus, ich habe hier gar keine Freunde. Aber in dieser Nacht war ich furchtbar neugierig, etwas über die Königin zu erfahren, und ich konnte der Versuchung einfach nicht widerstehen. So wie ich dir nicht widerstehen konnte.«

»Wie kann ich dir jetzt noch glauben?«

»Ich weiß nicht, ich weiß es wirklich nicht. Ich kann dir nicht beweisen, dass ich nicht lüge, vielleicht kann Juliana helfen, sie weiß, wie ich bin …«

»Glaubst du wirklich, Juliana ist eine glaubwürdige Quelle? Aber vielleicht ist sie ja doch genau die Richtige? Wem bist du ähnlicher, ihr oder deinen Tanten?«

»Lass deinen Ärger und deine Vorurteile nicht an mir aus! Du brauchst doch die Vila wie ich, du warst dort und hast es genossen – und trotzdem misst du mit zweierlei Maß? Ich wusste ja gar nicht, was mich in der Vila erwarten würde, wie die Menschen dort mein Leben verändern würden – aber du? Du bist Arzt, bist hier weggegangen und hast im Ausland studiert. Du hattest unzählige Möglichkeiten, deinen Horizont zu erweitern, und diese Engstirnigkeit passt einfach nicht zu dir, du kannst kein Spießer sein, kein Idiot. Du bist intelligent.«

Er sträubte sich dagegen, mir zuzuhören, er wollte nicht klein beigeben, stellte auf stur. Er war gekränkt.

»Ich verstehe dich ja, aber dein Misstrauen ist schwer zu ertragen. Ich war nie ein lebenslustiges Mädchen wie Juliana, aber sie ist ehrlich gesagt die einzige Freundin, mit der ich mich traue, auch über persönliche Dinge zu reden. Ich habe dich so verzweifelt gesucht. Und die Lüge: Ich habe mich einen Augenblick lang gehenlassen, und ich habe es genossen, das ist wahr. Aber wenn sie mir nicht geholfen hätte, meine Schüchternheit zu überwinden, hätte ich dich niemals kennengelernt und mich erst recht nicht dir hingegeben.«

Nun schluchzte ich hemmungslos. Es war mir völlig gleichgültig, ob ich mich lächerlich machte. Ich fühlte mich wie ein Auto, das ungebremst einen Steilhang hinunterstürzte.

»Ich hasse es, belogen zu werden. Und bei dem einen Mal wird es nicht bleiben. Lügen ist eine Frage des Charakters. Nicht auszudenken, du würdest mir wirklich etwas bedeuten. Amüsier dich nur weiter, vielleicht treffen wir uns ja irgendwann auf einem Fest der Königin wieder. Jetzt weiß ich ja, dass du dich dort herumtreibst.« Titos Tonfall war ätzend, und er wandte sich zum Gehen.

Er quälte mich absichtlich, stürzte mich in ein Loch, tiefer als das, in dem ich schon steckte – aber warum? Zweifelte er jetzt an meinem Charakter, an meiner Aufrichtigkeit? Nicht einmal einen Kuss hatte mein Mund zuvor gewagt. Ich war das unerfahrene Kind, daran bestand kein Zweifel. Er hatte meinen Körper gespürt, musste wissen, dass er der erste Mann gewesen war, auch wenn ich mich völlig hatte gehenlassen. Die Denkweise, die in der Stadt meiner Tanten so weit verbreitet war, passte einfach nicht zu ihm. Konnte es denn sein, dass er ihr immer noch so verhaftet war?

»Morgen früh sollen sie dir das Ergebnis bringen. Ich werde nicht wiederkommen, ich reise ab. Ich lasse dir das Rezept mit der Medizin da, die dir wieder auf die Beine hilft.«

»Du musst mir zuhören, Tito. Bitte tu mir das nicht an.«

Aber er hatte sich schon abgewandt und ging hinunter zu meinen Tanten. Und mir blieb nichts übrig, außer zu weinen und in mein Kopfkissen zu schreien – oder mir seinen vollständigen Namen zu notieren, seine Registrierung als Arzt und seine Adresse, die im Stempel auf dem Rezept stand. Ich schob diese Informationen unter meine Matratze; wenn ich wieder bei

Kräften wäre, würde ich den Zettel zu den versteckten Briefen legen.

Ich hörte Tante Margarida ihm eilig entgegenlaufen.

»Ah, da bist du ja! Wie schön, es wurde auch langsam Zeit. Setz dich, trink einen Tee.«

Aus der Ferne hörte ich ihre angeregten Stimmen. Meine Tanten, Tito und Doktor Heitor.

»Ihr Freund hat schon alles Nötige erledigt, Doktor Heitor. Sie müssen sich keine Sorgen mehr machen. Probieren Sie doch mal Dedés Kuchen.«

Was kann man tun, wenn der erste Eindruck der bleibende ist? Gab es keine Anleitung dafür, wie ich diesen Eindruck zunichtemachen oder ändern könnte? Ich musste es irgendwie hinbekommen, dass der zweite Eindruck wieder alles ins Lot brachte. Und so krank und schwach, wie ich jetzt im Bett lag, würde ich ihn nicht dazu bringen, sein Misstrauen aufzugeben.

Das Plaudern der Kaffeegesellschaft drang weiterhin in mein Zimmer hinauf, schläferte mich ein und beunruhigte mich zugleich. Titos Stimme klang sanft und ruhig, ehrlich und fest, er machte keine unnötigen Worte. Er war ernsthaft, aufmerksam und souverän, hatte Humor. Er wirkte nicht wie ein Mann, der eine Frau, die er respektierte, mit in sein Auto nahm. Er war der Typ Mann, der anrief, um einen zum Abendessen einzuladen, der einem überall die Türen aufhielt, der sich mit dem ersten Kuss Zeit ließ – keineswegs der unromantische Kerl, der die Nächstbeste nahm. Aber die Vila brachte alles aus dem Gleichgewicht, und dann hatte ich mich auch noch falsch verhalten. Er war nicht bereit, mich zu verstehen. Ich konzentrierte mich wieder auf das Gespräch.

»Weißt du eigentlich, Tito, dass unsere Familien seit langer Zeit miteinander bekannt sind? Schon unsere Großmütter kannten sich.«

»Natürlich weiß ich das. Sie kannten sich alle. Unsere Mütter waren eng befreundet, sie haben viel für diese Gemeinde getan. Ich bin gleich nach dem Unglück weggegangen, und nicht nur ich, sondern die meisten der wenigen Überlebenden. Nach all diesen furchtbaren Todesfällen.«

Ich spitzte die Ohren. Wie bitte? Wovon redete er?

»Daran musst du uns nicht erinnern. Und sprich bitte leise.«

»Natürlich, entschuldige. Das Thema berührt mich immer noch sehr, das alles hat mich bis ins Mark getroffen.«

»Uns alle, wie du weißt.«

Furchtbare Todesfälle? Ich war beunruhigt. Sprach er von einer Epidemie? Von der Pest? Aber wenn er hier war, wohnte er bei seinen Großeltern, also waren die noch am Leben. Jedenfalls hatte ich ihn an meinem achtzehnten Geburtstag beim Tanzen so verstanden, als er von seinem Urlaub erzählt hatte. Was meinte er bloß? Dedé betrat mein Zimmer und unterbrach meine Überlegungen. Sie brachte mir einen Hibiskustee und ein Stück von meinem heißgeliebten Orangenkuchen.

»Dedé, sind alle immer noch im Garten?«

»Ja, warum? Hast du Angst, dass der schöne Doktor zurückkommt und dir eine Arznei verordnet, die schlimmer ist als der Baccharistee?«, fragte sie lachend.

»Mach dich nicht über mich lustig, Dedé, nicht jetzt. Wo sitzen sie? Ich meine, wer sitzt neben wem?«

»Hör mal, ich weiß, dass du neugierig bist, aber was ist das für eine Frage?«

»Ich will sie mir nur bildlich vorstellen, um mich weniger in diesem Zimmer eingesperrt zu fühlen, Dedé.«

»Ich glaube, du bist wirklich krank, mein liebes Kind. Aber gut: Deine Tante Florinda sitzt rechts von Doktor Tito, Margarida sitzt am Kopfende des Tisches und der arme Doktor Heitor links von Doktor Tito. Deine Tanten sind mächtig aufgekratzt wegen des Besuchs. Alle haben ihre Stühle so gedreht, dass sie den Sonnenuntergang bewundern können. Aber Doktor Tito hat wohl mein Kuchen nicht geschmeckt, er wirkt niedergeschlagen, nicht mal gekostet hat er. Das war die Hilfe, die ich dir gestern versprochen habe, weißt du noch? Um ihn von den Geheimnissen deines Herzens abzulenken. Heute habe ich mir sogar noch mehr Mühe gegeben als sonst, ich habe Plätzchen gebacken, Sequilhos und Bolinhos de chuva, und den Schokoladenkuchen mit gerösteten Cashewkernen, und alles vergebens! Noch nicht mal den Hibiskustee hat er angerührt.«

»Deine Süßigkeiten sind wundervoll, Dedé. Sei nicht traurig. Im Augenblick kann ich mich noch nicht zum Aufstehen aufraffen, aber lange wird es nicht mehr dauern. Morgen vielleicht.«

»Du musst dich erholen. Du liegst nicht zum Spaß hier im Bett. Ich kann mich nicht erinnern, dass du jemals krank gewesen bist oder sonst etwas gehabt hättest, du musst jetzt schlafen, damit du wieder gesund wirst. Dann suchst du den Mann, in den du dich verliebt hast, und heiratest ihn.«

»Ist gut, Dedé«, sagte ich erschöpft. »Würdest du mich jetzt bitte allein lassen? Ich muss nachdenken. Danke für den Tee, den Kuchen und die Plätzchen. Für alles.«

»Nachher stelle ich dir noch eine Suppe hin, und ich verspreche dir, diesmal ist es nicht schon wieder Hühnerbrühe, sondern eine schöne dicke, leckere, gut gewürzte Grünkohlsuppe. Sie wird dir schmecken.«

Die liebe Dedé. Immer um mich besorgt.

Dann merkte ich, dass seine Stimme nicht mehr das Haus erfüllte, ich hörte nur noch die Stimmen meiner Tanten, die jetzt ruhiger klangen, und das Klappern von Geschirr und Besteck. Mir fielen die Augen zu.

Der Rat des Priesters, die Warnung des Clowns

»Wach auf, Kind, und mach dich ein bisschen zurecht! Die Ärzte sind hier, um nach dir zu sehen. Jetzt hast du es endlich doch noch geschafft, Aufmerksamkeit zu erregen.«

Tante Florindas Stimme, ihr Tonfall, ließen mich wünschen, ich wäre taub. Ich ging ins Bad und putzte die Zähne, knöpfte den Ausschnitt meines Nachthemds zu. Erster Knopf, zweiter Knopf, dritter Knopf. Dann kämmte ich meine Haare beinahe einzeln. Ich tat alles sehr langsam, Langsamkeit war meine Währung, zusammen mit Schwäche und Trotz.

»Dürfen wir hereinkommen?«, fragte Doktor Heitor.

»Ja, sie ist für Sie bereit, stimmt's, Giza?«

»Ja, Tia. Sie können hereinkommen.«

»Nun gut, schönes Kind, ich habe mir deine Laborwerte angesehen. Tito wollte heute eigentlich abreisen, aber wegen deiner Ergebnisse habe ich ihn gebeten, mir bei der Behandlung zu helfen. Ich bin wirklich nicht mehr der Jüngste und möchte jemanden hinzuziehen, der mit den neuesten Medikamenten und Behandlungsmethoden vertraut ist.«

Tito stand vor mir. Seine Haare, sein Körper, seine glänzenden Augen: Alles strahlte Ablehnung aus, die Arroganz und Kälte eines äußerst professionellen Arztes.

»Aber was hat sie denn? O Herr, gib mir Kraft!«, rief Odézia mit brechender Stimme.

»Soweit wir bislang wissen, leidet sie an einer schweren Anämie, die eine sofortige Behandlung erfordert«, erklärte Tito im sonoren Tonfall eines Menschen, der sich von Berufs wegen mit der Gesundheit oder ihrem Nichtvorhandensein auseinandersetzt.

»Eine erste Untersuchung hat ergeben, dass die Lunge angegriffen ist und ein wenig pfeift. Das lässt auf eine Lungenentzündung schließen. Wir müssen der Sache auf den Grund gehen und weitere Untersuchungen anstellen, damit wir wissen, wie es um sie steht«, ergänzte Doktor Heitor.

Diese Aussicht stimmte Tante Margarida fröhlich.

»Ach, dann bleibst du ja noch länger bei uns, Tito. Wunderbar!«

Ich gefror zu Eis. Meine Tanten zwinkerten einander zu. Sie schienen sich zu freuen, dass es ernst um mich stand, denn so blieb ihnen Tito noch ein bisschen erhalten. Ich kannte das Glitzern in Tante Florindas Augen, ich hatte es an meinem Geburtstag gesehen, als sie mit Tito zusammen gewesen war.

»Ich bleibe hier, bis sie wieder gesund ist, nicht länger«, sagte Tito mit einem Blick zu mir, um keinerlei Zweifel an seinen Absichten aufkommen zu lassen.

Die beiden Ärzte erläuterten, wie die Behandlung aussehen würde, und hielten mir Vorträge darüber, was ich essen sollte, dass ich mich warm halten und Brust oder Rücken vor Zugluft schützen musste, auf keinen Fall hinaus in den Regen gehen durfte. Ich sollte nicht ohne Decke schlafen und nichts unternehmen, was mich schwächen oder ermüden könnte. Sie hörten meine Lunge Dutzende Male mit eisigen Stethoskopen ab, und kaum hatten sie ihre Ausführungen beendet, wie ich meine Tabletten zu nehmen hätte, da zogen meine Tanten sie auch schon mit sich fort. Auch wenn Tito meinetwegen hier war, gelang es Florinda und Margarida, ihn mit ihren Geheimnissen, Absichten und lächelnden Gesichtern völlig zu vereinnahmen.

»Los, los! Ab nach unten mit euch beiden, wir können Gizas Behandlung auch am Gartentisch besprechen. Dort ist es angenehmer. Die Rosen sind heute Morgen wunderschön und bringen zwei Männer, die unermüdlich Kranke pflegen, sicher auf andere Gedanken. Kommt an die frische Luft, ihr Ärzte, das wird euch guttun.«

Margarida zog Tito am Arm hinter sich her, während Doktor Heitor von Tante Florinda gestützt wurde. Ich versuchte mir einzureden, dass die beiden Ärzte nur deshalb so verwöhnt wurden, weil man ihnen die vielen am Krankenbett verbrachten Stunden erleichtern wollte. Nur zu gerne hätte ich geglaubt, dass die Tanten sie nur darum immer wieder in den Garten schleppten und sie mit ihrem Gelächter, ihren Gesten und ihrem Kuchen zu becircen versuchten. Aber es gelang mir nicht.

Die liebe Dedé, die sich rührend um mich kümmerte, blieb bei mir im Zimmer. Mir fiel wieder ein, was ich am Abend zuvor gehört hatte, und ich fragte nach:

»Dedé, kannst du mir erzählen, was vor vielen Jahren in dieser Stadt geschehen ist?«

»Wie? Was meinst du damit?«

»Es muss etwas Furchtbares gewesen sein. Die Leute reden hinter vorgehaltener Hand darüber, ich habe die Blicke gesehen und ihr Schweigen gehört.«

»Ich weiß nichts von einer Tragödie.«

»Habe ich denn von einer Tragödie gesprochen? War es denn eine? Sag es mir doch.«

»Nein, Giza, ich weiß von nichts, wirklich nicht.«

»Ich habe gehört, es hätte viele Tote gegeben. Irgendein Unglück, warum hast du mir nie davon erzählt? Warum sagst du es mir nicht?«

»Mein Gott, Kind, du redest schon wieder im Fieber! Nichts ist in dieser Stadt geschehen, sie war immer so, wie du sie kennst: eine ruhige, freundliche Stadt voller hilfsbereiter Menschen. Und jetzt entschuldige mich, ich muss runter und bei Tisch bedienen und anderes erledigen. Frag auf keinen Fall deine Tanten, die haben nicht so viel Geduld mit solchen Phantastereien. Versprochen? Sei ganz unbesorgt, dein Kopf hat sich was zurechtgesponnen, genau wie mit dem nächtlichen Lärm, den du angeblich manchmal hier im Haus hörst.«

Meine Fragen hatten Odézia nervös gemacht. Sie war beunruhigt. Ich sollte die Tanten vielleicht wirklich besser nicht nach dem Geheimnis fragen. Sie würden mir erst recht einreden wollen, dass ich verrückt sei – »Hirngespinste« hatte, wie sie nicht müde wurden zu betonen. Aber ich würde es mir nicht nehmen lassen, das Geheimnis zu ergründen, das die ganze Stadt so eifersüchtig hütete.

Die Ärzte besuchten uns von nun an täglich und blieben immer lange. Ich verfolgte vom Bett aus, wie ausführlich das Leben in der Großstadt besprochen wurde: wie die Leute dort ins Kino gingen, welche Filme liefen, und was unter den Damen der feinen Gesellschaft gerade zum guten Ton gehörte – Gepflogenheiten, die Tito für sinnlos hielt, weil sie seiner Meinung nach nur dazu dienten, den vornehmen Bürgern die Mode zu diktieren und sie vom gemeinen Volk fernzuhalten. Die stürmischen Liebesgeschichten junger Paare wurden ebenso kommentiert wie die neuesten Schriftsteller, die zu Unrecht gepriesenen Vertreter einer oberflächlichen Kunst, die durch ihre Skandalchroniken bekannten Journalisten oder Verkehrsprobleme, woraufhin die Tanten erwiderten, sie verstünden sowieso nicht, wie man es mit so vielen Autos und so vielen Menschen an einem

Ort aushielt. Die Gespräche füllten ganze Nachmittage, während ich die von Tito verschriebene Arznei nahm, die auf dem Tisch stand, daneben ein Apfel, den die treue Odézia auf Anraten Doktor Heitors mit Nägeln gespickt hatte, so dass die Frucht rasch das Eisen aufnahm. Ich durfte den Apfel dann erst am darauffolgenden Tag essen, natürlich ohne Nägel. Tito brachte auch eine eiserne Pfanne für die Küche mit, in der Odézia schwarze Bohnen zubereiten sollte. Je präsenter er in unserem Haus war, desto mehr zog ich mich zurück. Ich schlief viel und konnte mich zu wenig aufraffen. Die Ärzte gingen bei uns ein und aus, als wären sie bei uns zu Hause, sie schienen es zu genießen, sich von den Tanten verwöhnen zu lassen. Tito tat, als kenne er mich nicht, obwohl er mich jeden Tag besuchte: Er betrat mein Zimmer, maß meinen Blutdruck und meine Temperatur, sah nach, ob ich meine Medizin richtig genommen hatte, und ging wortlos wieder hinaus. Es war schwer zu ertragen, ignoriert zu werden, nur eine Patientin zu sein, von der man nichts weiter erwartete, als dass sie bald genas, damit man keine Arbeit mehr mit ihr hatte. In dem Maße, in dem seine Besuche bei mir kürzer wurden, blieb er länger und länger bei meinen Tanten. Ich spitzte die Ohren, um wenigstens ein bisschen was von ihren Gesprächen zu erhaschen und um seine Stimme zu hören.

»Besuch«, verkündete Tante Margarida eines Tages.

Da ich dachte, es sei Tito, machte ich mich schnell ein wenig hübsch.

»Darf ich hereinkommen?«

»Ja, Doktor Ti... Pater Carlos?«

»Warum so erstaunt?«

»Nur so, Pater. Darf ich um Ihren Segen bitten?«

Ich küsste die haarige Hand des Mannes zum ersten Mal ohne Überwindung und Widerwillen.

»Es ist merkwürdig, Sie außerhalb der Kirche zu sehen, noch

dazu hier bei uns zu Hause als Besucher. Aber ich bin froh, Sie so zu sehen: Sie wirken unbeschwerter ohne den heiligen Sebastian und all die anderen, die einen mit den Blicken verfolgen und bedrängen. Ich habe es immer eilig, die Kirche wieder zu verlassen, ich finde es gruselig, von blutenden Statuen umgeben zu sein.«

Der Priester lachte laut auf.

»Ach, du abergläubisches Kind. Das sind doch nur von Bildhauern gefertigte Statuen. Ihre einzige Aufgabe ist es, uns alle daran zu erinnern, dass das Leid vergeht und wir ihm furchtlos gegenübertreten müssen.«

»Das denken Sie vielleicht, aber diese Statuen haben ein Eigenleben. Glauben Sie wirklich, dass sie nur zum Schmuck dort stehen, um uns von der Mode der Zeit, aus der sie stammen, und der Kunstfertigkeit der Künstler zu erzählen?«

»Nein, nein, ich weiß schon, was du meinst. Aber man darf sich nicht von ihnen bedrängt fühlen. Sie stehen dort, um vom Opfer der dargestellten Menschen zu künden, die darum zu Heiligen geworden sind und uns als Beispiel dienen. Sie haben aus ihrem Leid gelernt und sind an ihm gewachsen. Sie werden dir nicht nachlaufen.«

»Vielleicht nicht gleich, aber ihre Blicke vergisst man nicht so schnell. Da läuft es mir sofort wieder eiskalt den Rücken hinunter, also lassen Sie uns lieber über etwas anderes reden. Ich habe Sie niemals außerhalb des Kirchengeländes gesehen, sind Sie nur hierhergekommen, um mich zu besuchen? Verheimlichen Sie mir etwas? O Gott! Es geht doch nicht um die Letzte Ölung?«

»Kind, du bist wirklich eine Nummer.«

»Wieso das denn, Pater? Ich liege noch nicht im Sterben. Bei Ihnen, inmitten all dieser düsteren Statuen, die den Tod herbeirufen – da bin ich mir nicht so sicher …«

»Na, werd nicht unverschämt, Kind!«

Doch trotz allem lachte er über die Dummheiten, die ich im quengelnden Ton einer Kranken von mir gab.

»Schon gut, entschuldigen Sie bitte, manchmal rede ich ohne Sinn und Verstand vor mich hin, die Wörter müssen einfach raus. Und dann brauche ich bloß den Mund aufzumachen, und schon purzeln mindestens fünfhundert von ihnen hervor.«

»Ich weiß, ich weiß, das muss die Krankheit der Jugend sein. Das erinnert mich an meine eigene Jugend, da wollte ich genau wie du alles herausposaunen, was mir durch den Kopf ging. Aber die Zeit vergeht, und manchmal muss man seine negativen Gedanken einfach im Zaum halten, oder sie erlangen Macht über dich. Schließlich siehst du die Menschen in deinem Umfeld nur noch so, wie diese Gedanken sie dich sehen lassen wollen. Sie verstellen dir den Blick. Sie bringen dich dazu, dich schlecht zu benehmen.«

»Ich weiß, deshalb versuche ich mich ja zusammenzureißen, aber meist gelingt das erst, wenn die Wörter schon heraus sind. Ich habe noch nicht gelernt, sie zu kontrollieren, bevor sie gesagt sind. Das ist alles gar nicht so einfach, Pater!«

»Du wirst es schon noch lernen, das braucht seine Zeit. Es darf dir nur nicht gleichgültig sein, du solltest sie nicht unwillkürlich loslassen, ungezügelt, mit einem ›Ach, was soll's!‹. Dann tun sie, was sie wollen, verstehst du das?«

»Gut, ich will es versuchen.«

»Ich habe den Eindruck, du bist nicht gerade glücklich, Giza. Liegt das an deiner angeschlagenen Gesundheit?«

»Ja, aber nicht nur. Ich bin nicht sehr glücklich mit meinem Leben.«

»Das dachte ich mir. Du vernachlässigst deinen Körper, isst nicht richtig, schläfst schlecht – das alles sind Anzeichen dafür, dass du mit dir selbst nicht im Reinen bist. Es ist, als wolltest du dich davonstehlen. Man muss aber in sich selbst den Ort finden, an dem man sich wohl fühlt.«

»Ist das Priestersprache? Wie das Kauderwelsch, das die Ärzte reden? Wie meinen Sie das?«

»Du bist nur krank, weil du dich vernachlässigst, du hast keine Freude daran, dich zu pflegen, die zu sein, die du bist. Wenn du dich selbst nicht magst, wirst du immer Gründe finden, dich auf die eine oder andere Art aufzugeben.«

Ich konnte nicht glauben, was ich da aus Pater Carlos' Mund hörte.

»So ist das also? Ich gebe mich auf?«

»Oft läuft es darauf hinaus, ja. Hast du dir schon mal jemanden angesehen, der nur hier ist, weil ihm nichts anderes übrigbleibt? Diese Menschen haben an nichts Freude, sie sehen nicht in den Spiegel und nehmen sich nicht wahr. Und wenn sie es doch einmal tun, mögen sie nicht, was sie sehen.«

»Sprechen Sie etwa von Dona Cândida, Pater?«

»Wir sollten besser keine Namen nennen.«

»Dona Luísa?«

»Welche von beiden, die von der Schule?« Plötzlich war er hellwach und hatte die Diskretion, die sein Beruf erforderte, fast vergessen.

»Dona Luísa, die Mutter von Nestor, Nestor vom Eissalon.«

»Ach die. Aber wir wollten doch keine Namen nennen, das gehört sich nicht. Hüte deine Zunge, sonst endest du wie eine dieser alten Tratschtanten, die mir damit in den Ohren liegen, wie scheußlich es ist, im Leben anderer herumzuschnüffeln.«

»In Ordnung, tut mir leid.«

»Dein Weg ist noch lange nicht zu Ende, dein Leben hat doch gerade erst angefangen, also hör auf mit dem Unsinn. Du hältst deine Jugend in den Händen, und alles, was sie an Möglichkeiten und Energie mit sich bringt, wie jede andere Veränderung auch.«

»Aber glauben Sie denn nicht, dass alles, was im Leben geschieht, dem Willen Gottes unterworfen ist? Jetzt bin ich doch ein wenig verwirrt.«

»Giza, jede Wahl, die du triffst, hängt von deinem Willen ab. Ob Gott nun damit einverstanden ist oder nicht, liegt an der Reinheit deiner Wahl. Aber Er mischt sich nicht ein, und du musst die Konsequenzen deiner Wahl alleine tragen.«

»Das weiß ich wohl, sogar die schlimmsten.«

»Kind, versündige dich nicht gegen Gott!«

»Sehen Sie? Das war ich nicht, das war meine Zunge.«

»Es ist nicht deine Zunge, Giza, das bist du. Gott ist in allem, aber Er verbietet dir nicht, deinem Willen zu folgen, wenn dieser allen nützlich und wenn er von Liebe getragen ist.«

»Und wenn er nicht allen nützlich ist, greift Gott ein?«

»Häufig ja, manchmal nein.«

»Nun gut, lassen wir es dabei bewenden. Mir ist schon ganz schwindelig. Es ist gar nicht so einfach, den Zufall zu verstehen.«

»Der Gott, von dem ich rede, gleicht deinem Verständnis des Guten, das dich zu Ihm führt. Jedes Mal, wenn du ruhige oder freundliche Gedanken hegst, weilt Gott in dir und auch außerhalb deiner.«

»Aber ist das nicht auch eine Frage des Charakters? Ob man freundlich ist?«

»Giza, dein Glaube ist nicht stark genug. Ich denke, du solltest öfter in die Kirche kommen. Gott ist ein gütiges Wesen.«

»Ach, Pater, ich bin nicht erst seit kurzem so, die Kirche hat mir schon keine Ruhe und Gelassenheit vermitteln können, als ich klein war, auch wenn ich die guten Taten, die Hoffnung und all das bewundere. Am liebsten mag ich die Jungfrau Maria; mit der rede ich manchmal. Ehrlich gesagt, glaube ich, dass sie es ist, die in mir wohnt, nicht Er. Mit Ihm könnte ich ab und zu in Verbindung treten, aber sie spricht öfter mit mir, ich höre etwas wie eine weibliche Stimme, die mir Ratschläge erteilt und mit der ich mich eher verbunden fühle.«

»Das ist ein sehr schöner Gedanke. Du glaubst, dass sie eher deinem weiblichen Denken entspricht, ist es das?«

»Natürlich! Das sollten Sie vielleicht demnächst mal in der Kirche predigen, dann wären viel mehr Frauen mit ihrer Natur im Reinen. Sie müssten sagen, dass die Frauen Maria als Göttin verehren können und die Männer auch, weil sie von Frauen geboren wurden. Ohne sie würde es gar keine Männer geben.«

»Und was bliebe dann noch für Gott und Jesus, Kind?«

»Das weiß ich nicht, aber die Geschichte, dass wir Adams Rippe entstammen, fühlt sich ganz falsch an. Wer immer auch diese Geschichte erzählt hat, es muss genau andersherum gewesen sein.«

»Hör auf zu fabulieren, Giza, das ist Gotteslästerung. Es gibt Lehren, Studien und höhere Autoritäten, denen ich gehorchen muss. Was du sagst, ergibt für mich keinen Sinn.«

»Denken Sie doch mal darüber nach, wer schwanger wird, Pater: die Frau oder der Mann? Wer liegt unter wessen Rippe? Haben Sie vielleicht schon mal einen schwangeren Mann gesehen?«

Pater Carlos' Gesicht lief rot an, und er lachte leicht vor sich hin. Ich beschloss, das Thema zu wechseln.

»Nun gut. Aber glauben Sie, dass man vom Weg abweichen kann, der einem seit der Geburt vorgezeichnet ist?«

»Dessen bin ich mir sicher, es gibt keine vorgezeichneten Wege. Der Weg entsteht aus dem, an das wir glauben. Wenn du zum Beispiel glaubst, dass du etwas nicht schaffen wirst, und dich damit abfindest, wirst du es nie erreichen, aber wenn du dein Ziel hartnäckig verfolgst, darauf bestehst, es trotz aller Zweifel willst – dann … wer weiß?«

»Das Schicksal betrügen? Es niedermachen, zerfetzen, in kleine Stücke hacken?«

Ich sagte das in ernstem Ton, lächelte aber am Ende, ich wollte den Armen ja nur provozieren. Schließlich lachte Pater Carlos und entspannte sich.

»Ja, man soll an ihm zweifeln. Man soll etwas anderes wollen als das, was dem Schicksal selbstverständlich erscheint. Du solltest in die Kirche kommen und beichten, dann wirst du dich selbst mögen lernen. Die heilige Kommunion wird dir guttun.«

»Ich weiß nicht, Pater Carlos. Ich schäme mich ganz entsetzlich vor Gott, es ist mir alles unendlich peinlich. Vor allem, weil man seine Sünden ja nicht nur Gott beichtet, sondern Ihnen beiden! Man kann dabei zwar Ihr Gesicht nicht sehen, aber ich weiß, dass Sie bei allem, was ich sage, das Gesicht verziehen und missbilligend den Kopf schütteln würden. Und dann sind da noch außer Ihnen und Gott all die anderen, diese blutenden Statuen, die alles hören und sehen.«

Der Pater stieß ein wieherndes Lachen aus, das ich ihm nie zugetraut hätte, lehnte sich in dem Stuhl zurück, in dem er zuvor ganz manierlich gesessen hatte, hob die riesigen Füße ein Stück vom Boden und warf erst die Hände in die Höhe und hielt sich dann den Bauch. Es dauerte lange, bis er sich wieder beruhigt hatte. Irgendwo tief in ihm steckte noch der Clown, gefangen, vielleicht verwundet, vom Pater in Geiselhaft genommen, aber am Leben.

»Ehrlich gesagt«, fuhr ich fort, »habe ich kein inniges Verhältnis zu Gott, ich denke möglichst wenig an Ihn, befrage Ihn selten, das Warten auf Antwort fällt mir schwer. Ich glaube, dass Er irgendwo dort ist und dass Er gut ist, aber Er hat mich nie besucht, wir haben einander noch nie in die Augen geschaut, und ich war nie eine Seiner Kundinnen, Patientinnen oder engen

Freundinnen. Oft habe ich sogar an Seiner Existenz gezweifelt, und ich finde es falsch und heuchlerisch, nur an Ihn zu denken und mit Ihm zu reden, wenn man Ihn braucht.«

»Aber wenn man jemanden braucht und auf Ihn zählen kann, heißt das, dass man Ihm vertraut. In den schwierigsten Momenten tritt Er in dir zutage, und das heißt, dass Er tief in dir zuvor schon war, dass es Ihn gibt. In diesen Stunden verzweifelten Flehens suchst du nach jemandem, der dir wirklich helfen kann. Die Armen suchen die Reichen, die Verliebten den Geliebten, die Kinder ihre Eltern. Die Kinder des Vaters suchen Ihn.«

»Nun, dann werde ich morgen sofort eine Siebentageskerze anzünden, und dann werden wir ja sehen, ob ich gleich darauf das Bett verlassen kann«, erwiderte ich scherzhaft.

»Du bist eine unerfahrene gequälte Seele, Giza. Zum Glück kenne ich dich schon seit vielen Jahren, seit deine Tante Florinda mit dir auf dem Arm in der Stadt auf und ab spaziert ist.«

»O ja. Haben Sie mich denn auch schon als Baby gekannt?«

»Ja, ich habe dich als Baby gekannt. Du warst niedlich und winzig klein.«

»Erzählen Sie mir, wie ich war, Pater Carlos.«

»Das weißt du doch.«

Er war bleich geworden, zog sich wieder hinter die Mauer des beherrschten Paters zurück.

»Du warst immer ein sehr hübsches Kind, ein Porzellanpüppchen.«

»Manchmal kommen viele Fragen in mir auf.«

»Das kann ich mir vorstellen, Kind. Du solltest darüber mit deinen Tanten reden.«

»Pater, woher komme ich? Von wem stamme ich ab? Bin ich die Tochter meiner Großmutter oder einer anderen Verwandten? Am liebsten würde ich das alle Welt fragen. Viele Fragen quälen mich, machen mir das Leben schwer, helfen Sie mir,

Pater Carlos, Sie sind ein Mann Gottes, Sie dürfen mir nichts verheimlichen, dürfen mich nicht belügen.«

»Giza, ich weiß nicht mehr als das, was ich dir erzähle. Und selbst wenn ich mehr wüsste, dürfte ich mich nicht in eine Privatangelegenheit mischen. Ich bin der Priester aller.«

»Dann sagen Sie mir wenigstens, was in dieser Stadt vor gut zwanzig Jahren passiert ist, die größte Tragödie aller Zeiten. Nach dem Geheimnis, das alle darum machen, muss es ja geradezu eine Katastrophe gewesen sein. Warum bin ich anscheinend die Einzige, die nichts davon weiß? Auf dem Friedhof gibt es viele Grabsteine mit ähnlichen Todesdaten, vielleicht also eine Epidemie? Aber was für eine? Die Daten fallen alle in einen Zeitraum von zwei bis fünf Tagen. Ich weiß noch, wie ich als Kind, wenn ich auf dem Friedhof herumstreunte, die Grabsteine betrachtete und mir das Leben der Toten vorstellte. Die Stadt muss jahrelang verwaist gewesen sein, erfüllt von Weinen und Trauer. Ganze Familien verschwanden, Freunde, Verwandte, ich kann das Ausmaß nicht begreifen, aber Sie können mich von meiner Unwissenheit befreien. Es sind so viele Grabsteine. Fast scheint es, als wären mehr Einwohner gestorben, als die Stadt heute hat, es ist ja auch eine sehr junge Stadt. Jahrelang war dieser Ort für mich der Inbegriff von Glück und Geborgenheit, dabei wurde er in Wirklichkeit auf einer dicken Schicht stinkender Lügen errichtet. Nun quält mich dieser Gestank, er lässt mir keine Ruhe, ich muss wissen, was geschehen ist, damit wieder Ruhe einkehrt, meine innere Ruhe hat mich verlassen, und seither bin ich rastlos.«

»Giza, man muss lernen, seine Ängste in den Griff zu bekommen, und darauf hoffen, dass das Leben es gut mit einem meint. Such nach dem Ort, an dem du dein kostbarstes Gut verwahrt hast, und lass dir dein Glück von nichts und niemandem nehmen, kämpf darum. Verstehst du, was ich meine?«

»Mehr oder weniger, ich habe das Gefühl, dass Sie verstehen, was mich umtreibt, aber gleichzeitig hört sich das alles an wie Pfaffengeschwätz.«

»Was ich sage, gilt für alle, wenn auch in unterschiedlicher Weise. Jeder erlebt und versteht die Dinge entsprechend seinen Möglichkeiten und seinem Schicksal. Du solltest es nicht geringschätzen, es hilft tatsächlich.«

»Ach, Pater Carlos, haben die Menschen denn nun die Wahl oder nicht?«

»Natürlich haben sie die, aber erst einmal ist da die Richtung, die man wählt. Wenn dir deine Richtung nicht gefällt, Kind, dann ändere sie, schlag einen neuen Weg ein! Unterwirf dich nicht dem, was naheliegend erscheint und manchmal zerstörerisch ist. Begib dich auf die Suche, sei freundlich und liebevoll zu dir selbst – darauf kommt es an! –, sei mit dir selbst im Reinen. Sei misstrauisch, wenn man dir einredet, dass du es nicht schaffen wirst, dass die Dinge so und so sind. Versteh, dass das Hässliche oder Misslungene nur in den Augen und Köpfen der anderen existiert und dass hässlich zu sein nicht so unangenehm ist, wie schön zu sein. Wenn dir jemand sagt, dass die Liebe nicht für dich bestimmt ist, dann frag dich: ›Wieso nicht?‹ Das Schicksal ist für mich die Welt jedes Einzelnen, jeder formt sein Schicksal durch seine Ziele. Es beginnt mit der Wahl des Ortes, mit der Vorstellung, die du von dir selbst hast, und mit den Menschen, denen du dich anschließt, mit Hilfe derer du dich weiterentwickeln willst. Du erschaffst und formst dein Schicksal.«

Anfangs hatte Pater Carlos im frommen Tonfall des Kirchenmannes gesprochen, aber jetzt klang seine Stimme wie die eines Freundes.

Und war es nicht so, dass diese Art Selbsthilfe half?

Erstaunlicherweise schien Pater Carlos meine Ängste und

Sorgen zu kennen. War das die Intuition des Priesters? Ich stand seiner Religion fern, war eine Anhängerin der Blumen, der Natur – und das war möglicherweise eine wahre Religion. Ich ging jeden Sonntag folgsam zur Messe, nur um mal aus einem anderen Grund das Haus zu verlassen als zum Ausliefern der Rosen. Dort sah ich mir dann die Verfasser der Briefe an, die ich besser kannte als ihre Ehefrauen. Es war meine einzige Abwechslung, und sie war gut und unterhaltsam gewesen – aber natürlich nur, solange ich Vila Morena noch nicht kannte. Danach erschien mir alles andere fad. Dort gab es Würze, Pfeffer, man lebte jeden Augenblick, und wenn ich Vila Morena verließ, fühlte ich mich wie erfrischt und durchgelüftet.

Aber der Pater hatte mir eine Arznei gegeben, die ebenso wirksam war wie die Tabletten der Ärzte, wenn nicht sogar besser. Vielleicht war er wirklich ein Doktor der Seele. Das Gespräch mit ihm hatte mir gutgetan, und ich erkannte zu meiner Überraschung, dass auch die Priester, wie der heilige Antonius, letztendlich Geschöpfe Gottes sind.

Und ich hatte für ein paar Minuten dem armen Clown zur Freiheit verholfen, der sonst, sorgfältig angekettet, vor den Augen der anderen verborgen gehalten wurde – bis der Pater es bemerkt hatte und ihn wieder an die Kette legte.

Während ich Pater Carlos nachsah, wie er mein Zimmer verließ, musste ich an die Männer denken, die es im Laufe der Zeit betreten hatten, und daran, wie unterschiedlich sie waren.

Als kleines Mädchen hatte ich einmal einem Jungen, dem Sohn eines Hilfsgärtners, dabei zugesehen, wie er in eine Begonienhecke pinkelte. Ich fand sein Geschlechtsteil äußerst merkwürdig, ein lebloser Finger, an der falschen Stelle angewachsen. Ich musterte seine Hände, um zu sehen, welcher Finger fehlte, ich nahm an, es wäre der kleine Finger, und von da an hielt ich den armen Jungen für einen Krüppel – jahrelang tat er mir leid.

Freud hatte also mit seiner Theorie vom weiblichen Penisneid völlig danebengelegen.

Ich hatte Männer, vor allem angesichts meiner Tanten, immer für minderwertige Geschöpfe gehalten. Mein Großvater war grandios gewesen, doch meine Großmutter eine absolute Lichtgestalt, die selbst die Blumen in den Schatten stellte. Ihre Größe war nicht von dieser Welt, eher schon vom Mond oder Mars. Und so konnte man sich ihre Töchter mit ihrer außergewöhnlichen Schönheit ja vorstellen. Jedoch hatten mir in den letzten Monaten einige Männer imponiert – mit Ausnahme von Tante Margaridas Grille natürlich, der mir auch jetzt noch kalt und tot vorkam. Vor allem aber Tito und der Pater hatten mir beigebracht, dass Männer sehr viel mehr zu bieten hatten als einen baumelnden leblosen Finger.

Des einen Gesicht, der anderen Stimme

Endlich war ich wieder völlig gesund und konnte mein Zimmer verlassen. Ich hatte die Erlaubnis von beiden Ärzten, aber nur Doktor Heitor hatte mich angelächelt. Er versuchte so verführerisch wie möglich zu wirken und starrte mich mit so weit aufgerissenen Augen an, dass die alte Haut rundherum ihre Falten verlor. Beide hatten mir meine Freiheit nur unter Vorbehalt zurückgegeben, ich stand weiterhin unter Beobachtung, um einen Rückfall zu vermeiden.

Trotz der guten Nachricht war ich traurig, denn meine ungeheure Sehnsucht nach Tito würde wieder erwachen – bald würde er abreisen. Ich streifte ziellos durchs Haus, bekam manchmal kaum noch Luft. Inzwischen war ich aber wieder so bei Kräften, dass ich an den letzten drei Tagen beim Kaffeetrinken mit den Ärzten dabei sein durfte; allerdings stand ich unter der strengen Beobachtung meiner Tanten. Tante Florinda, in einem enganliegenden Kleid, bedachte Tito mit betörenden Blicken.

Tito sprach kaum mit mir. Er hatte mich in der Vergangenheit selten eines Blickes gewürdigt, aber wenn er mich nun ansah, glaubte ich eine gewisse Zärtlichkeit zu spüren. Seinem letzten Rat folgend, benahm ich mich wie ein durch und durch anständiges Mädchen. Ich dachte, auch wenn er mich nicht mehr liebte, müsse ich achten und bewahren, was auch immer er mir gab.

Mein erster Weg, als ich das Haus verlassen konnte, führte mich zum Friedhof. Ich zog ein buntes Kleid an und ging zu Fuß. Darauf hatte ich während meines Krankenlagers lange gewartet, in letzter Zeit hatte ich an nichts anderes mehr denken können. Er lag am Stadtrand, an der Straße nach Vila Morena, eine Ansammlung sauberer, ordentlich aufgereihter Behausungen für die Toten, die den Neid eines jeden Lebenden wecken konnten, der kein eigenes Haus besaß. Ich hatte mein Notizbuch eingesteckt und ging direkt in den Teil des Friedhofs, in dem die Gräber mit den übereinstimmenden Todestagen lagen. Dort befand sich auch die Grabstätte meiner Familie, und ich betrachtete andächtig die Gesichter meiner Großeltern. Anschließend notierte ich mir so viele Namen und Daten, wie ich nur konnte. Es waren Frauen, Alte, Kinder jeder Hautfarbe und jeden Typs und der unterschiedlichsten sozialen Schichten. Alle waren zu ganz verschiedenen Zeiten geboren, aber in derselben Woche gestorben. Meine Nachforschungen belebten mich, ich war aufgeregt angesichts der Geschichten, die ich erfahren würde – darunter meine eigene, über die ich so gut wie nichts wusste. Ich verstand immer noch nicht, wie so viele Menschen innerhalb so kurzer Zeit hatten sterben können. War es ein Zufall gewesen? Eine Krankheit? Röteln, Typhus oder Gelbfieber? Meine Neugier war geweckt. So blieb ich stundenlang auf dem Friedhof, auf der Suche nach mir selbst, und vergaß darüber die Zeit. Als ich mir gerade im vornehmeren Teil des Friedhofs sämtliche Namen einer Familie notierte, hörte ich Schritte hinter mir und bemerkte einen Schatten. Ich erschrak, schließlich befand ich mich auf einem Friedhof, aber ich unterbrach meine Nachforschungen nicht. Wer auch immer das Gespenst oder

der Neugierige war, konnte mir nichts anhaben, solange ich ihn ignorierte.

»Was machst du denn hier?«

Es war Tito, aber ich hätte nicht mehr erschrecken können, wenn es tatsächlich ein Gespenst gewesen wäre.

»Was ich hier mache? Was machst du denn hier? Ich wohne in dieser Stadt und darf herumlaufen, wo es mir beliebt. Außerdem habt ihr mir erlaubt, spazieren zu gehen, oder etwa nicht?«

Ich war zornig, und so klang ich auch, vielleicht wegen der Liebe, die er in den letzten Wochen weder annehmen noch mir geben wollte. Ablehnung erzeugt Ablehnung.

»Die Frage war ernst gemeint. Wieso notierst du dir jede Einzelheit von diesem Grab?«

Ich hielt inne und schaute ihn verwundert an. Seine Miene war ungewöhnlich angespannt und sein Tonfall fast inquisitorisch.

»Ich schreibe mir die Namen von denen auf, die innerhalb eines bestimmten Zeitraums gestorben sind.«

»Das sehe ich, aber wieso interessierst du dich plötzlich dafür?«

»Mir fehlen Antworten, keiner sagt mir etwas, dabei habe ich das Gefühl, alle wissen Bescheid außer mir. Ich verstehe das alles nicht, aber mich lässt die ganze Geschichte auch nicht mehr los. Ich muss Klarheit haben – erst recht, wenn das Geheimnis auch mich betrifft. Erst dann habe ich Ruhe.«

Tito betrachtete die Namen auf dem Grab, die ich mir gerade notiert hatte, dann las er sie laut vor:

»Fernando Rosa de Medeiros und Antônia Maria Rosa de Medeiros. Gestorben innerhalb von zwei Tagen.«

»Kanntest du sie?«

»Ich hätte sie besser gekannt, hätten sich die Ereignisse damals nicht überschlagen.«

»Waren sie Freunde, Verwandte?«

»Sie wurden mir unvermittelt entrissen, und das war schrecklich für mich.«

»Aber wer waren sie denn?«

»Meine Eltern.«

Jetzt war ich es, die aussah wie ein Geist. Damit hatte ich nicht gerechnet.

»Also sind deine Eltern auch an dieser Seuche gestorben? Oh, wie leid mir das tut.«

Ich war bestürzt. In Sachen wie diesen gibt es keinen Trost, man sucht ewig nach Frieden und findet ihn nicht immer.

»Es waren nicht sie allein, fast die ganze Stadt ist gestorben. Hier war alles menschenleer.«

Es war einer dieser Sonnentage, an denen niemand sich aus dem Haus wagt, selbst die Hunde und Vögel mieden das Freie. Ich, er und ein paar Fliegen waren die einzigen Wesen auf dem Friedhof.

»Die Sonne brennt sehr heiß, du solltest nicht hier sein, jedenfalls jetzt noch nicht. Du solltest dich mehr schonen. Gehen wir.«

Tito nahm mich bei der Hand. Das gefiel mir, und ich überließ sie ihm. Ich dachte, dass meine Pläne für den heutigen Tag genauso gut warten konnten. Es war köstlich, seinen Arm um meinen zu spüren, zu erleben, dass er endlich freundlich und besorgt über weit zurückliegende Dinge mit mir sprach.

»In Ordnung, gehen wir ein Eis essen. Morgen komme ich wieder und bringe das Angefangene zu Ende.«

»Lass uns Folgendes machen: Ich esse ein Eis, und du trinkst einen Saft, und zwar ohne Eiswürfel, einverstanden?«

Ich bemerkte, wie Titos Miene sich verdüsterte, je näher wir dem Ausgang kamen. Er war bei mir, doch er war nicht ganz bei der Sache.

»Alles in Ordnung? Du siehst besorgt aus.«

»Ja, alles in Ordnung. Ich mache mir nur Gedanken, wann ich endlich nach Hause zurückkehren kann. Meine Kollegen führen schon sehr lange meine Praxis ohne mich fort. Aber mein Leben ist in der Schwebe, alles, was ich bin und habe, habe ich im Südosten zurückgelassen. Ich bin nicht Teil dieser Stadt, ich fühle mich hier wie ein Fremder.«

»Sind deine Eltern denn an dieser Seuche gestorben? Was war das für eine Krankheit?«

»Ich spreche nicht gern über dieses Thema, die Erinnerung ist zu schmerzhaft, und wenn ich nicht darüber rede, dann denke ich auch nicht daran.«

»Warum bloß will mir keiner etwas sagen? Warum ignorieren mich alle, und wieso bin ich die Einzige, die überhaupt nichts weiß? Das verstehe ich nicht.«

»Finde es selbst heraus. An dem Tag, an dem dir das gelingt, wirst du die Gründe verstehen.«

Titos Antwort überraschte mich. Hatte er wirklich gerade zugegeben, dass ich richtiglag? Wusste alle Welt Bescheid – nur ich nicht?

Als wir aus dem Friedhof hinaustraten, trafen wir Tenório. Der Nachbar aus unserer Straße musterte uns misstrauisch. Tito und ich grüßten ihn, blieben aber nicht stehen, sondern gingen weiter in Richtung Eissalon. Wo auch immer wir vorüberkamen, setzte Getuschel ein, und Dona Arlinda und Dona Cícera, die Klatschbasen vom Dienst, fielen beinahe um, als sie uns sahen, so groß war der Brocken, den wir ihrer Gier nach Tratsch hinwarfen. Unwillkürlich liefen sie uns nach, doch nach drei Schritten hielt die eine die andere zurück.

Tito und ich redeten nicht über die Vergangenheit, wir waren wie zwei einander völlig unbekannte Bekannte. Fast hätten wir Freunde sein können, wäre da nicht mein Verlangen gewesen, mich an ihn zu schmiegen. Er streckte nicht die Hand nach mir aus, berührte nicht mein Haar und küsste nicht mein Gesicht. Dass wir uns zueinander hingezogen fühlten, zeigte sich nur daran, dass wir auf dem Weg zum Eissalon ein paarmal aneinanderstießen. Er entschuldigte sich jedes Mal, und ich hätte ihm beinahe für die Berührung gedankt, ließ es aber lieber sein. Er schien sich in meiner Gegenwart wohl zu fühlen. Im Eissalon setzten wir uns an den Tisch, ich mit dem Rücken zur Theke und er mir gegenüber, so dass er den Laden im Blick hatte. Hinter mir vernahm ich Dona Luísas Stimme:

»Guten Tag, Tito, hallo, Giza. Was darf ich euch bringen?«

»Bitte, Dona Luí… – Nestor?«

Ich zuckte zusammen und wäre im nächsten Moment vor Lachen fast vom Stuhl gefallen, konnte mich aber gerade noch beherrschen. Wieder sah ich zu Nestor hinüber, um mich zu vergewissern, dass er es wirklich war. Wäre da nicht die Glatze gewesen, hätte man ihn immer noch mit seiner Mutter verwechseln können, nicht nur seine Stimme glich der ihren.

»Ein Sahneeis für mich, bitte.«

»Ich hätte bitte gerne einen Surinamkirschsaft, Nestor.«

»Was hast du denn, Giza?«

»Entschuldige, wegen der Stimme habe ich dich für Dona Luísa gehalten. Ihr klingt genau gleich.«

Tito lachte laut auf.

»Als du dann plötzlich vor mir standest, bin ich erschrocken, Nestor. Ich bitte nochmals um Entschuldigung.«

»Du warst schon seit Monaten nicht mehr hier, stimmt's? Schon vor deiner Krankheit. Ich bringe euch gleich das Bestellte.«

Ich unterhielt mich weiter mit Tito.

»Es stimmt, schon bevor ich krank wurde, bin ich wenig ausgegangen. Ich kann an dieser Stadt nichts mehr finden, es ist kein Vergnügen, durch ihre Straßen zu gehen, die Leute zu treffen, die ich seit meiner Geburt kenne und denen nicht mehr einfällt als ›Guten Tag‹. Die Gesichter sind die gleichen, und die Gedanken sind klein und eng. Die Leute wohnen am selben Ort, haben wenig zu erzählen, sind dem Leben gegenüber nicht aufgeschlossen, alles ist grauer Alltag. Ich habe mich von alldem frei gemacht, kann diese Lebensweise nicht mehr nachvollziehen. Die üble Nachrede, das ständige Urteilen über die anderen, die Tatsache, dass es nichts zu tun gibt … Also kümmere ich mich um die Blumen und liefere sie aus, und manchmal fahre ich nach Vila Morena, um mal nach Herzenslust zu lachen, dann komme ich zurück und lege mich schlafen. Die Blumen und Vila Morena sind das Einzige, was mir Freude macht.«

»Fährst du oft dorthin?«

»Nicht so oft, und immer tagsüber, normalerweise nachmittags, wenn ich meine Bestellungen ausgefahren habe. Ich war noch nie bei einem Fest der Königin dabei, interessieren würde es mich aber schon, ehrlich gesagt. Und obwohl es eine uralte Rivalität zwischen unserer Stadt und der Vila zu geben scheint, sind die Leute dort wahnsinnig nett, sie gehen rücksichtsvoll mit mir um, sind aufmerksam, sie haben mich gut aufgenommen und nie über mich geurteilt. Bei ihnen fühle ich mich wohl und bin entspannt, wir ›sprechen dieselbe Sprache‹, wie der Major, Salada und Juliana sagen würden.«

»Nein, Giza, sie sprechen nicht dieselbe Sprache wie du. Du bist eine gebildete junge Frau, du kannst diese Leute mögen und dich bei ihnen wohl fühlen, aber ich glaube, du bist ganz anders als sie.«

Endlich hatte er sich entschieden, wie er mich nennen wollte, er nannte mich Giza. Damit schien er meine Wahrheit akzeptiert und die starke Frau vergessen zu haben, die ihn vor einigen Wochen verführt hatte. Hatte er am Ende alles vergessen, was zwischen uns passiert war?

»Sie haben mir nie irgendwelche Fragen gestellt, und im Gegensatz zu den Leuten hier finden sie mich schön. Es ist eine andere Welt, und ich fühle mich ihr mehr zugehörig als der Welt, in der ich geboren bin. Es ist ein seltsames, aber zugleich willkommenes und beruhigendes Gefühl.«

»Hier in der Stadt findet man dich nicht schön?«

Ich versenkte meine Augen in den seinen, doch in diesem Moment kam Nestor mit dem Eis und dem Saft, stellte beides vor uns ab, schob es zwischen unsere Blicke und blieb neben uns stehen, so dass wir unser Gespräch nicht fortsetzen konnten. Da stand er nun zwischen uns, die Hände in die Hüften gestemmt, sein Gewicht auf ein Bein verlagert, bereit für ein Schwätzchen, als hätten wir ihn dazu eingeladen, als hätten wir darauf bestanden, dass er uns Gesellschaft leistete. Tito sagte nachdrücklich:

»Danke, Nestor, lass dich nicht durch uns von deiner Arbeit abhalten.«

Nestor ging aufreizend langsam davon. Wäre ich ein Hund, hätte ich ihm tief und drohend nachgebellt, damit er seine Indiskretion bereute und sich ein bisschen beeilte. Nestors Aufdringlichkeit machte mich wütend, und vielleicht fiel mir deshalb wieder ein, dass ich ihn einmal hatte heiraten wollen. Und wenn ich nun mein ganzes Leben mit ihm verbringen müsste? Was für ein Glück, dass Gott schon vor langer Zeit aufgehört hatte, uns zuzuhören oder zumindest unsere Bitten ernst zu nehmen. Nestor war unglaublich hässlich.

»Also?«, fragte Tito, der immer noch auf eine Antwort wartete.

»Es ist, wie ich gesagt habe. Die Leute hier halten nichts von mir, sie sind schwierig. Sie sehen mir nicht in die Augen, sie sind keine Freunde.«

»Du hast das Thema gewechselt, wir sprachen davon, dass man dich in dieser Stadt nicht für schön hält und in Vila Morena deine Schönheit sehr wohl wahrnimmt. Ich glaube, es gibt da etwas, was du nicht verstehst, Giza, obwohl das eigentlich nicht sein kann: Du bist wunderschön.«

Ich schwieg überrascht, dann sagte ich:

»Das denkst du nur, weil du das Leben in all seiner Vielfalt besser kennst. Du bist gereist, du hast studiert und kommst von außerhalb hierher, du hast gelernt, dass nicht nur eine Art weiblicher Schönheit existiert, hast das hier vorherrschende engstirnige, vorgefertigte Schönheitsideal überwunden.«

»Nein, ich rede von dir. Du weißt es vielleicht nicht, aber du bist in aller Augen eine sehr schöne Frau. Ich verstehe bloß nicht, wie du das nicht bemerken konntest. Als ich dich das erste Mal sah, zum ersten Mal richtig wahrnahm, an deinem achtzehnten Geburtstag, warst du zwar noch ein halbes Kind, aber auch da schon ein unvergleichliches junges Mädchen von einer grausamen, überwältigenden Schönheit.«

»Mag sein, aber du hast dich lieber über mich lustig gemacht und dich mit meiner Tante in eine dunkle Ecke verzogen.«

Er lächelte, ein schönes Lächeln.

»Du warst schön, aber ich fand dich zu jung. Du hattest nicht den Körper einer Frau, und dein Gesicht war wie das eines jungen Mädchens, rein und keusch. Deine Tante hat sich mir aufgedrängt, nicht nur in diesem Augenblick, sondern seit jeher. Ich muss gestehen, dass sie es jahrelang verstand, den Wunsch in mir zu wecken, mit ihr zusammen zu sein. In dieser Nacht brachte ich es nicht über mich, sie abzuweisen, sie war schon immer sehr schön. Aber trotzdem warst du für mich nicht nur eine Schönheit, ich hatte auch das Gefühl, dass wir uns verstehen, dass du zu mir passt. Ich fand dich anregend, intelligent, entschieden. Am nächsten Tag schrieb ich deiner Tante einen Brief, in dem ich ihr zu verstehen gab, dass ich kein Interesse an ihr hatte: Ich wollte weder eine Liebesbeziehung noch eine Heirat, ich dankte ihr nur für die unvergessliche Nacht und ihre Gesellschaft und verabschiedete mich von ihr. Obwohl ich nicht viel Zeit mit dir verbracht hatte, fühlte ich, als ich dich viel später als erwachsene, geschminkte Frau an einem anderen Ort wiedersah, das Gleiche wie zuvor, vielleicht noch stärker. Meine Gefühle waren genau so groß, tief und schwer wie beim ersten Mal, und ich empfand die gleiche Glut.«

Beinahe wären mir Tränen gekommen, doch da fiel mir der Brief wieder ein, und ich sah den Zettel mit den unmissverständlichen Formulierungen erneut vor mir. Das war es also gewesen. Meine Tante hatte in ihrer Zeitschrift gelesen und mich abzulenken versucht, aber der Brief, der am Tag nach meinem achtzehnten Geburtstag bei uns zu Hause abgegeben worden war, war von Tito gewesen. Dieser Zettel hatte sie verwirrt und aufgeregt, und auch wenn mir niemand erzählt hatte, was vor sich ging, musste sein Inhalt für sie hart, sogar sehr hart gewesen sein.

»Ich habe im Materialkorb einen Brief gefunden, der bei uns zu Hause für viel Ärger und Aufregung gesorgt hat.«

»Das muss der Abschiedsbrief gewesen sein, den ich ihr einen Tag nach deinem achtzehnten Geburtstag geschrieben habe. Ich habe versucht, Florinda den Abschied so leicht wie möglich zu machen, um ihr größeren Kummer zu ersparen. Ich habe ihr sehr geschmeichelt, nur um sie nicht zu sehr zu quälen, und habe ihr gesagt, wie sehr ich sie bewundere, aber das war nicht die Wahrheit.«

»Ich erinnere mich noch gut an die Worte: ›Du bist wirklich das großartigste Prachtweib, dem ich je einen Besuch abgestattet habe. Ich bin wie betäubt, meine Sinne gehorchen mir nicht mehr … Die Erde, die Deine Farbe hat, ruft mich zu sich, als ob Dein Körper sie wäre, jeder sanft gerundete Hügel am Horizont ist Dein … Schade, dass die Pflicht ruft. Es tut mir leid, dass sie wieder über uns bestimmt, aber alles im Leben hat seine Grenzen.‹ Jahrelang habe ich geglaubt, dass das Lächeln und die

Worte, die ihr gewechselt habt, dazu gedacht waren, mich zu demütigen, euch über mich zu erheben. Mit ihren Augen und den spöttisch verzogenen Mundwinkeln hat meine Tante mir zu verstehen gegeben, dass ihr euch auf meine Kosten prächtig amüsiert habt.«

»Du hattest deinen eigenen Kopf, trugst ein Trägerkleid, das nicht einmal knielang war, und hattest dein Haar nur nachlässig zusammengebunden. Du warst anders. Du hast dich ganz genau umgesehen, hast die Leute und ihr Auftreten studiert. Du hast dich so poetisch ausgedrückt, dass ich erstaunt war, jemanden wie dich in dieser rückständigen Stadt anzutreffen, in der menschliche Schönheit selten ist. Du gefielst mir, und ich wollte dich unbedingt kennenlernen, dir näherkommen, wollte, dass du die ganze Nacht mit mir tanzt. Aber als deine Tante merkte, dass ich mich zu dir hingezogen fühlte und mir deine Schönheit auffiel, begann sie unmittelbar, dich vor mir schlechtzumachen. Und dann traf ich dich erst viel später in Vila Morena wieder, und wir lernten uns unter anderen Umständen kennen, an einem Ort, der ja nun eigentlich für anständige, wohlerzogene Mädchen verboten ist.«

Den letzten Satz sagte Tito in neckendem Tonfall.

»Also hätte dieser Geburtstag mein schönster sein können, aber dank meiner Tante Florinda war er das genaue Gegenteil. Ich weiß nicht, woher die Ablehnung kommt, dieser Groll. Ich habe immer alles dafür getan, damit meine Tanten mir nicht böse sind, aber es ist mir nicht gelungen, sie zu besänftigen. Das macht mich unendlich traurig. Sie sind meine einzigen Angehörigen, sie sind meine Familie, und doch kann ich ihnen nicht vertrauen. Sie mögen mich nicht, sie halten zusammen und beteiligen mich nicht am Geschäft, das ich doch mit ihnen führe. Das ist ungerecht.«

»Übertreibst du nicht? Sie haben sich so um dich gesorgt. Sie sind vielleicht nicht besonders verständnisvoll und sicher auch manchmal hart zu dir, aber ganz so schlimm wird es nun auch wieder nicht sein.«

»Ach, Tito, sie bringen mir keine Liebe entgegen, kein Vertrauen, keine Nähe. Dafür muss es einen Grund geben, es kann nicht nur daran liegen, dass ich erwachsen geworden bin und sie auch. Als wir jünger waren, waren wir Freundinnen und Vertraute, wir waren wie Schwestern.«

»Wir verändern uns, wenn wir wachsen, Giza.«

»Das ist es nicht allein. Sie waren umgänglich, wir hatten Geheimnisse miteinander und haben einander sehr geliebt. Dann hat sich alles verändert, doch mir sind die Hände gebunden, solange ich nicht weiß, was dahintersteckt. Das macht mir Angst, aber ich habe keine Schuld daran, ich habe niemandem etwas getan.«

»Mach dir keine Sorgen. Es ist besser, du lässt die Angelegenheiten ruhen, eines Tages wird sich alles klären.«

Tito aß sein Eis auf, und ich trank meinen Saft aus. Ich sah ihm nach, wie er zur Kasse ging. Er bezahlte bei der als Nestor verkleideten Dona Luísa – vielleicht war es ja auch umgekehrt –, und während er auf das Wechselgeld wartete, drehte er sich um und musterte mich verstohlen. Just in diesem Augenblick trafen sich unsere Augen. Und nun sah ich endlich bis in ihn hinein, fand seine tiefen Gefühle für mich, an die ich kaum noch geglaubt hatte. Ich zerfloss in einem Strahlen, auch wenn es meine Lippen nicht erreichte.

»Gehen wir? Ich bringe dich noch nach Hause.«

Die Rua Tiradentes hatte noch nie so freundlich gewirkt, ihre Löcher noch nie so hilfreich, denn Tito stützte mich aufmerksam bei jedem neuen Schlagloch, das sich vor uns auftat. Als ich dachte, ich hätte schon alle schönen Überraschungen das Nachmittags erlebt, erblickte ich von ferne die Bougainvilleen vor unserem Haus, sie blühten üppiger denn je. Die verschiedenen Farbtöne ihrer wie aus Wachspapier gefalteten Blütenkelche bildeten an der Hauswand eine schillernde Mischung. Wie hatte ich das übersehen können? Ganze Äste bogen sich um die Fensterrahmen meiner Tanten, umrahmten ihren Blick ins Weite, auf die Stadt. Sie mussten schon seit einiger Zeit so blühen, und sicher hatte jeder außer mir sie wahrgenommen. Die Welt hatte sich verändert, und ich hatte es nicht bemerkt. Ob ich nur noch das wahrnehmen konnte, was meiner Stimmung entsprach? Wann wäre ich jemals unempfänglich für Schönheit gewesen? Ich sah in letzter Zeit nur noch das Negative. Die Blüten wiegten sich in der sanften Frühlingsbrise, die die Gardine am Schlafzimmerfenster von Tante Florinda aufblähte – und zu meiner Überraschung und meinem Entsetzen stand sie dort und beobachtete jeden unserer Schritte.

»Wir sind da, ich habe dich heil abgeliefert.«

Ich zögerte, ob ich ihn auf die Wange küssen sollte, hielt auf halbem Wege inne, machte einen Rückzieher und sagte nur mit einem leichten Lächeln:

»Danke fürs Mitkommen.«

»Die Spucke und die abgelaufenen Sohlen, die mich das gekostet hat, waren gut investiert«, sagte er lächelnd.

»Weißt du schon, wann du abreisen wirst?«

»Bald schon, ich muss noch ein paar Angelegenheiten regeln, aber sobald das erledigt ist, bin ich weg.«

Das seltsame Gefühl, beobachtet zu werden, verließ mich selbst hier nicht, am Fuß der Bougainvilleen und unter dem Vordach unterhalb der Schlafzimmer. Ich schaute nach oben, Tante Florinda war nicht mehr zu entdecken, aber im Hauseingang waren durch den Türspalt ein Paar Füße und darüber wachsame Augen zu erkennen – die von Tante Margarida, die sich keine Mühe gab, sich vor uns zu verbergen.

»Was ist los, Giza?«

»Du musst gehen, wir werden belauert.«

»Okay. Und das macht dich nervös?«

»Sehr. Dich nicht?«

»Ich habe mich daran gewöhnt. Sie haben mich die ganze Zeit über beobachtet, in der ich dich behandelt habe. Ich konnte mich überhaupt nicht frei bewegen, die Augen – und die Hände – deiner Tanten klebten ständig an mir. Ich konnte dich doch kaum allein untersuchen, und Odézia mit ihren köstlichen Kuchen hat auch dazu beigetragen.«

»Seid ihr schon lange zurück?«

Tante Margarida kam auf uns zu, als wäre nichts geschehen, als hätte sie uns nur zufällig entdeckt.

»Warum kommt ihr nicht rein?«

»Ich wollte gerade gehen, Margarida. Sei unbesorgt, ich habe nur Giza nach Hause gebracht. Sie braucht mich nicht mehr. Bis bald, Giza.«

Er küsste meine Hand und ging.

Wir sahen Tito einen Moment lang nach, alle beide, sie mit angespannter Miene und ich mit sorgenfreiem, glücklichem Gesicht. Ich war erleichtert, aber Tante Margarida wirkte alles andere als froh.

»Wo wart ihr?«, blaffte sie mich an.

»Wir waren bei Nestor, ein Eis essen. Das heißt, Tito hat ein Eis gegessen, ich habe einen Saft getrunken.«

»Du lügst! Ich habe etwas ganz anderes gehört. Ihr wart im abgelegenen Teil der Stadt. Jetzt hör mir mal gut zu, Kind: Du wirst das hart erarbeitete Ansehen dieser Familie nicht durch ein kurzlebiges Abenteuer zerstören, verstanden? Ich verbiete dir, dich mit diesem Mann zu treffen!«

»Daran kann ich mich leider nicht halten, Tante, obwohl ich es nie für möglich gehalten hätte, mich dir zu widersetzen.«

»Provozier mich nicht, Adalgiza, sonst kannst du etwas erleben. Dann wirst du mich von einer ganz anderen Seite kennenlernen.«

Tatsächlich überraschte mich ihr Gesichtsausdruck, er war mir fremd. Aber mir zu verbieten, den Menschen zu treffen, den ich am meisten liebte, war unmöglich. Ich war erwachsen, und er war es auch. Was man laut Konvention vor der Hochzeit und außerhalb der Ehe eigentlich nicht tun sollte, hatten wir längst getan. Wir hatten uns kennengelernt, noch bevor ich von Tante Florindas Absichten erfahren hatte. Selbst wenn meine Tante sich das noch so sehr wünschte: Er liebte sie nicht.

Ich ging auf mein Zimmer. Dort traf ich Tante Florinda, die mit hochrotem, von einer Zornesfalte durchzogenem Gesicht auf und ab ging.

»Was soll das werden, Kind?«

»Wovon redest du?«

»Tenório war hier und hat uns erzählt, wo du dich mit Tito herumgetrieben hast.«

»Und wo habe ich mich mit Tito herumgetrieben?«

»Auf dem Friedhof. In einer menschenleeren Gegend.«

Ich dachte bei mir, dass die Klatschmäuler Erstaunliches auf sich nahmen, um ihre Beute aufzuspüren.

»Ich habe Tito heute zum ersten Mal auf dem Friedhof getroffen, und wir waren heute zum ersten Mal in Nestors Eissalon.«

»Du weißt, dass du nicht allein in einer solchen Gegend unterwegs sein darfst. Aber dann ausgerechnet mit Tito, einem Fremden und Abenteurer, der heute hier ist und morgen wieder fort?«

»Er ist mein Arzt, denk dran! Er war die ganzen letzten Monate hier, und ihr habt ihn gezwungen, Nachmittag für Nachmittag mit euch Kuchen zu essen. Hast du das schon vergessen? Oder darf er nur mit dir zusammen sein und mit mir nicht?«

»Komm mir bloß nicht so, Kind!«, schrie sie, völlig außer sich.

»Du wirst Tito niemals wiedersehen, und du wirst dich auch nicht mehr in dieser Gegend zeigen und für Gerede und Aufregung in dieser Stadt sorgen, verstanden?«

»Florinda, ich werde mich mit Tito treffen, ob du es willst oder nicht. Ich habe nichts Falsches getan. Wenn diese Stadt jemanden braucht, um einen ersten Schritt aus dieser Enge zu machen, werde ich gern diejenige sein, die diesen Schritt tut. Lieber das, als auf mein Glück zu verzichten. Ich will anders leben als ihr alle.«

»Du wirst uns keine Schande machen, Adalgiza, obwohl dir das ganz ähnlich sehen würde. Nicht meiner Familie. Mein liebes Kind, du hast es nicht mit irgendeiner Familie zu tun, du wirst uns nicht in den Dreck ziehen wie deine ...«

Zornig forderte ich sie heraus:

»Wie meine was? Sag schon! Was verheimlicht ihr mir? Vielleicht sagst du mir jetzt endlich mal die Wahrheit! Na los, rede!«

Wir waren beide außer uns, stritten laut und hemmungslos, wenigstens bis zu diesem Punkt.

»Das spielt keine Rolle, jedenfalls wirst du nicht aus der Reihe tanzen.«

»Aus welcher Reihe? Wie kannst du von einer Reihe reden? Wie war das denn an meinem achtzehnten Geburtstag? Was für ein Beispiel gibt denn jemand, der sich in der hintersten Ecke des Gemeindesaals an einen Fremden heranmacht und anschließend noch abgelegenere Pfade einschlägt als ich? Macht es dich nervös, dass die Leute an mir zweifeln oder dass ich mich für Tito interessiere? Oder schlimmer noch: dass er sich für mich interessiert?«

Ich sah die Ohrfeigen nicht kommen, aber sie schmerzten vor allem aufgrund ihrer Bedeutung. Es gibt sehr unterschiedliche Ohrfeigen. In meinem Fall bestätigten sie meinen schlimmsten Verdacht, ich war wie betäubt: Es waren zehn Sekunden, die eine Ewigkeit währten. Es war hart, aber mir halfen Florindas Schläge, Ordnung zu schaffen. Ich fühlte mich wie eine Marionette, die ihre Fäden entwirrt, um sich wieder zu erheben. Und so sagte ich nur:

»Raus aus meinem Zimmer. Aber sofort!«

Florinda ging, gebeugt vor Weinen, und ich richtete mich auf. Noch nie hatte ich eine Ohrfeige so nötig gehabt. Meine Worte hatten sie heftiger getroffen als mich ihr Schlag. Für sie hatte ihre Attacke nur dazu gedient, ihre Verzweiflung und ihre Rachegefühle an mir auszulassen, einen Konkurrenzkampf auszufechten, den sie schon verloren hatte. Sie ging hinaus, und ich blieb zurück, ganz ruhig, in Gedanken nur bei dem Bad, das ich nehmen wollte.

Ich zog mich aus, und während ich badete, dachte ich an Tito. In Zukunft musste ich ein wenig vorsichtiger sein. Wem hier im Haus konnte ich noch vollständig trauen? Tante Florinda war für mich in die Ferne gerückt, ich würde sie nur noch »sie« nennen: dritte Person.

Ich sah durchs Fenster hinaus, und beim Anblick des großen Mondes musste ich an meine Freunde in Vila Morena denken. Mit ihnen würde ich reden können, und wer weiß: Vielleicht würde ich auch endlich einmal ein Fest der Königin bei Vollmond erleben. Als ich aus der Badewanne stieg, stand auf dem Nachttisch neben meinem Bett der Limettensaft, den ich so sehr mochte. Odézia wusste, wie man mir eine Freude machte. Ich trank ihn aus und schlief gleich darauf ein.

Die Augen haben Ohren

»Guten Morgen, Giza.«

»Guten Morgen, Dedé. Der Limettensaft, den du mir abends machst, setzt mich immer völlig außer Gefecht, er macht mich todmüde. Ich bin immer noch ein bisschen langsam davon.«

»Wie seltsam, dass du ausgerechnet jetzt daran denkst, wo du doch am Frühstückstisch sitzt. Hast du vielleicht davon geträumt?«

»Nein, ich habe nur den Saft ausgetrunken und bin sofort eingeschlafen. Ich bin so müde, dass ich den ganzen Tag verschlafen könnte.«

Odézia sah mich an, als wundere sie sich über das, was ich gesagt hatte, deckte aber weiterhin den Tisch. Nach und nach kamen die Tanten und die Grille. Ich tat, als wäre nichts geschehen. Tante Margaridas Gesicht war ausdruckslos, aber sie begrüßte mich mit einem »Guten Morgen«, und ich erwiderte ihren Gruß. »Sie« hielt mit wütender Miene den Kopf gesenkt.

»Da klopft jemand an die Tür, hört ihr das?«, fragte Tante Margarida.

Ich riss die Augen auf, Tante Florinda ebenfalls. Das konnte Tito sein.

»Das ist sicher Antônio, er hat gesagt, er käme gleich heute früh zum Arbeiten.«

»Erstaunlich, was manche Leute so früh nennen«, sagte Florinda.

»Wer ist denn Antônio?«, fragte ich.

»Das ist der Tischler, der die Treppenstufen und Türen in Ordnung bringen soll. Sie knarren und müssen begradigt werden. Wenn er so gut ist, wie es heißt, werde ich ihn auch damit beauftragen, die Böden in einigen Zimmern neu zu machen. Geh hin, Odézia, und zeig ihm alles, was er vorläufig machen kann.«

Ich lugte ins Haus hinein und sah den Mann durch einen der Salons näher kommen und den Hut abnehmen, um Odézia zu grüßen, die ihn, verlegen lächelnd und rot im Gesicht, zu uns führte.

»Nun gut, wenn ihr es erlaubt, ziehe ich mich auf mein Zimmer zurück.«

Keine meiner Tanten erteilte mir die Erlaubnis, aber ich ging trotzdem. Unterwegs holte Odézia mich ein.

»Legst du dich noch mal hin?«

»Ich denke schon. Warum? Muss Antônio in mein Zimmer?«

»Darum geht es nicht. Ich muss mit dir reden.«

»Klar, komm mit, Dedé.«

Wir betraten mein Zimmer, und Odézia, die offenbar nicht wusste, wo sie anfangen sollte, sprudelte leise und hastig hervor:

»Wenn dieser Saft dich so müde macht, warum trinkst du ihn dann? Lass ihn stehen, und wenn du rausgehst, schüttest du ihn in eine Vase. Offenbar bekommt er dir nicht.«

»Gut, wenn ich hinterher noch etwas vorhabe, werde ich ihn nicht trinken. Aber sei nicht traurig. Wenn das alles ist, was du mir sagen wolltest …«

»Du glaubst, dass ich dir ab und zu einen Saft mache, nicht wahr? Giza, ich mache dir nur einen Saft, wenn du mich darum bittest.«

»Wer macht ihn denn dann?«

»Manchmal Florinda und manchmal Margarida.«

»Wie bitte?«

»Es ist, wie ich dir sage.«

»Das ist ja merkwürdig: Sie haben kaum ein Wort, keine Zuneigung für mich übrig, und dann stellen sie mir nach dem gestrigen Streit einen Saft hin? Du hast uns doch sicher gehört, wir haben nicht gerade leise gestritten.«

»Ja, ich habe euch gehört. Ich muss dir etwas sagen; eigentlich geht mich die Sache nichts an, aber wir reden über so vieles, und ich möchte freiheraus alles mit dir besprechen können, schließlich bist du mir so vertraut wie eine eigene Tochter.«

»Du kannst zu mir kommen und mit mir reden, wann immer du willst, Dedé. Du bist der einzige Mensch hier im Haus, dem ich vertraue.«

»Danke. Aber dann sag mir: Warum gehst du mit Tito aus? Du weißt doch, dass Florinda ein Auge auf ihn geworfen hat, oder?«

»Das weiß ich, aber was kann ich dafür? Als ich achtzehn wurde, habe ich Tito auf der Jubiläumsfeier der Stadt getroffen. Er war bezaubert von mir und wollte mich kennenlernen, das hat er mir gestern erzählt, und auch, dass ›sie‹ versucht hat, ihn davon abzubringen. Ich habe mich ebenfalls Hals über Kopf in ihn verliebt, aber ich dachte, die beiden hätten ein Verhältnis und er interessiere sich nicht für mich. Damals ist es zwischen den beiden nicht beim Küssen geblieben, aber am nächsten Tag hat er ihr in einem Brief klar und deutlich gesagt, dass sie beide keine Zukunft hätten. Ich habe diesen Brief in meiner Schachtel verwahrt, wenn du willst, hole ich ihn und zeige ihn dir.«

»Also hat sie sich ihm hingegeben, einem Mann, der jede feste Bindung scheut. Das ist nicht einfach für eine Frau, Giza. Sie hat sicher gelitten und leidet noch immer sehr.«

»Das ist lange her. Ich habe keine Schuld daran, und die beiden auch nicht. Ich sehe nicht, wieso mich das davon abhalten sollte zu tun, was ich tun will.«

»Aber warum das alles? Nur weil deine Tante Florinda ihn will? Was ist mit dem anderen Mann, in den du eben noch verliebt warst? Versuch ihn zu erobern, lass Tito Florinda. Er gehört zu ihr. Er hat dir nur etwas vorgemacht, Giza, du fällst deiner eigenen Tante in den Rücken.«

»Aber er ist es.«

»Wie bitte? Er ist was?«

»Der Mann, in den ich mich vor Wochen verliebt habe. Er ist er, es war immer er. Tito.«

»Das ist doch nicht möglich.«

»Viel später ist alles so gekommen, wie es schon auf meinem Geburtstag hätte kommen müssen. Nur hat sie sich damals eingemischt und es verhindert. Er hat mir erzählt, dass er ihr schon nach unserer ersten Begegnung gesagt hat, dass er sich in mich verliebt hat. Er hat sie über mich ausgefragt, wollte mehr über mich wissen, aber sie hat nur an sich gedacht.«

»Du darfst den Männern nicht trauen, Giza. Sie legen geschickte Fallen und kennen das Spiel gut, das sie mit uns spielen. Das Einzige, was sie interessiert, ist der Preis, die Eroberung. Wenn sie ihr Ziel erreicht haben, machen sie sich davon, und du hast deine Familie für einen Schuft aufgegeben.«

»Er hat schon das errungen, was du ›einen Preis‹ nennst, Dedé. Und ich habe ebenfalls meine Eroberung gemacht, er hätte mir gar nichts mehr erzählen oder sich nicht weiter um mich bemühen müssen.«

Odézia sank auf den Schemel, der in meinem Zimmer stand,

und blieb dort ein paar Augenblicke sitzen, das Gesicht in den Händen vergraben.

»Das glaube ich nicht. Wo ist denn das passiert? Hier im Haus? Aber wie kann das sein, deine Tanten haben ihn doch nie in deine Nähe gelassen?«

»Du hast es also auch gemerkt. Und es war auf einem Fest. Ich habe dir davon erzählt, als ich nach Hause kam, vor ein paar Wochen, in der Küche, weißt du noch? Es war wunderbar.«

In diesem Augenblick krachte vor meinem Zimmer etwas auf den Holzfußboden, es klang, als wäre im Flur jemand hingefallen. Wir liefen hinaus und trafen auf Antônio.

»Was ist passiert, Antônio? Alles in Ordnung?«

»Ja, alles bestens. Das Geräusch kam nicht von hier. Es kam aus einem der Schlafzimmer.«

Beruhigt zogen wir uns wieder in mein Zimmer zurück, um unser Gespräch fortzusetzen.

»Natürlich erinnere ich mich, du warst in ihn verliebt. Er ist also der Mann, von dem ich dachte, du würdest ihn heiraten. Wie soll das bloß alles enden?«

»So wie er will.«

»O Gott! Ich sehe schon, dieser Mann hat dich kränker gemacht, als ich dachte.«

»Ich bin es nicht allein. Wir sind beide krank, und mit ›ihr‹ sind wir drei. Ich hoffe, dass wir beide an derselben Krankheit leiden. Also ist sie die Leidtragende. Ich kann nichts dagegen tun. Und jetzt muss ich los.«

»Wo willst du hin?«

»Die Angelegenheit von gestern zu Ende bringen.«

»Was für eine Angelegenheit?«

»Keine Sorge, Dedé, ich laufe Tito nicht hinterher. Momentan sind andere Dinge wichtiger, Tito wird schon kommen, wenn er will. Gestern sind wir uns nur zufällig begegnet.«

»Versprichst du mir, keine Dummheiten zu machen?«

»Ich bin vernünftiger, als du denkst, Dedé.«

»Ja, ja, das hat man schon gesehen. Genau deshalb mache ich mir doch solche Sorgen, weil du in einen solchen Schlamassel geraten bist.«

»Mach's gut, Dedé.«

Auf meinem Weg nach draußen kam ich an Antônio vorbei, der den alten Holzfußboden mit einem Hammer mit abgeplattetem Kopf abklopfte. Sein Werkzeug lag überall verstreut auf den dunkel gemaserten Bohlen herum. Mir fiel der Satz ein, den die Tanten oft sagten und den sie von meinem Großvater Crispiniano Rosa gelernt hatten: »Behandelt dieses Holz so gut, als wäre es ein Mensch.«

Bevor er seine Werkzeuge wegräumen konnte, war ich schon über sie hinweggesprungen, denn ich hatte weniger Zeit als er.

Die Tanten waren in keinem der Salons zu finden, und die Grille war längst bei der Arbeit. Ich ging zu Fuß zum Friedhof, es war nicht weit. Außerdem bestand so eher die Möglichkeit, dass ich Tito begegnete. Unterwegs sah ich mir die Häuser, an denen ich vorbeikam, ein wenig genauer an, und vor einem vernahm ich lautes Vogelgezwitscher. Es klang, als schreie der Vogel seinen Kummer heraus. Je näher ich kam, desto lauter drang das leiderfüllte Zwitschern an mein Ohr. Vor einem schlichten Haus hing ein winziger Käfig, in dem man den Vogel wehklagen hörte. Aber wo war er? Bildete ich mir den Gesang nur ein? Zu sehen war er jedenfalls nicht, wahrscheinlich versteckte er sich im oder hinter dem Baumstumpf, der in den Käfig gezwängt war. Wie konnte man sich einen Vogel vors Haus hängen, der so viel Kummer und Schmerz zum Ausdruck brachte? Hatten die Leute im Haus kein Gespür für das Leid der anderen, oder hing der Vogel mit Absicht dort, um von seiner Gefangenschaft zu künden? Hatte er sein hartes Los vielleicht gerade der Schönheit seines Gesangs oder seines Gefieders wegen? Ich war zwar im Laufe meines Lebens öfter an diesem Haus vorbeigegangen, hatte es aber nie richtig wahrgenommen und nie seine tiefe Traurigkeit bemerkt. Der Vogel schmückte das Haus wie ein schmutziges, zerlumptes Band das Haar eines halbtoten Mädchens.

Ich ging schneller, um seinen messerscharfen Schreien zu entkommen. Als ich vor dem Eingang zum Friedhof stand, dachte ich, wie einsam es dort doch war und dass die Einsamkeit des Todes den Lebenden immer Angst einflößt. Mich machten meine Unwissenheit und die vielen Andeutungen einsam. Aber ich würde nicht mehr stillschweigend akzeptieren, dass alle eine Sprache zu sprechen schienen, die zu verstehen mir verboten war.

Ich ging schnurstracks in den Gang, in dem ich mir zuletzt Notizen gemacht hatte, zum Grab von Titos Eltern. Fernando Rosa de Medeiros und Antônia Maria Rosa de Medeiros, gestorben innerhalb von zwei Tagen. Ich überlegte, ob das »Rosa« im Nachnamen vielleicht das gleiche war wie das »Rosa« meiner Großeltern. Crispiniano Rosa hatte mein Großvater geheißen, und vielleicht war er nicht nur ein Freund, sondern auch ein naher Verwandter von Titos Eltern gewesen. Rund um ihr Grab lagen noch drei andere Ehepaare. Einige Familiennamen waren mir vertraut, weil frühere Mitschüler so geheißen hatten, andere Namen hatte ich noch nie zuvor gehört. Ich ging sie alle noch einmal durch, während ich wieder darüber nachgrübelte, was so viele Leute dermaßen schnell dahingerafft haben könnte. Wäre Tito hier, er hätte mir sicher die Namen einiger Krankheiten nennen können, die dafür in Frage kamen. Meine Unwissenheit, die mich früher beschützt hatte, stand mir jetzt im Weg. Ich musste genauer nachforschen, musste versuchen, medizinische Fachbücher aufzutreiben und andere Informationen zu bekommen, aber dazu brauchte ich nicht unbedingt Tito. Ich konnte mich an Doktor Heitor, Pater Carlos oder sogar an die alten Klatschbasen wenden, die ich zwar immer verachtet hatte, die mir aber jetzt ausgesprochen nützlich erschienen.

»Was machst du denn hier?«

Eine tiefe Stimme pustete mir direkt in den Nacken und jagte mir einen Angstschauer über den Rücken. Ich wagte nicht, mich umzudrehen.

»Bin ich unsichtbar, oder bist du taub?«

Ich würde mich ihm stellen müssen. Ganz gleich, ob es ein Gespenst war oder ein Mensch, seine Wut war zu spüren. Ich durfte jetzt nicht in Ohnmacht fallen, sondern musste hellwach bleiben, vielleicht sogar vor ihm fliehen. Ich stellte mir vor, dass wir alle eines Tages Gespenster wären, sollte unser Bewusstsein tatsächlich weiterleben. Also war es besser, wenn ich forschte und Fragen stellte.

»Sag bloß, du hörst mich nicht!«

Er sprach jetzt lauter, und ich wandte mich um. Ich sah einen verwahrlosten Mann, der mir bekannt vorkam. Dann wurde mir klar, dass er sturzbetrunken war.

»Was wollen Sie?«

»Das frage ich dich: Was willst du hier? Ich kenne deine Stimme. Ich kenne dich, oder etwa nicht?«

»Ich gehe hier spazieren und sehe mich ein wenig um, wieso?«

»›Ich gehe hier spazieren und sehe mich ein wenig um‹. Du sagst das, als wärest du in einem Vergnügungspark, auf einem hübschen Platz oder an einem Ort voller Bäume, Kultur und plaudernder alter Damen.«

»Je nach Betrachtungsweise stimmt das sogar. Das hier kann durchaus ein unterhaltsamer Ort sein.«

»Na hör mal, was ist das denn für eine Betrachtungsweise? Willst du mich für dumm verkaufen? Also, sag schon, was machst du hier?«

»Ich erzähle es Ihnen, wenn Sie mir auch erzählen, was Sie hier machen.«

»Die liebe Familie besuchen. Verstorbene, falls du nicht wissen solltest, was hier unter deinen Füßen liegt.«

»Ah ja. Und wo sind die?«

»Direkt vor dir. Das sind die Menschen, die du in dein Heft eingetragen hast, ich habe es gesehen.«

Er schwankte so sehr, als er versuchte, die Namen in meinem Heft zu lesen und auf sie zu zeigen, dass er mir zu nahe kam und sich an mich lehnen musste, um nicht umzufallen.

»Passen Sie doch auf!«

Nicht nur er fiel schwer auf mich, sein Geruch tat es auch.

»Schon gut, geh ruhig weiter hier spazieren.«

Er sprach langsam, stockte und fuhr dann fort:

»Ich wollte doch nur sehen, was du über meine Eltern geschrieben hast.«

»Ihre Eltern? Das waren Ihre Eltern?«

»Meine Eltern, meine Großeltern und meine Geschwister. Ich bin als Einziger davongekommen. Allerdings, wie du siehst, bin ich nicht ganz davongekommen, nur mehr oder weniger. Bei einem solchen Unglück kommt niemand ganz davon. Hat man Glück im Unglück, bleibt immer ein wenig vom Pech an dir hängen.«

Er lächelte, als glaube er nicht recht ans Glück. Seinem Mundgeruch nach zu schließen, war er mehr tot als lebendig.

»Ich kenne dich.«

»Woran sind sie gestorben?«, fragte ich. Fast wäre ich darauf gekommen, woher ich ihn kannte, aber ich wollte seine Redseligkeit ausnutzen.

»Das weißt du nicht? Niemand darf darüber reden, es war der Fluch.«

»Der Fluch? Was für ein Fluch? Von wem?«

»Na, der Fluch, den Sie ausgesprochen hat, als Ihre Tochter starb.«

Er schien tatsächlich an einen Fluch zu glauben.

»Wer hat den Fluch denn verhängt?«

»Diese Stadt zittert immer noch vor Ihr«, sagte er leise und fuhr dann fort, als könnten die Toten uns hören:

»Man darf den Namen nicht aussprechen, aber keine Sorge, ich nehme meinen ganzen Mut zusammen, und dann kann ich es vielleicht doch. Ich bin kein Dummkopf, ich darf nicht einfach so daherreden, sonst hängt mir morgen der Geruch des Todes in den Haaren, und eh ich es mich versehe, bin ich blind, taub und stumm.«

»Aber Sie haben gesagt, diese Frau hätte die Stadt mit einem Fluch belegt?«

»Ja, mit einem furchtbaren, furchtbaren, furchtbaren Fluch. Die Menschen in der Stadt begannen dahinzuwelken. Aber ich kenne dich doch? Wessen Tochter bist du?«

»Lenken Sie bitte nicht ab, ich muss wissen, was geschehen ist. Na los, erzählen Sie schon.«

»Wieso, weißt du es etwa nicht? Warum haben sie es dir noch nicht erzählt? Die Geschichte kennt doch jeder. Das hier war eine reiche Stadt, eine schöne Stadt, du hättest sie sehen sollen. Als Sie den Fluch verhängte ...«

»Wer denn?«

»Ganz ruhig, noch bin ich nicht bereit dazu, lass mich nachdenken.«

Der Säufer ließ einen dermaßen stinkenden Furz, dass ich dachte, die Toten müssten auferstehen und davonlaufen. Es roch, als steckte der Tod bereits in ihm. Nachdenken schien für ihn gefährlich. Ich musste besser aufpassen: Immer wenn er viel dachte, furzte er.

»Nachdem Sie den Fluch verhängt hatte, fing es bei den Tieren an, dann erwischte es die Schwächsten. Meine Großeltern, die Kinder, die Ärmsten, die starben als Nächstes. Und schließlich brach die Verzweiflung über diesen Ort herein, und fast die ganze Stadt starb. Unter denen, die verschont blieben, waren weder Stadträte noch Geschäftsleute. Und so verarmte die Gegend, und mehr und mehr starben aus Traurigkeit über ihre vielen schmerzlichen Verluste. Der Tod, der sie ereilte, war schrecklich. Sie zitterten, hatten Schaum vor dem Mund und schrien vor Schmerz, das hat sie in den Wahnsinn getrieben. Die Übriggebliebenen hoben Gräber aus und schickten angsterfüllte Gebete zum Himmel, was blieb ihnen auch anderes übrig, und einige schaufelten schon die Gräber für sich selbst. Die Kinder, die überlebten, hatten keine Eltern oder Verwandten mehr und wurden irgendjemandem übergeben, damit der sie aufzog. Frauen und Männer, die Ihren Zorn oder einen weiteren Fluch hätten heraufbeschwören können, wurden ausgestoßen. Noch heute hört man das Weinen all jener, die überlebt haben, und sie sind immer noch bis ins Mark erschüttert. Wenn du genau hinhörst, kannst du die Stadt wimmern hören.«

»Aber warum wurde denn der Fluch verhängt?«

»Eine Ihrer Töchter hatte die Gesetze dieser Stadt gebrochen und war hergekommen, im Arm ihren neugeborenen Sohn, damit sein Vater ihn kennenlernte.«

»Und die Frau war nicht von hier?«

»Nein. Sie kam von weit her. Es hieß, sie sei die Tochter von …«

»Nun sagen Sie schon!«

»Von Yade.«

»Yade? Wer ist Yade?«

»Sprich leise! Das ist der Name, den ich bis eben nicht sagen konnte. Aber jetzt bin ich Manns genug, um dir noch was zu erzählen …« Er sprach noch leiser, bis er nur noch murmelte.

»Mädchen, du weißt ja wirklich gar nichts, was? Heilige Muttergottes, wo hast du bloß gesteckt? Hast du die ganzen letzten Jahre in einem Loch gehaust?«

»Ja, mehr oder weniger. Bitte erzählen Sie doch weiter.«

»Es ist der Name einer Naturgewalt, die sich häufig sehr unreif aufführt. Sie bestimmt, was geschieht, und zwar intuitiv, nicht wie zum Beispiel die Kirche, von der es ja heißt, dass sie erhaben sei.« Er lachte spöttisch. »Die Kirche hat für alle Liebe und Vergebung. Die andere, von der ich gerade sprach, hat den Tod aller befohlen. Von den wehrlosen Alten bis hin zu den Eltern und Kindern. Ich bin allein auf dieser Welt zurückgeblieben, Sie ließ mich nur übrig, um diese Geschichte zu erzählen, ein bisschen Leben hier zu erbetteln und ein wenig Vergnügen dort. Nie habe ich es geschafft zu sterben, und ich habe es oft versucht. Das ist wohl das Unglück, das Sie für mich bestimmt hat, ich habe sogar mit dem Tod höchstpersönlich gesprochen. Doch der, eine echte Nervensäge, hat mich betrogen, und ich bin nicht gestorben.«

Da fiel mir wieder ein, woher ich ihn kannte: Es war der Säufer, der sich vor meinen Käfer geworfen hatte, als ich auf dem Weg nach Vila Morena war und er mich für den Tod gehalten hatte.

»Das tut mir sehr leid.«

Einen Augenblick lang dachte ich an Tito und daran, wie sehr er gelitten haben musste. Auch er war allein zurückgeblieben, aber er hatte es besser überstanden als der Säufer. Warum gelingt es einigen zu überleben und anderen nicht? Offenbar schlägt das Schicksal völlig willkürlich zu.

»Jetzt weiß ich, wer du bist! Du bist die Schwester dieser Frau!«

»Wessen Schwester? Nein, das bin ich nicht, Sie täuschen sich.«

»Nein, ich irre mich nicht. Du bist ihre Schwester.«

»Sie müssen mich verwechseln. Ich habe keine Schwester.«

»Die versteht sich auch aufs Töten, aber keine Angst, du hast damit nichts zu tun, nicht wahr? Ich glaube an deine Unschuld.«

Er schien mir in seinen eigenen Delirien verloren, und nun zog er auch noch eine kleine erdfarbene Schnapsflasche aus der Tasche und hob sie an den Mund. Noch nie hatte ich jemanden gesehen, der so gerne sterben wollte.

»Erinnern Sie sich noch an alles, oder waren Sie zu klein?«

»Ich erinnere mich daran, wie die Frauen geweint und gebetet haben und die Männer über einen Mann schimpften, der etwas getan hatte, was er nicht hätte tun dürfen. Was es war, weiß ich nicht, aber ich glaube, das hat das ganze Unglück ausgelöst. Ich erinnere mich noch an den Gestank, der über der Stadt hing, und daran, dass man nicht mehr atmen konnte. Bis heute kann ich nichts riechen. Mir fehlt das Gefühl, meiner Mutter über das Haar zu streichen, ich vermisse ihre Stimme und wie sie mich auf den Schoß nahm, um mich zu trösten. Damals habe ich meinen Frieden verloren und niemals wiedergefunden.«

Ich dachte bei mir, dass er mal seinen eigenen Gestank riechen und ein Bad nehmen sollte. Er schüttelte den Kopf und wechselte das Thema, blieb aber bei den Geschehnissen der Vergangenheit.

»Ich erinnere mich auch noch, wie die Anhänger des Kults die Stadt verließen und Vila Morena gründeten. Die, die blieben, beschimpften die, die gingen.«

»Ja? Vila Morena ist also erst damals entstanden?«

»Na, hör mal, Vila Morena besteht überhaupt nur darum! Früher standen dort nur ein paar wenige Häuser. Das größte Haus, in dem Yade sich Ihren Anhängern zeigte, und vier oder fünf Freudenhäuser. Alle Anhänger Ihres Kults wurden dorthin verbannt. O Gott, verzeih mir, verzeih mir, ich darf den Namen dieser Einen nicht mehr aussprechen, sonst tötet Sie mich vielleicht gleich morgen.«

»Also das ist das große Geheimnis dieser Stadt. Was ist denn der Tochter dieser Yade widerfahren, dass Sie so wütend geworden ist?«

»Sie wurde von den Einwohnern dieser Stadt umgebracht. Und das kam so: Sie suchte eigentlich nur den Vater ihres Kindes, aber einige Frauen fühlten sich mehr und mehr bedroht von der wachsenden Anhängerschar der Göttin. Da sahen sie die Gelegenheit gekommen, endlich für Ruhe zu sorgen. Sie glaubten nicht, dass sie die Göttin damit gegen sich aufbringen würden, sie glaubten ja noch nicht einmal, dass es Sie gab. Also lynchten sie die junge Frau. Dann erschien eine andere junge Frau, um auf Befehl Yades den Leichnam der Ermordeten zu bergen, und verhängte den Fluch. Sie sagte: ›Macht euch bereit für das große Sterben. Alle sollen den Schmerz über den Verlust ihrer Kinder erleiden, und die Kinder den Tod ihrer Eltern. Alle werden alles verlieren.‹ Und genau so kam es. O Gott, wie kann ich nur davon berichten!«, sagte er leise. »Jede Familie hatte mindestens zwei Tote zu beklagen. Alle haben für Yades Zorn bezahlt, selbst diejenigen, die mit dem Lynchmord an Ihrer Tochter nicht einverstanden und nicht daran beteiligt waren.«

»Und Tito ist einer von denen, die allein zurückgeblieben sind«, dachte ich ein wenig zu laut.

»Er war nicht der Einzige. Viele, viele blieben allein zurück, du kannst dir nicht vorstellen, wie viele. Diese Stadt besteht fast nur aus verwaisten Menschen, Menschen, die ihre Kinder verloren haben, ihre Eltern, ihre Freunde und Geschwister, Frieden, Ruhe und Vergebung. Es ist eine Stadt, die aus Schuld, Verdrängung, Leid und Hass wieder aufgebaut wurde. Man kann nicht vergessen, was geschehen ist, Sie hat dafür gesorgt, dass niemand es je vergessen wird.«

»Sie haben gesagt, dass die Menschen gleich nach dem Fluch gestorben sind. Aber woran denn?«

»Yades Tochter tauchte eines Nachmittags mit ihrem Kind hier auf. Alles ging rasend schnell, die Frauen sammelten sich mit Stöcken, Schuhen, Holzpantinen, Messern, was ihnen gerade in die Hände kam, und die Männer sahen ihrem Aufstand zuerst tatenlos zu. Als sie eingriffen, war es bereits zu spät. Der Mann, nach dem sie auf der Suche gewesen war, weinte bitterlich um sie.«

»Und was geschah dann? Erzählen Sie ...«

Er unterbrach sich immer wieder selbst, ich wurde langsam ungeduldig.

»Wo war ich gerade? Ach ja, sie starb am späten Nachmittag, und um Mitternacht kam die andere Frau, um ihren Leichnam zu holen. Gemeinsam verschwanden sie in die Büsche.«

»Sie verschwanden in die Büsche? Halfen ihr andere Frauen?«

»Die Ermordete erhob sich wie eine Untote, legte ihren Arm um die andere, und sie gingen in den Wald. O Gott, mich schaudert am ganzen Leib. Die Leute erzählen, in dem Moment, als die andere Frau den Fluch verhängte, habe die Tote die Augen aufgeschlagen, als ob sie zuvor nur geschlafen hätte. In ihren Augen stand eine große Traurigkeit darüber, dass sie diese Welt verlassen musste, und sie war ganz zerschunden, aber trotzdem lief sie, verschwand in der Wildnis. Und als die Männer versuchten, ihr zu folgen, hatte sich das Dickicht hinter ihr geschlossen.«

»Aber wo war das? Hat ihr sonst niemand geholfen?«

»Nein, das habe ich ja schon gesagt.«

»Das ist unmöglich.«

»Es ist möglich. Auf dieser Welt ist alles möglich, meine Liebe.«

»Wo ist sie gestorben? An welchem Ort? Vor welchem Gebäude?«

»Das weiß ich nicht. Es heißt, es sei vor dem Haus dieses Mannes gewesen.«

»Was für eine beeindruckende Geschichte. Wie kommt es, dass ich all die Jahre nichts davon wusste? Wieso hat mir niemand in Vila Morena davon erzählt?«

»Du kennst die Vila?«

»Ja.«

»Dann ist es umso erstaunlicher, dass du es nicht weißt. Dort reden die Leute ganz offen darüber. Bestimmt werden sie es dir bald erzählen. Die Sprache muss nur irgendwann mal darauf kommen.«

Wir merkten, wie sich hinter unserem Rücken etwas regte, erkannten eine Gestalt, dann eine Frau … und eine zweite. Dona Arlinda und Dona Cícera.

»Ich fasse es nicht! Was machen Sie denn hier?«, rief ich aus vollem Hals, damit sie es hören konnten.

»Das Gleiche wie du«, entgegnete Dona Cícera.

»Das Gleiche wie wir? Und woher wisst ihr, was wir tun?«, fragte der Säufer. Seine Gedanken waren schnell, nicht schleppend wie sein Gang oder seine Sprache. »Ich zum Beispiel trinke«, fügte er spöttisch hinzu und stellte sich auf ein Bein, um zu zeigen, dass er noch nicht völlig betrunken war, dann fuhr er fort:

»Ihr führt doch nicht etwa betrunken Gespräche mit dem Tod, oder doch? Das solltet ihr nämlich tun, denn ihr werdet ihm bald begegnen, ihr nutzlosen alten Schachteln.«

»Gott bewahre!« Die beiden bekreuzigten sich.

»Ja, ihr könnt das nicht wissen, aber ich bin gerade mitten im Gespräch mit dem Tod. Und es ist besser, wenn ihr das nicht im Ort herumtratscht. Mich will er nicht, aber euch vielleicht schon. Allein wegen eurer Zungen! Wenn ihr vom Tod erzählt oder davon, dass ihr uns hier gesehen habt, wird er euch so begraben, dass nur eure Zungen aus der Erde herausgucken, damit die wilden Tiere sie stückchenweise fressen.«

Ich lachte in mich hinein, der Mann war ein Säufer, aber dumm war er nicht. Der Schnaps hatte noch nicht alle seine Nervenzellen zerfressen, und seine Synapsen funktionierten noch einwandfrei. Obwohl er Wahrheit und Phantasie vermischte, gelang es ihm, die beiden Alten zu ängstigen. Kaum hatte er den Tod erwähnt, blickten sie mich an, als sähen sie einen Geist, und wichen rückwärts bis zum Eingang des Friedhofs zurück. Dort drehten sie sich um und hasteten zum Tor. Dann blieben sie in sicherer Entfernung stehen und beobachteten uns weiter.

»Also erinnern Sie sich an mich?«

»Ich weiß alles über dich. Alle hier wissen es und haben große Angst.«

»Aber ich habe auch Angst. Ich bin nicht der Tod, ich mag es nicht, wenn Sie mich so nennen. Ich bin einfach nur jemand, der nichts über diese Stadt weiß.«

»Du bist der Tod, da bin ich mir ganz sicher.«

»Nun gut, es ist Zeit zu gehen. Danke für die Geschichten. Bitte hören Sie auf, dieses Zeug in sich hineinzuschütten, es ist eigentlich dazu da, äußere Wunden zu desinfizieren und zu heilen, nicht innere. Auf bald, ich muss nach Hause.«

»Wo wohnst du? In einem Tempel oder einer Höhle?«

Ich hatte mich schon abgewandt, und so rief ich ihm über die Schulter zu, ohne innezuhalten:

»Nein, ich wohne zu Hause. In einem wunderbaren Haus mit warmem Wasser und einem guten, gemütlichen Bett.«

Doch der Säufer wandelte nicht länger im Tageslicht, er hatte sich unter die Schatten der Toten gemischt. Nachdem er in wenigen großen Schlucken die schmutzige Flasche geleert hatte, würde ich keinen vernünftigen Satz mehr von ihm zu hören bekommen. Gleich würde er mich wieder bitten, ihn zu töten, wie beim letzten Mal.

»In Ordnung, Frau des Lebens und des Todes. Der Tod schenkt mir das Leben und erteilt mir dazu noch gute Ratschläge, wie ich leben soll und dass ich aufhören soll zu trinken. Meine Güte! Das ist eine großartige Geschichte, sogar für einen Säufer. Wir sehen uns hier sicher bald wieder, bestimmt ist es ein wunderbares Haus, in dem du wohnst, und ich werde es bald zu sehen bekommen. Vorsicht mit den Alten, die mischen sich gerne in das Leben anderer ein, und nicht nur sie. Vorsicht mit der ganzen Stadt. Die Augen haben Ohren.«

Ich dachte über seinen letzten Satz nach. Der Säufer steckte voller poetischer Redewendungen, die einem auf krummen Pfaden den Weg zu neuen Erkenntnissen wiesen. Er hatte recht: In unserer Stadt hatten die Augen tatsächlich Ohren.

Rosen auf dem Dach

Carininha, ich habe geträumt, Du seiest fortgegangen. In meinem Traum dachtest Du nicht mehr an mich, und ich versank in der Unzufriedenheit dieser Stadt. Werden meine Alpträume wahr? Zeigen meine Ängste mir eine Wirklichkeit auf, die bereits im Entstehen ist? Du musst mich erhören, bitte schick mir ein Zeichen der Hoffnung. Carininha, quäl mich nicht mit Deinen Zweifeln, ich habe nie warten können und nie gewollt, dass jemand meinetwegen verzweifelte, dass jemand litt, weil ich schwieg. Ich weiß, dass Du genauso leidest wie ich, vielleicht noch mehr, aber mir bleibt nur das Warten, und warten zu müssen ist schlimmer, als eine Entscheidung zu treffen. Deine Antwort gilt nur mir allein, und ich glaube, sie wird mir verkünden, dass Du nicht gewillt bist, länger zu leiden. Willige ein, zu mir zu kommen, mit mir zu leben, und Du wirst feststellen, dass Du Dich für die Freiheit entschieden hast, fürs Glück. Ich liebe Dich.

Ich verstand nun, warum Carina und ihr Mann nur nach außen hin eine perfekte Ehe führten. Maurícios Brief sagte die Wahrheit, wenigstens was ihn betraf. Jetzt, da ich die Geheimnisse der Stadt kannte und wusste, wie wichtig es war, so zu tun, als wäre alles in Ordnung, hatte sich mir erschlossen, wie viel Unzufriedenheit und Unglück die Wirklichkeit barg. Aber war Carina traurig, weil sie den Schein wahrte, oder wegen ihrer heimlichen Liebe zu Maurício? Empfand sie wirklich all das, wovon er sprach?

Maurício kam diesmal früh in den Garten, um die roten Rosen für seine »Carininha« zu bestellen. Ich packte sie so ein, wie er es immer wollte: in weißes Seidenpapier eingeschlagen und mit feinen Strohhalmen gebunden.

»Gehen Sie um halb vier zu ihr, nicht früher und nicht später. Bitte achten Sie darauf, dass Sie pünktlich sind und dass niemand Sie sieht. Erwähnen Sie den Strauß keinem anderen Menschen gegenüber, befolgen Sie meine Anweisungen und machen Sie alles so wie immer. Vertrauen Sie diese Bestellung keinem anderen an, ich möchte, dass Sie sie persönlich erledigen, haben Sie verstanden?«

»Keine Sorge, Maurício, es ist alles in Ordnung. Ich werde pünktlich dort sein, versprochen.«

»Sehr gut, ich warte auf Ihre Antwort. Oh, meine Königin, steh mir bei.«

»Meine Königin? Von wem sprechen Sie? Sind Sie ein Anhänger der Yade?«

»Sind Sie wahnsinnig? Wer hat denn das behauptet?«

Er starrte mich so durchdringend an, als wollte er mich mit seinen Blicken durchbohren, mich überzeugen, dass ich irrte.

»Entschuldigen Sie, ich habe mich wohl verhört.«

Wer mochte die Königin sein, die er erwähnt hatte? Wenn es nicht Yade war, wer dann? Die Jungfrau Maria? Diese Anrede war nicht üblich, ich hatte jedenfalls noch nie gehört, dass jemand Maria als Königin bezeichnet hätte. Maurício wirkte aufgeregter als gewöhnlich, er schien einem Herzinfarkt nahe. Und der Brief spiegelte seinen Seelenzustand wider, hetzte Carina mit Worten hinterher, als bringe ihm dieser Marathon automatisch eine Antwort von ihr ein. Ich hatte eigentlich Vila Morena mal wieder einen Besuch abstatten wollen, doch nun, mit diesem Auftrag mitten am Nachmittag, würde das schwierig werden. Aber wenn Vollmond war und das Fest für die Königin stattfand, würde ich auf jeden Fall hinfahren.

Drei Uhr nachmittags. Ich wartete an der Ecke gegenüber Dona Carinas Haus darauf, dass die vereinbarte Zeit kam. Maurício hatte mir so viele Anweisungen erteilt, dass ich lieber ein wenig früher losgefahren war. Vor dem Haus herrschte ein reges Kommen und Gehen. Nach einiger Zeit ging ich hinüber. Durch das Küchenfenster konnte ich die Uhr sehen. Sie zeigte fünf vor halb vier – und ich kehrte zurück an meinen Platz. Ich setzte mich in den Käfer und wartete ... Da tauchte an der Ecke »Carininhas« Mann auf. Drei Uhr neunundzwanzig, und er betrat das Haus! Ich konnte den Strauß nicht abliefern, solange Dom Ramiro da war. War es normal, dass er schon um halb vier Uhr nachmittags nach Hause kam? Vielleicht war er im Begriff, in eine Falle zu tappen, die Maurício ihm stellte? Nach zwanzig Minuten verließ der Ehemann wieder das Haus. Ich wartete noch ein paar Minuten, um sicherzugehen, dass er wieder bei der Arbeit war, und ging sogar kurz im Notariat vorbei, um mich zu vergewissern, dass er am Schalter stand.

Dann klingelte ich. Dona Carina spähte durch das Küchenfenster, murmelte etwas und öffnete die Tür. Nur einen Spalt, der den Strauß unmöglich schlucken konnte – wie immer entblätterte sie einige Rosen, als sie sie zu sich hereinzog –, und schlug die Tür mit aller Macht zu. Ich lief eilig zu meinem Käfer zurück, und als ich ihn gerade anlassen wollte, kam Dona Carina aus dem Haus und warf den Strauß ohne das geringste Anzeichen von Reue in die Mülltonne – aber etwas war anders als sonst. Dieses Mal nahm sie vorher eine einzelne Rose heraus und warf sie aufs Dach. Fünf Minuten später erschien Maurício, sah die Rose auf dem Dach und setzte sich auf den Bürgersteig, um sie zu betrachten. Er holte den Blumenstrauß aus dem Müll, pflückte eine Rose heraus und warf sie ebenfalls aufs Dach. Dann hüpfte er davon, dass sein Bauch und sein Hinterteil wackelten. Ich musste ihm einfach folgen. Er kam fröhlich zu Hause an, und an dem Schatten, der sich hinter dem Vorhang seines Wohnzimmers abzeichnete, konnte ich erkennen, dass er die Blumen, die er aus dem Müll gezogen hatte, seiner Frau gab. Ich legte den Rückwärtsgang ein und fuhr nach Hause. Unterwegs hörte ich wieder den unsichtbaren Vogel, der mit seinem Gesang den Spätnachmittag mit Trauer erfüllte. Ich weiß nicht, warum, aber dieser Vogel ging mir nah; auch wenn er sich verbarg, war er für mich sichtbar.

Als ich den Weg zu unserem Haus hinauffuhr, sah ich aus den Augenwinkeln auf dem Bürgersteig Tito vor dem Haus seiner Großeltern stehen; er unterhielt sich mit Tante Margarida. Ich hielt an, stieg aus und ging zu ihnen. Tito schien es die Sprache verschlagen zu haben. Als meine Tante mich bemerkte, senkte sie die Stimme.

»Hallo, Tito, geht's dir gut?«

»Was hast du denn hier verloren? Unser Gespräch geht dich nichts an.«

Tante Margarida war schon seit Tagen unfreundlich gewesen, aber die Überraschung, mit der sie auf meinen Anblick reagierte, bestätigte mir, dass der Redeschwall, den sie über Tito ergossen hatte, gegen mich gerichtet war, dass sie für Tante Florinda sprach.

»Ich komme gerade von der Arbeit. Und ihr, was macht ihr an einem so sonnenheißen Nachmittag mitten auf der Straße?«, fragte ich leichthin, in der Hoffnung, Tito damit aus der Verlegenheit zu retten.

»Wir haben schon alles besprochen, fahr nach Hause und erledige die restlichen Bestellungen für heute.«

»Die Bestellungen sind schon erledigt, Tia. Das war gerade die letzte.«

»Das kann ich mir nicht vorstellen! Du warst eine ganze Weile nicht zu Hause, ich bin mir sicher, dass du dort genug Arbeit finden wirst, jedenfalls mehr als hier. Bis bald, Tito. Denk über das nach, was ich dir gesagt habe. Ab nach Hause, Giza, ich gehe zu Fuß.«

Sie sah mir nach, wie ich davonfuhr, bemerkte aber nicht, dass ich um die Ecke bog. Sie hatte mich schlicht loswerden und verhindern wollen, dass ich die Ratschläge, die sie Tito eingebläut hatte, zunichtemachte. Ich fuhr einmal um den Häuserblock und hielt wieder an derselben Stelle. Tito verschwand gerade im Haus.

Es gab tatsächlich jede Menge Aufträge zu erledigen, und mir fiel ein, was der Major gesagt hatte: Es war der Vorabend des Vollmonds, wenn alle Gefühle ins Grenzenlose wachsen.

Die Quitten des alten Antenor

Der neue Tag begann besser, als der alte geendet hatte. Der Morgen graute, es war gegen halb sechs, und Antônio trank Kaffee mit Dedé. Als ich die Küche betrat, schrak er zusammen.

»Guten Morgen, Dedé, guten Morgen, Antônio.«

»Guten Morgen. Bist du noch müde, Giza?«

»Sehr, Dedé. Es ist, als hätte ich nicht geschlafen oder als würde ich noch schlafen, als bräuchte ich noch drei Tage Schlaf, um meine Müdigkeit zu überwinden.«

»Hast du gestern von dem Saft getrunken?«, fragte Dedé. Sie spülte das Geschirr, ohne mich anzusehen.

Derweil stand Antônio auf und verabschiedete sich.

»Ja. Glaubst du wirklich, der Saft schadet mir? Meinst du, er enthält eine Art Schlafmittel?«

»Hör zu, Giza, ich denke, du solltest ihn in nächster Zeit erst mal nicht mehr trinken, nur um zu sehen, was passiert.«

»Vor allem, wenn nicht du ihn gemacht hast, nicht wahr?«

»Richtig.«

»Du traust ihnen auch nicht, oder, Dedé?«

»Das ist es nicht, Giza. Du klagst immer über Schläfrigkeit und Erschöpfung, wenn du einen dieser Säfte getrunken hast. Ich denke nur, dass du auf sie vielleicht allergisch reagierst oder sie dir vor dem Einschlafen nicht bekommen.«

»Mag sein. Sag mal, Antônio wirkte so nervös, als fühle er sich nicht besonders wohl in seiner Haut. Ist irgendetwas?«

»Er ist schüchtern, ein einfacher Mann mit einem guten Herzen und sehr einsam. Wir verstehen uns, und er unterhält sich gerne mit mir.«

»Ja, ja, ihr unterhaltet euch gerne ... Hast du mir vielleicht etwas zu sagen?«

»Was? Nein, habe ich nicht.«

Sie wurde rot und zog die Schultern hoch.

»Du versalzt in letzter Zeit das Essen, Dedé. Du bist verliebt, das ist es!«

»Ach, dieses Mädchen! Genug jetzt mit diesem naseweisen Gerede, das Thema ist erledigt.«

»Wie schön für dich, Dedé! Ist er Junggeselle? Du hast es tatsächlich geschafft, in deinem Alter, trotz der Jahre, die deinen Bauch und deine Brüste haben schlaff und dein Haar weiß werden lassen ...«

Sie unterbrach mich ungeduldig.

»Kind, du bist unmöglich. Nächstes Mal, wenn ich dir deinen Saft mache, wirst du schon sehen, was du davon hast. Bauchweh wirst du davon kriegen, bloß damit du aufhörst, mich zu verspotten!«

Man hörte ihr an, dass sie scherzte, und ich war glücklich, dass Dedé so unerwartet einen guten Mann gefunden hatte.

»Du musst diese Gelegenheit mit beiden Händen ergreifen. Er kann dir deine Jugend und deine Träume zurückgeben, dich verwöhnen, er kann dir eine Familie sein und dir noch viel mehr schenken ...«, lachte ich und zwinkerte ihr zu.

»Hör auf damit, du machst mich nervös und schrecklich verlegen, Kind. Was das Verwöhnen betrifft, hast du vollkommen recht. Er macht den Eindruck, als könne er mir das alles geben. Er ist mir ähnlich, passt gut zu mir.«

Ich trank meinen Kaffee, dann machte ich mich an die Arbeit. Mit den Hilfsgärtnern schnitt ich rote Rosen. Rosen über Rosen, die wir in gewaltige Kupferkessel schütteten. Im Laufe der Jahre hatte ich gelernt, dass wir immer an den ersten Tagen des »runden Mondes«, wie die Landarbeiter sagten, eine möglichst große Anzahl roter Rosen vorrätig haben sollten, wenn wir uns nicht ein gutes Geschäft entgehen lassen und all unsere Kunden zufriedenstellen wollten. Wir wuschen sie und verteilten sie zu jeweils einhundert Stück auf Eimer, in denen nur wenig Wasser war, damit die Stängel nicht faulten. Dazu gaben wir ein wundersames Pulver meiner Tanten, das bewirkte, dass die Rosen nicht so schnell die Köpfe hängen ließen und länger schön und frisch blieben. In unserer Stadt gab es keine Handschuhe, also improvisierten wir, indem wir uns Tücher um die Hände banden, aber der ein oder andere Dorn zerstach uns doch immer Finger und Arme. Wir drangen tief in den Garten vor, weiter als bis zu dem Abschnitt, in dem wir sonst arbeiteten. Die Männer waren, seit ich das letzte Mal mit ihnen hier gewesen war, mit dem Roden gut vorangekommen. Auch hatten sie gelernt, Unkraut und andere Pflanzen von unseren Blumen zu unterscheiden. Vor meiner Krankheit hatte ich ihnen geholfen, Dutzende von Metern zu säubern, und dabei immer wieder innegehalten, um ihnen jedes unliebsame Gewächs und jede seltene Blume zu zeigen, selbst eine so schlichte wie meine Lieblingsblume, das Fleißige Lieschen.

Obwohl das Schneiden der Rosen mich sehr in Anspruch nahm, erkannte ich deutlich, wie andere, mir unbekannte Pflanzen, weit in den wildesten Teil des Gartens hineinwucherten, in dem ich seit meiner Kindheit nicht mehr gewesen war. Sie wuchsen ganz von selbst, ohne künstliche Bewässerung. Einer der Gärtner, der alte Antenor, bot mir eine Frucht namens Quitte an. Fast hätte ich laut losgelacht.

»Quitten kauft man doch in der Dose. Das ist ein Fertigprodukt.«

Er lachte ebenfalls, wenn auch leise, über meine dumme Bemerkung, und erklärte mir, dass die Nachspeise, die ich kannte, eben aus dieser Frucht gemacht wurde. Misstrauisch beäugte ich seine schmutzigen Hände und die kleine, weiche rötliche Frucht darin, dann biss ich hinein und stellte angenehm überrascht fest, dass der süße Geschmack der gleiche war wie bei dem Kompott aus der Dose, noch dazu viel intensiver.

Kaum war der Tag angebrochen, lag auf der Hand, dass wir genauso viel zu tun haben würden wie an den anderen Mondtagen. In unserem kleinen Büro und hinter dem Verkaufstresen war fast alles rot, nur in einer weit entfernten Ecke standen Blumen in anderen Farben. Zahlreiche Kunden drängten sich schon früh am Morgen in unserem Laden. Verstohlen beobachteten sie einander, um nicht gleichzeitig Rosen zu bestellen, und versuchten, ihre spürbare Unruhe zu zügeln. Häufig kamen Ehemänner wie Liebhaber, um Sträuße für dieselbe Frau zu bestellen, einige gaben vor, sie wären für ihre Mutter oder eine Tante, steckten uns dann aber zusammen mit dem Geld unauffällig Zettel mit der Adresse zu. Ich nahm morgens die Aufträge an und lieferte sie nachmittags aus. Für meine Tanten blieben an anstrengenden Tagen wie diesen dann ein paar wenige Aufträge übrig – und natürlich die Buchhaltung.

Dona Terezas Liebhaber schickte mehr Rosen als sonst, und der Briefträger beschloss im letzten Moment – sehr zum Ärger der anderen Kunden, die warten mussten –, in den üblichen Strauß für seine Frau ein Schmuckstück zu packen. Sein Nachbar, der neben ihm stand, sah ihn mit vor Hass und Eifersucht sprühenden Augen an, denn er schickte Blumen an dieselbe Frau (allerdings gab er die Adresse ihrer Arbeitsstelle an). Als er sah, wie der Ehemann das Schmuckstück verschickte, erhöhte er seine Liebesgabe und schickte seiner Geliebten nicht ein Dutzend Blumen, sondern gleich drei. Trotzdem beklagte er sich im Hinausgehen über den überraschenden Vorteil, den sein großspuriger Nebenbuhler errungen hatte. Einer der Rathausangestellten schickte seiner ahnungslosen Kollegin bereits zum zweiten Mal einen Strauß weißer Lilien mit einer anonymen Grußkarte. Auch der Schlachter war wieder da und kaufte rote Rosen für seine drei offiziell bekannten Frauen – die Lebensgefährtin, die Geliebte und eine andere Gespielin, aber bevor er zahlte, wählte er noch ein paar Orchideen aus und versah sie ebenfalls mit einer Grußkarte.

Die Nacht brach ohne Ankündigung herein: Weder sah man die Hühner auf die Stangen flattern, noch hörte man die Käuzchen erwachen oder spürte den Abendnebel. Mir kam der Gedanke, dass in abgelegenen Städten wie der unseren jedes Wesen seine eigene Zeit hat. Früher hatte ich geglaubt, die Zeit der Kindheit sei riesig wie unser Blumengarten, inzwischen denke ich, dass die Zeit eines Erwachsenen sich danach richtet, was er daraus macht. Wer sagt, dass alle gleich viel Zeit haben?

Ich weiß noch, dass ich viel arbeitete und die Nacht hereinbrach, als hätte ich nur dafür gearbeitet, dass sie endlich kam. Ich wusste, dass ich das Fest in der Vila auf keinen Fall verpassen durfte, diesmal würde ich die Königin zu Gesicht bekommen. Außerdem hoffte ich darauf, Tito und meine Freunde wiederzusehen. Ich aß nicht zu Abend und sagte meinen Tanten, ich sei sehr müde und wolle früh schlafen gehen. Dank meiner Lüge kam es nicht zum Streit. Ich war gezwungen zu lügen, und nachdem ich die Lüge einmal für mich entdeckt hatte, half sie mir, das Leben zu Hause angenehmer, leichter und tröstlicher zu gestalten. Das war es: Wann immer ich das Gefühl hatte zu fallen, wurde die Lüge zu meinen Flügeln.

»Darf ich hereinkommen?«

»Ja, Dedé.«

»Ist alles in Ordnung? Du wolltest nichts essen, da habe ich mir Sorgen gemacht.«

»Es geht mir gut. Ich bin vielleicht ein bisschen aufgeregt.«

»Du hattest heute viel zu tun, was?«

»Ja, sehr viel, aber ehrlich gesagt, bin ich aus einem anderen Grund nervös.«

»O Gott, wenn du so sprichst und dabei dieses Gesicht aufsetzt, rutscht mir gleich das Herz in die Hose.«

»Ich gehe zum Fest der Königin, Dedé.«

»Was?«

»Ich fahre heute Nacht nach Vila Morena, ich will das Fest aus der Nähe erleben.«

»Du kannst nicht fahren, Giza. Das ist ein heidnisches Fest, das kannst du nicht machen.«

Dedés Gesicht färbte sich dunkelrot, sie war kaum wiederzuerkennen.

»Es ist längst entschieden.«

»Du kannst dort nicht hin, versteh das doch. Du willst nicht den guten Ruf deiner Familie aufs Spiel setzen. Bist du denn wahnsinnig?«

»Du wirst es niemandem erzählen, verstanden, Dedé? Ich war schon einmal auf dem Fest, und da ist nichts Besonderes passiert. Außer dass ich Tito begegnet bin.«

»Also gehst du dorthin, um ihn wiederzutreffen.«

»Ich gehe hin, weil ich Lust dazu habe, weil ich etwas erleben will, vor allem aber möchte ich die Königin sehen. Und natürlich Tito. Aber ich will vor allem etwas über die Königin erfahren.«

»Du willst dir etwas so Abartiges ansehen? Du bist nicht bei Trost, Giza. Die ganze Stadt wird dich dafür hassen, hörst du?«

»Das kann ich mir denken.«

»Sie würden dich von hier fortjagen, da kannst du dir sicher sein.«

»Vielleicht ist das der Grund, dass ich niemanden aus der Stadt dort sehe.«

»Ja, und die von dort sind hier auch nicht erwünscht. Wie kannst du nur?«

»Ich finde nichts Schlimmes dabei, ich bin schon ein paarmal dort gewesen. Ich habe sogar Freunde dort. Du würdest sie mögen, Dedé. Sie sind lustig und amüsant, reden gerne, verurteilen niemanden, und der gesellschaftliche Stand der Menschen ist ihnen egal.«

Einen Augenblick lang dachte ich, sie könne ihre Vorurteile überwinden und mit mir kommen.

»Hör auf damit, sie sind alle Abschaum, Prostituierte und Mörder, Leute, die noch viel weiter weg leben sollten. Sie sollten alle tot sein.«

Die Heftigkeit, mit der Dedé diese Worte sprach, erschreckte mich. Sie spie sie förmlich aus, fast schäumte sie wie ein tollwütiges Tier.

»Was ist das denn, Dedé? Wieso auf einmal so moralisch? Wir haben doch immer über die Briefe gelacht, über das Doppelleben der Leute hier. Was soll das denn jetzt?«

»Du weiß nicht, was diese Teufelin aus unserer Stadt gemacht hat, in welches Unglück sie uns alle gestürzt hat.«

»Nein, das weiß ich nicht. Niemand hat mir je davon erzählt, deshalb muss ich es selbst herausfinden. Aber was du sagst, kann ich nicht glauben. Keiner hat eine solche Macht.«

»Du hast noch nie an irgendetwas geglaubt, weil du die Grausamkeiten nicht mit eigenen Augen gesehen hast. Wenn du dich an die Katastrophe erinnern könntest, die über uns hereingebrochen ist und Hunderte unserer Bekannten, Freunde und Verwandten getötet hat, wärest du ein anderer Mensch. Dann hättest du wenigstens Respekt vor den Toten und würdest dich nicht einmal in die Nähe dieses grauenhaften Orts begeben!«

»Dedé, ich muss ein Bad nehmen und mich zum Ausgehen fertigmachen. Wenn du mich jetzt bitte entschuldigen würdest.«

»Ich kann einfach nicht glauben, dass du dir dieses barbarische Fest ansehen willst. Das darfst du nicht, tu's nicht, mir zuliebe, deiner Familie zuliebe. Für die, die sie ermordet hat.«

»Ich gehe zum Fest, Dedé.«

Ich musste Dedé sanft am Arm packen und aus dem Zimmer führen. Dann nahm ich ein ausgedehntes Bad. Ich blieb im Wasser, bis alle Hausbewohner schliefen und niemand mehr Verdacht schöpfte, und zog danach das Gleiche an wie beim letzten Mal, Kleidung, in der ich mit der Nacht verschmolz – ein Tuch um den Kopf, die Augen stark geschminkt. Auf der Kommode stand ein liebevoll zubereiteter Saft auf einem schön verzierten Tablett, daneben eine kleine Vase mit ein paar Zweigen Engelwurz, die die langersehnte Nacht mit ihrem Duft erfüllten. Sicher hatte Odézia sie mir hingestellt, weil sie mich um Entschuldigung bitten wollte oder ihre harschen Worte bereute. Langsam schlich ich hinaus, doch der Holzboden im Flur weigerte sich zu schweigen. Auf Zehenspitzen ging ich durch die dunklen Räume, und gerade als ich die Tür hinter mir schließen wollte, sah ich, dass Antônio noch im Hause war.

»Wie kommt es, dass Sie um diese Uhrzeit noch arbeiten, Antônio?«

»Dedé hat mich gebeten, hierzubleiben, weil sie Angst vor dem Vollmond hat, sie sagt, in diesem Haus geschehen seltsame Dinge, Senhorita.«

»So, so, seltsame Dinge. Und was soll das sein?«

Kaum hatte ich das gesagt, fiel mir der seltsame Lärm ein, den ich immer hörte und von dem die anderen behaupteten, es gäbe ihn nicht.

»Ich glaube, sie hört immer Geräusche.«

»Ich höre sie auch und habe den Fehler gemacht, meinen Tanten davon zu erzählen. Antônio, könnten Sie mir einen Gefallen tun? Ich möchte jetzt nicht noch einmal nach oben gehen. Könnten Sie mein Fenster schließen? Ich habe es aus Versehen offen gelassen. Dabei könnten Sie ja vielleicht einmal nachsehen, wer die Geräusche verursacht. Sie fangen immer draußen vor dem Haus an, in den Bougainvilleen, und gehen dann drinnen weiter. Eine gute Nachtwache wünsche ich Ihnen, und morgen müssen Sie mir unbedingt erzählen, was Sie gehört haben.«

Endlich draußen angekommen, schob ich den Käfer an und ließ ihn im Leerlauf den Hang hinunterrollen. Als ich in den Rückspiegel blickte, sah ich einen Schatten, den ich im Dunkeln aber nicht erkennen konnte.

Sechshundertneunundsechzig nonillionenfaches Unglück

Als ich durch die Rua Tiradentes fuhr, entdeckte ich bei Doktor Heitor noch Licht, aber abgesehen von ihm schien die ganze Stadt zu schlafen.

Wie schon das letzte Mal parkte ich den Wagen noch vor den Häusern und pirschte mich durch den Wald heran. Ein einsamer Hund lag an einer kurzen Leine festgebunden, sonst schien niemand im Haus zu sein. Die Wäscheleine voller Unterhosen ließ darauf schließen, dass die Dame des Hauses so ausladend war wie die Kühlerhaube meines Käfers, und die Art der Unterwäsche – Schnitte und Farben, die ich mir niemals hätte träumen lassen – verriet, dass sie ihr Leben in vollen Zügen genoss. Ich stellte sie mir als glücklichen Menschen vor. Als ich den Kopf hob und mit dem Gesicht an eine der Unterhosen stieß, musste ich lachen: Es war ein gewaltiger Tanga, mit Beinöffnungen, so groß, dass ich den Kopf hätte hindurchstecken können. Ich strich mein Kleid glatt und zupfte die Kletten ab, die sich darin verfangen hatten, dann ging ich weiter, als hätte ich schon immer hier gewohnt. Ich wiegte mich in den Hüften und spürte, wie wieder die Frau in mir erwachte, die ich so sehr liebte und schätzte und die nur hier in Vila Morena zum Vorschein kommen und leben durfte.

Bald hatte ich den Major und Juliana entdeckt und lief freudig auf sie zu.

»Süße! Du warst so lange weg, wo hast du denn all die Zeit gesteckt?«

»Du kannst dir nicht vorstellen, wie sehr ich euch vermisst habe, Juliana.«

»Das glaube ich. Wir haben dich auch vermisst, Mädchen«, sagte der Major und lächelte, ein wenig verzerrt allerdings, wegen des getrockneten Honigs auf seinem Gesicht.

»Bist du bereit, Major?«

»Ja, und dieses Mal buhlt auch Salada wirklich um die Königin, ich musste ihn nicht einmal dazu drängen. Ich glaube, er ist zum Mann geworden. Ich freue mich sehr für den Halunken.«

»Und ich glaube, ihr seid verrückt, aber dieses Mal lasse ich mir das Fest nicht entgehen.«

»Genau, letztes Mal hast du dieses Fest verpasst, aber dafür dein eigenes gefeiert«, rief Juliana fröhlich aus.

»Sei bloß still, Juliana, das ist mir peinlich! Das ist viel zu persönlich, um es so laut herauszuposaunen.«

Aber sie stellte meine Schüchternheit weiterhin auf eine harte Probe.

»Dieses Mädchen ist kein Mädchen mehr, Major. Bei ihrem letzten Besuch hat sie auf dem Fest der Königin einem Mann ihre Unschuld, ihren Schweiß und ihre Schreie geschenkt. Vorsicht, Florzinha, mach dich auf was gefasst, denn er ist hier. Er ist zum Fest gekommen.«

Ich erbebte kurz, hörte nicht länger, was Juliana sagte; ich wollte nur noch zu Tito.

»Er hat sich schön gemacht und wusste noch, wer ich bin. Er hat mich begrüßt und mir lauter Fragen gestellt, als ob er dich suchte«, neckte sie mich.

»Lass uns zum Haus der Königin gehen, Juliana. Ich will das

Fest in allen Einzelheiten erleben. Heute werde ich es um nichts in der Welt verpassen.«

»Beruhige dich, Kind, es ist noch früh«, quetschte der Major aus einem Mundwinkel heraus. »Du hast richtig Lust zu feiern, was? Die Vorstellung von der Königin hat dich gepackt. Ob sie wohl auf dem Weg ist, bekehrt zu werden, ohne es zu wissen, Juliana?«

»Das kann schon sein. Schön wär's! Gegrüßt seist du, meine Königin«, sagte Juliana ehrfurchtsvoll.

»Juliana, glaubst du, wenn jemand sagt ›meine Königin‹, dann meint er damit Yade?«

»Natürlich, wieso?«

»Kürzlich habe ich einen Mann aus der Stadt ›meine Königin‹ sagen hören. Ich dachte mir schon, dass er damit nicht die Muttergottes meinte, denn die hätte er anders angesprochen. Haltet ihr es für möglich, dass einer der Stadtbewohner zu Yade konvertiert ist?«

»Schwer vorstellbar, aber nicht unmöglich, in dieser Stadt sind alle verrückt. Sie haben aus der Jungfrau Maria etwas gemacht, was sie nicht ist«, erklärte Juliana.

»Bei denen muss man mit allem rechnen«, sagte der Major. »Dort ist nichts, wie es scheint. Was ich dort schon alles gesehen habe!«

»Und was hast du gesehen?«

»Um des guten Rufes der Familie willen reißt man sich ein Bein aus, aber wenn keiner hinschaut, ist alles erlaubt. Was zählt, ist die Fassade, und die muss makellos sein, denn der Neid ist grenzenlos. Keiner darf sich einen Fehler erlauben, nicht mal einen kleinen, denn wer danebenliegt, wird von den anderen in Stücke gerissen. Jede Verfehlung wird geahndet, und der Groll macht die Leute krank. Alle miteinander fühlen sie sich ungeliebt, sind sie unglücklich, gehässig und voller Gift.«

Er hatte recht. War ich denn auch schon so geworden? Bisher bediente ich mich immerhin nur der Lüge.

»Und wenn die Frauen krank sind, stirbt die ganze Gesellschaft«, fuhr der Major fort. »Denn ihr seid diejenigen, die von der Mutterschaft bis ins hohe Alter für Ausgleich und Eintracht sorgen. Ihr Frauen seid Stütze, Entlastung und Struktur der Gesellschaft. Das Wunder ist Sache der Frau, und eben darum hat sie uns heute hier versammelt. Die Natur ist ganz und gar weiblich, und wir dienen den Frauen in allen Belangen.«

»Selbst beim Sex«, sagte Juliana. »Wenn's drauf ankommt, haben wir das Vergnügen und die Männer die Arbeit. Verstanden, Süße?«

Julianas Tonfall war scherzhaft, doch ihre Worte waren ernstgemeint.

»Euer Kirchenglaube sagt, dass Eva aus einer Rippe Adams erschaffen wurde. Aber wir alle werden aus einer Rippe geboren, der Rippe der Natur, der Rippe unserer großen Mutter. Also ist es genau umgekehrt, nicht wahr?«

»Absolut! Darüber habe ich mir auch schon so meine Gedanken gemacht und auch darüber geredet und finde es hochinteressant, dass ihr denkt wie ich. Aber Major, vielleicht magst du mir eine Frage beantworten, die mich schon lange bewegt: Solltest du heute Nacht von der Königin erwählt werden, was wirst du tun, wenn sie dich verzaubert?«

»Das weiß ich nicht, aber es würde mir genügen, von dem Erlebten zu zehren und jede Nacht wieder an die beste aller Nächte zu denken.«

»Wie? Würdest du nie wieder wirklich aus diesem Zustand erwachen?«

»Wozu denn, Flor de Laranjeira? Wir alle streben diesen Zustand an, er ist das beste Heilmittel, die beste aller Religionen. Viele Menschen wissen nicht, wie man lebt, sie sind auf der

Suche, machen Therapien, nehmen Drogen oder legen sich Liebhaber zu, sie treiben jeden Tag Sport, fressen, saufen, weinen um das, was sie sich erträumen und nicht haben, und sorgen sich um das Leben anderer, um nicht an sich selbst denken zu müssen. Wenn die Königin mich erwählt, werde ich alles besitzen, was sich ein Mann nur wünschen kann. Siehst du diese Männer und Frauen, die zu uns kommen, nur um die Königin zu sehen? Viele kommen von weit her, aus den hintersten Winkeln des Landes. Männer jeden Alters, jeder Farbe und Form. Sieh sie dir genau an, und du wirst merken, dass sie von einem einzigen Gedanken getrieben werden, von einer einzigen Neugier: Wie wäre es, wenn ich ihr dienen dürfte? Alle träumen von ihr, junges Fräulein. Alle brauchen sie. Sie bitten sie um Gesundheit und Glück.«

»Das junge Fräulein weiß wohl, wovon der Major spricht, was?«

Juliana war einfach schrecklich. Zum Glück wurde ich vom Klang einer Fanfare erlöst.

»Es ist Zeit, lasst uns gehen«, sagte der Major.

Es klang tatsächlich wie ein Ruf, und alle um uns herum, die sich noch in der Hauptstraße aufhielten, drängten nun in die Gasse zur Rechten und machten sich auf den Weg in Richtung Hauptplatz. Unterwegs hörte ich zwei Männer vor mir laut miteinander reden. Ihr Gespräch überraschte mich nicht, ich meinte, sie irgendwoher zu kennen.

»Sechshundertneunundsechzig nonillionenfacher Idiot!«

»Der Idiot bist du. Der-Idiot-bist-du!«

Beide standen voreinander und schrien sich aus vollem Halse an, ohne allerdings handgreiflich zu werden.

»Beachte sie gar nicht, Flor. Das geht jeden Tag so zwischen den beiden, alle hier sind daran gewöhnt und finden es lustig«, erklärte der Major.

Derweil machten die beiden weiter:

»Du elendiger Affe, du Furz! Du bist so nervtötend, nicht einmal ein Priester würde dich ertragen.«

»Die Königin wird niemals dich erwählen, du Esel. Wenn du stirbst, werden Gott, der Teufel und die Göttin dich hin und her schubsen, weil niemand dich für sich haben will.«

»Domingos und Aníbal. Domingos ist der Weiße und Aníbal der Schwarze«, stellte Juliana vor.

»Tatsächlich habe ich in der Stadt schon viel von ihnen gehört, dort heißt es, sie seien lustig und würden jede Trauerfeier aufmuntern.«

»Genau so ist es. Bei meiner Trauerfeier fliegen sie aber raus, da kommen sie gar nicht erst rein, das habe ich ihnen schon klargemacht. Natürlich nur, wenn ich vor ihnen sterbe, was bei unserem Altersunterschied schwierig werden dürfte.«

»Wer ist die Frau ganz rechts auf der Veranda der Königin? Sie kommt mir bekannt vor. Ich glaube, sie lässt mich nicht aus den Augen, seit wir hier angekommen sind.«

»Ah, das ist die erste Dienerin der Königin, sie heißt Ruth. Wahrscheinlich nimmt sie dich einfach nur genau unter die Lupe, weil du nicht von hier bist.«

»Und was kann mir passieren, wenn sie erfährt, dass ich aus der Stadt komme?«

»Sei unbesorgt, du bist meine Freundin. Hier wird dir niemand etwas tun.«

Die Frau sah mich weiterhin an, aber in ihrem Blick lag kein Misstrauen oder Ärger darüber, mich zu sehen, vielmehr ein herzliches, lächelndes Willkommen. Das verwirrte mich, ich fühlte mich ein wenig unwohl und sehr beobachtet. Ihre Blicke verfolgten mich auf Schritt und Tritt. Als ich mich von ihr abwandte, sah ich Tito. Dieses Mal entdeckte ich ihn zuerst. Er trug ein weißes T-Shirt, sein Haar war lässig gekämmt, und er sah forschend zum Haus der Königin hinüber. Genau wie ich war er offensichtlich auch neugierig aufs Fest und wollte mehr erfahren.

»In fünf Minuten geht es los«, erklärte Juliana.

Ich sah, dass in den Häusern, die als Ausschankstellen dienten, der Verkauf eingestellt wurde. Der Platz schien voller als beim letzten Mal, und die Kapelle stimmte ein Lied an, Blasinstrumente und Trommeln spielten eine unbeschwerte Melodie in einem fremdartigen, ansteckenden Rhythmus. Aus dem Haus der Königin traten fünf Frauen, alle sehr vornehm gekleidet. Ganz anders als das Volk, das zu diesem Fest typische Trachten trug. Ruth ließ ihren Blick ruhig und gelassen über die kleine Menschenmenge schweifen …

»Sie wird den Erwählten zu sich rufen.«

»Ruth?«

»Ja.«

Die anderen Frauen standen still und warteten darauf, dass sie den Mann erwählte.

Ruth deutete auf Tito.

Das konnte nicht sein, das war nicht möglich. Mein Herz raste, ich war einer Ohnmacht nah.

»Was tut sie da, Juliana?«

»Nun ja, sie hat den Mann erwählt.«

»Das kann nicht sein.«

»Warum, was ist los?«

»Es ist Tito.«

»Mag sein. Und wenn er es wäre?«

»Ja, er ist es, siehst du das nicht?«

Er war der Erwählte, und wenn er die Wahl annähme, würde er nie mehr zurückkehren, er könnte nicht zurückkehren, selbst wenn er es wollte, vielleicht wusste er nichts von dem Wahnsinn, den dieser Pakt mit sich brachte. Die Menge teilte sich, tanzend, völlig verzückt, und sang laut in einer mir unbekannten

Sprache: »Yade, Yade, maiadésaina Königin. Gegrüßt seist du, Mutter, maiodésodé Königin.«

Aus unzähligen Mündern hörte ich den Gesang, meine Verwirrung stieg. Ich wusste nicht, was die Worte bedeuteten, aber sie schienen auf seltsame Weise Macht über mich zu erlangen, die Vernunft hatte nicht länger die Oberhand. Wenn Tausende von Menschen dem gleichen Zauber verfallen sind, können auch wir uns ihm nicht entziehen – wie bei einem Fußballspiel. Ich rief mehrmals Titos Namen, ließ Juliana los und rannte in meiner Verzweiflung gegen die Menschen an, um zu ihm zu gelangen, ehe er beschloss, dem Ruf der Königin zu folgen. Aber die Leute vor mir bildeten eine undurchdringliche Mauer. Meine Herzensangst machte sich in einem lauten Schrei Luft. Da hörte er mich im wogenden Gesang der Menge und drehte sich um. Ich rief: »Tito.«

Er blickte sich um, suchte und fand mich, und ein Lächeln breitete sich auf seinem Gesicht aus. Aber er blieb stehen, wo er war, und dann drehte er sich wieder um, um das Spektakel weiter zu verfolgen. Ruth kam auf ihn zu, die Menschen öffneten eine Gasse für sie, und ich sah meine schlimmsten Befürchtungen wahr werden – bis sie vor Tito stand und einen anderen Mann neben ihm hervorzog, den ich von dort, wo ich stand, nicht hatte sehen können. Mir war, als wäre Tito in letzter Sekunde vor dem Ertrinken gerettet worden.

»Es ist Salada! Es ist Salada!«, schrie der Major freudig und klatschte in die Hände.

Er war es tatsächlich. Salada war bleicher denn je. Als ich seine angespannte Miene sah, tat er mir leid. Ich ahnte, dass irgendetwas nicht mit ihm stimmte. Vielleicht ging er doch nicht so gerne, wie der Major annahm. Er konnte kaum laufen, seine Gesichtszüge waren starr. Ruth führte ihn ins Haus, und die Kapelle spielte wieder eine wilde Melodie.

Die Einwohner von Vila Morena tanzten außer Rand und Band. Die Männer, die bereit gewesen waren, sich der Königin hinzugeben, rissen sich die roten Rosen runter, die sie im Knopfloch trugen, und warfen sie aufs Dach des Hauses der Königin, wie um sie zu ehren – genau wie Maurício vor Dona Carinas Haus! Tito hatte mich erreicht und küsste mich, als wäre seit unserer letzten Begegnung in Vila Morena nichts geschehen. Als wären wir hier zwei völlig andere Menschen als in der Stadt. Aber das war mir egal. Ich war glücklich. Wie in Trance ging ich mit ihm, zu seinem Auto, das er diesmal etwas weiter außerhalb geparkt hatte, und alles geschah wie beim letzten Mal.

»Verzeih mir, dass ich versucht habe, so zu tun, als hätte es all das hier nicht gegeben.«

Während Tito noch nach den richtigen Worten suchte, um mir genau zu erklären, was er fühlte, entstand am anderen Ende des Ortes ein Aufruhr. Menschen riefen laut und aufgeregt durcheinander, und schließlich hörte man die Menge heranstürmen wie eine aufgescheuchte Viehherde. Zuerst begriff ich nicht, was da vor sich ging, aber als ich einen Mann verzweifelt vor der Menge herrennen sah, die wie ein Rudel wilder, ausgehungerter Tiere so hoch Staub aufwirbelte, dass man kaum etwas erkennen konnte, bekam ich es mit der Angst zu tun.

»Schnappt euch diesen Schuft! Tötet diesen Nichtsnutz!«, schrien sie.

Es waren viele, die einen einzigen armen Teufel verfolgten.

»Was ist denn da los? Was haben sie mit ihm vor?«, fragte Tito.

In diesem Augenblick erkannte ich den Verfolgten, obwohl er blutüberströmt war.

»Es ist Salada! Nein!«

Ich schrie lauter, als ich je in meinem Leben geschrien hatte.

»Das ist nicht möglich! Sie werden ihn umbringen.«

Ich versuchte, aus dem Wagen auszusteigen, aber Tito hielt mich fest und verriegelte die Türen.

»Das nützt nichts! Du kannst dich einer solchen Menge nicht entgegenstellen, es würde alles noch viel schlimmer machen. Du bist unbewaffnet, und sie sind wie Bestien. Schließ die Augen und sieh nicht hin. Komm her, bleib bei mir.«

Salada rannte wie ein Lamm, das weiß, dass es geschlachtet wird, sobald seine Beine nachgeben. Und so geschah es auch: Seine Beine ließen ihn im Stich, wie es sein Mut getan hatte, als er die Königin erblickte. Er wurde von den aufgebrachten Gläubigen massakriert. Ich konnte es nicht ertragen, hatte Augen und Ohren geschlossen, während Tito mich eng umschlungen hielt, um mir meine von Trauer umfangenen Sinne zu verschließen. Endlose Minuten vergingen in tiefer Verzweiflung.

Als es vorbei war, sah ich Juliana und den Major vor der Bar des immerwährenden Karnevals, in der wir uns kennengelernt hatten, auf dem Bürgersteig sitzen und weinen. Sie brachten es nicht übers Herz, zu Salada hinüberzugehen, der mit ausgerenkten Beinen und blutüberströmt mitten auf der Straße lag – tot.

Ein älteres Paar hob ihn schließlich unter Tränen auf und trug ihn in eines der Häuser. Tito ging mit mir zu Juliana und dem Major.

»Er hat die Königin zurückgewiesen. Nachdem er eine Weile bei ihr gewesen war, ist er in Panik aus dem Haus gestürzt«, erzählte Juliana schluchzend.

»Wie kommt es nur, dass ein Mann, der sich auf diese Gelegenheit vorbereitet, der sich seelenruhig eine Rose ins Knopfloch gesteckt und sein Gesicht mit Honig beschmiert hat, in solch einem Moment aufbegehrt? Warum hat er das getan? Damit hat er sein eigenes Todesurteil gesprochen, das musste er doch wissen«, sagte der Major.

Ich wurde wütend.

»Was ist denn das für eine Königin? Wie könnt ihr einer Göttin Gefolgschaft schwören, die kein Nein akzeptiert? Die nicht versteht, dass ein Mann Angst bekommen und sich dafür entscheiden kann, nicht bei ihr zu bleiben, sie nicht zu wollen? Was unterscheidet euch dann von den Leuten in der Stadt? Nichts.«

Sie senkten die Köpfe, und Tito ging zu Salada, um ihn zu untersuchen. Doch er konnte nur noch seinen Tod feststellen.

Ich verabschiedete mich von allen, stieg in meinen Käfer und fuhr davon. Tito folgte mir mit seinem Wagen bis in die Nähe unseres Hauses. Dann blendete er zum Abschied ein paar Mal auf und bog in seine Straße ein. Zu Hause angekommen, ging ich auf mein Zimmer, das mir fremd erschien, und nahm gleichgültig zur Kenntnis, dass jemand hier gewesen war und dass das Glas Saft, das ich auf der Kommode hatte stehen lassen, jetzt leer war. Irgendjemand hatte in meinem Kleiderschrank und meinen Gedichtbänden gewühlt. Dedé war es sicherlich nicht gewesen, aber wahrscheinlich hatte sie den abgestandenen Saft weggeschüttet.

Ich fand keinen Schlaf. Sobald mich die Müdigkeit überkam, fielen mir wieder Saladas Ermordung und der Hass in den Gesichtern der Männer ein, und ich hatte das Gefühl zu ersticken.

»Genau so ist es«

Dedé stürmte in mein friedliches Zimmer und beugte sich über mich; sie war wütend.

»Wo hast du dich die ganze Nacht herumgetrieben?«

»Bitte, Dedé, lass uns später darüber reden. Ich hatte eine schreckliche Nacht.«

»Das interessiert mich nicht. Ich habe die ganze Nacht auf dich gewartet, ich war so voller Sorge, dass ich bis jetzt nicht schlafen konnte. Ich möchte wissen, wo du warst.«

»Nun gut, ich werde es dir erzählen. Jetzt. Setz dich.«

Ich erzählte ihr alles bis auf die Sache mit Tito. Ich berichtete von meinem Besuch in Vila Morena, von der Wahl der Königin, von dem Aufstand und Saladas Tod, wie er gelyncht worden war, weil er es nicht übers Herz gebracht hatte, zu bleiben und sich ihren Wünschen zu fügen. Dedé war wütend, dass ich in die Vila gefahren war. Doch als ihr erster Zorn verraucht war, vielleicht weil sie meine Traurigkeit spürte, begann sie mich auszufragen, wie die Häuser aussahen, die Frauen, die Männer, und wie das Fest und ob sich die Königin gezeigt hätte. Als ich ihr alle Fragen beantwortet hatte, ließ sie mich allein.

Ich ließ ein Bad ein, und als ich den Wasserhahn zudrehte, hörte ich im Zimmer nebenan jemanden schluchzen. Vielleicht hatte eine meiner Tanten Salada gekannt? Hatten sie von der Tragödie erfahren? Nein, sicher hatte das Weinen nichts damit zu tun, sondern andere Gründe. Ich zog frische Kleider an, dann spähte ich durch ein Astloch in meiner alten Holztür, das ich als Kind entdeckt hatte, und sah Odézia aus Tante Margaridas Zimmer kommen. Ich ging ihr nach.

»Dedé?«

»Was gibt es?«

»Ist alles in Ordnung?«

»Ja, alles bestens, wieso?«

»Ich habe eine der Tanten weinen hören. Gleich darauf kommst du mit einem leeren Glas aus dem Zimmer, und da dachte ich, dass sie vielleicht etwas brauchen. Ist es Tante Florinda?«

»Wenn sie etwas brauchen, werde ich es dir schon sagen, keine Sorge. Florinda ist traurig, und du weißt ganz genau, warum.«

»Du hast ihnen gesagt, wo ich war, stimmt's?«

»Nein, das habe ich nicht. Sie weint aus einem einfachen Grund: weil sie sich wegen eines Mannes mit dir zerstritten hat. Eine Familie zerstört, und das alles wegen eines Kerls.«

»Sicher weint sie nicht unseretwegen, Dedé. Um meinetwillen würde sie nicht so weinen. Sie hat noch nie um mich geweint, und als ich krank wurde, war sie darüber nicht traurig. Im Gegenteil, es war für sie ein Freudentag. Sicher weint sie um Tito, weil sie weiß, dass er sie nicht liebt. Weil sie weiß, dass er von uns beiden Frauen die schönere hatte, die weiblichere, wohlgeformtere und gebildetere, die, die alle Männer seit jeher begehren, und doch die hässlichere vorgezogen hat, die, die in der eigenen Familie verachtet und von der ganzen Stadt ignoriert wird.«

»So ist es ganz und gar nicht, Giza. Du hattest immer das Gefühl, ignoriert zu werden, aber das wurdest du nie. Du hast dich immer zu Hause verkrochen, keine Freundschaften geschlossen, dich immer von allen ferngehalten. Du hast nie mit jemandem geredet, und jetzt verdrehst du alles. Manchmal solltest du einfach mal genauer hinschauen.«

»Ich habe genau hingeschaut und weiß Bescheid. Du hast recht: Ich bin wirklich eine Frau geworden, die sich von allen fernhält und wenig redet, aber so bin ich geworden, weil man mich nie gelehrt hat, anders zu sein, weil ich in die Gespräche in diesem Hause nie einbezogen wurde. Niemand hat mich je gefragt, ob ich nach dem Abendessen noch mit den anderen auf ein Schwätzchen zusammensitzen und Hibiskustee trinken will. Die einzige Freundin, die ich hier habe, bist du.«

Traurig senkte Dedé den Kopf. Ohne ein weiteres Wort begab sie sich in Richtung Küche. Ich verspürte Lust, in den Garten zu gehen, auch wenn mich das Gespräch aufgewühlt hatte und ich in Gedanken noch bei Dedé und beim Tod Saladas war, der ein Opfer von Neid und Verachtung geworden war. Ich trank draußen einen schwarzen Kaffee und ließ mich dann von den Hilfsgärtnern in den Teil des Gartens führen, in dem ich nie zuvor gewesen war. Es war der hintere, der unberührte Teil des Grundstücks. Ein weit abgelegenes, langgestrecktes Stück Land, kein Garten mehr, sondern dichte Wildnis.

Der alte Antenor, er war schon lange in unseren Diensten, brachte mich zu einem Pfad, der durch das dichte Gestrüpp führte. Anfangs hatte ich Angst, ihm über den Pfad zu folgen, aber der Alte erschien mir dann doch harmlos und schon »auf dem Weg zum Schlachthof«, wie man in Vila Morena wohl gesagt hätte; von ihm hatte ich nichts zu befürchten. Nachdem wir eine Weile gegangen waren und an den Stellen, an denen es kein Durchkommen gab, uns immer wieder eine Bresche geschlagen hatten, kamen wir zu einem Haufen Steine, der aussah wie eine Art Grotte. Als wir direkt davor standen, konnte ich durch das Unkraut hindurch ein altes Gemäuer erkennen. Es war offenbar in Vergessenheit geraten. In die Mauern war ein Zeichen eingeritzt, das ich kannte: Ich hatte es an den Häusern von Vila Morena gesehen, und schon da hatte es meine Neugier erregt. Es konnte sich nur um einen Tempel der Yade handeln: Vor der Ruine standen weiße Vasen mit frischen roten Blumen und Krüge mit sauberem Wasser.

»Wissen Sie, was das ist, Senhorita?«

»Ich glaube, es ist ein Tempel der Yade.«

»Genau so ist es, glauben Sie das?«

»War das eine Frage oder …? Wissen Sie es, oder wissen Sie es nicht?«

»Genau so ist es. Ein Tempel der Yade.«

»Haben Sie keine Angst? Alle hier laufen weg, sobald sie den Namen hören.«

»Ich nicht, Senhorita.«

»Warum nicht? Sind Sie etwa ein Anhänger der Yade?«

»Ich spüre, dass ich Ihnen vertrauen kann, Senhorita, genau so ist es. Sie müssen wissen, ich bin ein alter Mann, der schon zu viel erlebt und zu viel gesehen hat, um etwas zu fürchten, das ich nicht bekämpfen kann. Ich nehme es hin.«

»Also glauben Sie an das alles, Sie vertrauen der Göttin? Und warum haben Sie ausgerechnet mich hierhergebracht?«

»Genau so ist es, ich wollte wissen, ob Sie daran glauben, ob wir diesen Teil des Gartens unberührt lassen können. Ihre Tanten haben uns aufgetragen, diesen Ort zu zerstören. Das können wir nicht, das ist unmöglich.«

Er sah mich ergeben an, als hoffte er, dass ich mich als treue Anhängerin der Göttin erwies. Hatte er mich etwa in Vila Morena gesehen?

»Also wissen meine Tanten, dass es diesen Ort gibt? Wissen sie das schon lange?«

»Genau so ist es, und sie würden nicht wollen, dass Sie davon erfahren. Bitte sagen Sie es ihnen nicht, bestimmt würden wir zur Strafe entlassen, ganz bestimmt sogar, genau so ist es.«

»Keine Sorge. Wenn meine Tanten fragen, ob der Tempel zerstört wurde, sagen Sie einfach, die Männer, die den vorherigen Teil des Gartens gerodet haben, hätten Ihnen versichert, ihn zerstört zu haben. Erzählen Sie ihnen nicht, dass ich von dem Tempel weiß, ich komme nur in Schwierigkeiten. »

»Genau so ist es, Sie können sich auf mich verlassen, Senhorita. Aber werden Ihre Tanten nicht hierherkommen, um sich zu vergewissern, dass der Tempel zerstört wurde?«

»Nein, das würden sie nie tun. Sie gehen selten aus dem Haus, und wenn doch, gehen sie in die Stadt oder in die Kirche. Sie mögen diesen Garten nicht.«

»Ich komme manchmal hierher, um Yade ein Opfer darzubringen. Sie hat mir schon oft geholfen.«

»Tatsächlich, ist das wahr?«

»Genau so ist es. Ich war ein guter Freund Ihres Großvaters, ein wirklich enger Freund. Fast so etwas wie sein Bruder, und darauf bin ich stolz. Ich habe ihm viel zu verdanken, und Yade hat viel dazu beigetragen, dass wir uns so nahestanden. Er vertraute mir, erzählte mir Dinge, die niemand wusste außer mir hier, genau so ist es, und wäre er noch am Leben, hätte er vieles, was sich in dieser Stadt zugetragen hat, niemals zugelassen.«

»Mein Großvater?«

»Genau so ist es. Er nahm die Hacke und kam mit uns zum Arbeiten. Er konnte Menschen nicht leiden, die sich für was Besseres hielten.«

Während Antenor redete, sah ich mich um. Tatsächlich wirkte der Tempel, als werde er noch genutzt und besucht, als werde er regelmäßig gereinigt und geschmückt. Rundherum verlief ein Streifen Rasen, und auf der Rückseite angekommen, entdeckte ich einen anderen Weg, sauber und gepflegt und voller frischer Fußspuren.

»Wissen Sie, wohin er führt?«

»Wer?«, fragte Antenor, der ins Grüne geschaut hatte.

»Dieser Weg. Hier auf der Rückseite ist noch ein Pfad.«

»Senhorita, es ist sicher gefährlich, ihn zu beschreiten, dieser Pfad wird seit Jahren nicht benutzt. Gehen wir lieber, hier gibt es viele Schlangen.«

»Nein, ganz im Gegenteil. Der Weg hier ist neu angelegt, viel neuer als der Weg, über den wir gekommen sind. Er ist ganz frei, als würde er genutzt, wie der Tempel.«

»Das glaube ich kaum. Die Leute aus der Vila dürfen ihn nicht benutzen.«

»Die Leute von Vila Morena kommen hierher? Wurde die Vila nicht erst später gegründet?«

»Genau so ist es. Sie sind ebenso neugierig wie mein Freund, Ihr Großvater. Er war wirklich hartnäckig, man musste schon gute Gründe haben, um ihm etwas auszuschlagen. Nun, es gab einen kleinen Ort mit einem halben Dutzend Häuser. Nach den Vorfällen strömten die Menschen dorthin, und der Ort wuchs. Und bald wird Vila Morena größer sein als die Stadt.«

»Die Vila wächst also. Und es ist gut zu wissen, dass ich etwas von meinem Großvater habe, schön, dass ich wenigstens einem in der Familie ähnlich bin.«

»Genau so ist es. Er ist diesen Weg häufig gegangen, bis hierher und noch weiter. Er kam und ging, selbst als die ganze Stadt Yade verfluchte. Er war einer ihrer Anhänger.«

»Mein Großvater war ein Anhänger der Yade?«

»Genau so ist es, Ihr Großvater und viele andere Männer dieser Stadt. Aber dann bekamen die Kirche und die Frauen Angst, ihre Familien könnten zerbrechen, weil die Männer sich so oft in Vila Morena aufhielten.«

»Ah ja, ich ahne, warum. Bitte erzählen Sie doch weiter.«

»Genau so ist es.«

»Was war denn mit meiner Großmutter, war die auch eine Anhängerin der Yade?«

»Nein, Ihre Großmutter verabscheute Yade und auch Vila Morena. Ihr Großvater ging heimlich hin, er stahl sich davon.«

»Wie meinen Sie das: Er stahl sich davon?«

»Genau so ist es, er stahl sich davon, heimlich, still und leise.«

»Könnten Sie bitte aufhören, ständig ›Genau so ist es‹ zu sagen? Es lenkt mich ab. Ich kann gar nicht mehr hören, was Sie sonst noch sagen.«

Seine Marotte machte mich wirklich wahnsinnig. Ich war ein wenig gereizt, und der Mann erschrak.

»Na los, erzählen Sie schon.«

Antenor schwieg. Ich verstand, dass seine Floskel für ihn wichtiger war als für andere Leute ein »Also«, ein »Nun gut« oder ein »Es ist nämlich so, dass«, die ihnen als Einstieg in einen Satz dienen. Ohne diesen Schlüssel blieb ihm das Sprechen verschlossen.

»Schon gut, schon gut, Sie dürfen Ihr ›Genau so ist es‹ weiterhin sagen, ich werde einfach darüber hinweghören. Sie können ruhig weiterreden, entschuldigen Sie, für mich zählt einzig und allein die Geschichte.«

»Genau so ist es.«

O mein Gott, vor manchen Dingen sollte man die Ohren ebenso einfach verschließen können wie die Augen.

»Er war ein hochgeschätzter Mann, kannte Gott und die Welt, wurde geliebt. Wo auch immer er hinkam, zollte man ihm Beifall wie einem König. Er hat diesen Weg von Ihrem Haus bis hierher angelegt, um schneller nach Vila Morena zu gelangen. Wir haben gemeinsam daran gearbeitet, ich weiß das alles noch wie heute.«

»Was sagen Sie da?«

»Genau so ist es, Senhorita.«

»Ich fasse es nicht. Dieser Weg führt nach Vila Morena?«

»Genau so ist es.«

»Deshalb wollten meine Tanten, dass er in Vergessenheit gerät. Vielleicht hofften sie, dass er einfach zuwächst. Senhor Antenor, Sie haben mir eines der größten Geschenke gemacht, die ich mir jemals hätte erträumen können, dieser Pfad ist von unschätzbarem Wert für mich. Ich kann es kaum erwarten, ihn zu erkunden.«

»Genau so ist es. Senhorita, wenn Ihre Tanten herausfinden, dass ich Ihnen von dem Weg erzählt habe, werden sie mir die Haut abziehen und mich zur Hölle jagen.«

»Machen Sie sich keine Sorgen, ich werde niemals erzählen, dass Sie es waren.«

»Genau so ist es, aber sie werden erraten, dass ich es Ihnen erzählt habe und dass Sie den Weg gehen werden, den sie immer vor Ihnen verheimlicht haben. Das überlebe ich nicht.«

»Hören Sie mal, Sie brauchen keine Angst zu haben. Das sind doch bloß zwei Schwestern, die manchmal knurren wie Hunde, weiter nichts. Seien Sie unbesorgt, niemand wird davon erfahren.«

»Genau so ist es, und nun gehen wir besser. Sie können ja später entscheiden, was Sie machen wollen.«

Er lächelte, und wir gingen zurück zum Haus. Doch kaum hatten wir meine neue Entdeckung aus den Augen verloren, drehte ich mich unwillkürlich um, als zöge sie mich magisch an.

»Ich kann nicht nach Hause, ich muss diesem Pfad folgen.«

»Morgen komme ich mit Ihnen, Senhorita, für heute ist es genug. Wir sind schon weit gekommen, ich habe viel gerodet, wir sind beide todmüde.«

»Ich habe eine wichtige Angelegenheit in der Vila zu erledigen. Die Totenwache für einen Freund und seine Beerdigung.«

»Die Totenwache für einen Freund? In Vila Morena? Da werden Sie wohl zu spät kommen. Wann ist er denn gestorben?«

»Gestern Nacht, kurz vor dem Morgengrauen.«

»Und war es ein verwundlicher Tod?«

»Wie meinen Sie das? Sie sprechen eine merkwürdige Sprache.«

»Hat der Tod Löcher in ihn gerissen, war es ein hässlicher Tod?«

»Ja, wie jeder Tod, aber dieser hier fand im Gegensatz zu vielen anderen in der Öffentlichkeit statt.«

»Und war er schmerzhaft? Haben sie den Mann gehäutet, haben sie ihm das Fell abgezogen?«

»Ja, aber warum wollen Sie das wissen?«

»Dann ist er bestimmt schon begraben, Senhorita. Wenn der Körper stark verstümmelt ist, in kleine Stücke gehackt, kommt sofort das Ungeziefer und schwirrt und sirrt um ihn herum, und das hört erst auf, wenn der Leichnam begraben ist. Bevor die Lebenden ihn verlassen, begraben sie den Toten, schließlich kann er sich nicht mehr selbst begraben, nicht wahr, sondern braucht Hilfe dazu.«

»Glauben Sie?« Seine Ausdrucksweise reizte mich zum Lachen. Aber der Mann war so ernst, dass ich mich zusammenriss.

»Genau so ist es. Die Leute gehen weg, keiner will wissen, wie es zugeht, wenn der Tod sich im Körper der anderen breitmacht, o nein. Der Geruch des Todes macht den Menschen Angst. Sogar wenn sie nur ab und zu baden, riechen die Leute ja schon hässlich – da stellen Sie sich mal vor, wie der Tod erst stinkt, wenn er dem Toten aus dem Mund, Ohren und Nase quillt. Das sieht aus, als würde dem armen Kerl die Seele aus den Augen sickern, und er schreit förmlich nach einem Bad, herrje! Außerdem wird der arme Kerl ganz steif, und Sie wissen doch sicher, dass auch alles da unten im Tod steif wird, oder?«

»Wie bitte? Oh, Senhor Antenor, verschonen Sie mich.«

Er schien vor lauter Aufregung ganz vergessen zu haben, mit wem er sprach. Sicher war er so sehr daran gewöhnt, mit seinen Kumpeln zu reden, dass er nicht einmal mehr merkte, wie er sich ausdrückte. Aber als er plötzlich ganz verlegen wurde, überlegte ich es mir anders.

»Nun gut, Senhor, wahrscheinlich haben Sie recht, was die Beerdigung angeht. Wenn er nicht schon begraben ist, wird es sicher bald geschehen. Einverstanden, gehen wir. Morgen stehen wir dann ganz früh auf und nehmen Großvaters Weg nach Vila Morena. Und Sie begleiten mich.«

Der Alte riss die Augen auf und mahlte mit den Kiefern. Wahrscheinlich biss er sich auf die Zunge, damit ihm nichts mehr über »das da unten« herausrutschte. Offenbar war ihm das Ganze so peinlich, dass er nicht einmal eine Entschuldigung über die Lippen brachte.

Zurück zu Hause, trank ich einen kalten Surinamkirschsaft, der auf dem Gartentisch stand und auf mich gewartet zu haben schien, dann ging ich nach oben, um ein Bad zu nehmen. Ich zog mich aus, legte mich in die Wanne und ging dann an den Schrank, um frische Wäsche herauszuholen. Dabei bemerkte ich eine Nachricht auf meiner Kommode.

Giza, ich muss Dich sehen. Bitte komm unbedingt heute zum Haus der Yade auf dem neuen Pfad. Um Mitternacht.

Wer konnte das sein? Die Vertrautheit ließ auf Tito schließen, aber wusste er von dem Pfad? Ob die Nachricht von Antenor war, der mir noch etwas erzählen wollte? Wieso sollte ich um

Mitternacht an einen verlassenen Ort kommen, zum Tempel einer Königin, an die ich nicht einmal richtig glaubte? Was für ein seltsames, unheimliches Treffen! Aber nicht hinzugehen kam mir überhaupt nicht in den Sinn. Also schrieb ich einen Zettel, dass ich wie vereinbart um Mitternacht beim Tempel der Yade sein würde. Ich würde ihn später unter der Tür von Titos Haus durchschieben. Unten im Wohnzimmer hörte ich Pater Carlos' Stimme; er redete mit den Tanten über die nächsten Veranstaltungen in der Kirche und erzählte ihnen, was einige Leute aus unserer Stadt so trieben, dann sprachen sie darüber, dass Antônio Odézia einen Heiratsantrag gemacht hatte. Ich nahm an, dass Odézia sicher sehr glücklich war. Die Tanten wollten alles wissen. Offenbar war es ihnen egal, dass sie es von dem Menschen erfuhren, dem die Leute ihre größten Geheimnisse anvertrauten. Im Gegenteil: Es von ihm zu hören erschien ihnen richtig und zulässig. Zum Ausgleich beschenkten sie die Kirche großzügig.

Ich ging hinunter, um den Pater zu begrüßen, aber noch bevor ich das Wohnzimmer erreicht hatte, hörte ich Tante Florinda leise sagen:

»Sie müssen sich Giza vornehmen, der Beichtstuhl ist die einzige Möglichkeit, ihr auf die Schliche zu kommen. Ich bin mir sicher, dass sie irgendetwas hinter unserem Rücken treibt.«

Ich blieb hinter der geschlossenen Tür stehen. Mir war eiskalt, es war, als hätte ich keinen Tropfen Blut mehr im Körper. Was waren denn das für Pläne? Sie überwachten mich also über meine Beichte, und da ich seit einiger Zeit nicht mehr gebeichtet hatte, waren sie misstrauisch geworden. Lautlos schlich ich die Treppe wieder hoch und verriegelte meine Tür von innen. Den Pater zu sehen war mir nicht weiter wichtig, wohl aber, meine Nachricht zu überbringen.

Gegen Abend trugen die Tanten mir auf, zwei Blumensträuße

auszuliefern: einen an Pater Carlos und den anderen an Dona Carina. Heimlich fertigte ich eine Kopie von Maurícios romantischem Brief an und legte sie zu den anderen:

Carininha, ich kann Dir Deine Verachtung nicht verzeihen. Ich habe wie verabredet auf Dich gewartet, aber Du bist nicht erschienen. Ich ertrage es nicht länger, Dich nicht bei mir zu haben. Ich bemühe mich nicht mehr darum, unser Geheimnis zu wahren, ich habe die Kontrolle über mich verloren. Entweder kommst Du heute Nacht zu mir, oder uns bleibt nichts als meine Verzweiflung und Verlassenheit.

Zuerst fuhr ich zu Titos Haus, sorgsam darauf bedacht, dass niemand mich sah. Ich ging mehrmals daran vorbei, bis die Straße menschenleer war, dann schob ich den Brief unter der Tür hindurch und fuhr davon. In der Kirche bestand Pater Carlos darauf, dass ich die Beichte ablegen müsse. Schon als die Tanten mir den Strauß weißer Blumen in die Hand gedrückt und mir gesagt hatten, er müsse sofort in der Kirche abgeliefert werden, hatte ich vermutet, dass das Thema Beichte zur Sprache kommen würde. Allerdings hatte ich nicht damit gerechnet, dass Pater Carlos so darauf bestehen würde. Er wurde richtiggehend wütend, machte mir eine gewaltige, theatralische Szene, zog meine Frömmigkeit in Zweifel und hielt mir vor, mich nicht genügend um die göttlichen Belange zu kümmern. Ich versuchte verzweifelt, das Gespräch in andere Bahnen zu lenken. Wie er ließ ich meine Worte Kapriolen schlagen, sprudelte sie hastig hervor, um ihm bloß keine Gelegenheit zu bieten, wieder das Wort zu ergreifen. Aber als ich Luft holen musste, hatte er mich und trieb mich in die Enge. Ich musste ihm schwören, nach getaner Arbeit gleich zurückzukommen – und so schwor ich. Was war schlimmer: Einem betrügerischen Pater zu schwören, dass ich wiederkommen würde, und dann den Eid zu brechen, oder in einer falschen Beichte Dinge zu gestehen, die Gott nicht interessierten, und in der Gott wie ich nur benutzt wurde, um die Neugier zweier Klatschbasen zu befriedigen? Darüber grübelte ich nach, während ich meinen zweiten Auftrag erledigte.

Nachdem ich die Blumen bei Dona »Carininha«, wie Maurício sie nannte, abgegeben hatte, blieb ich, um zuzusehen, was sich nun abspielte. Wie sehr liebte ich dieses Ritual, wie sie den Strauß durch den schmalen Türspalt zwängte, um dann nach meinem Verschwinden verstohlen eine einzelne Rose herauszuziehen und sie aufs Dach zu werfen, aber nicht, ohne den übrigen Strauß vorher in die Mülltonne zu befördern. Scheinbar aus ärgster Wut, vielleicht aber auch aus äußerster Erregung am ganzen Leibe zitternd, befreite sie sich von dem kompromittierenden Beweis. Die einzelne Rose sollte wohl ein Zeichen der Hoffnung sein, so wie bei den Blumen, mit denen Yade beworfen wurde.

Ich hielt unterwegs an, dachte lange nach und kehrte dann in die Kirche zurück. Nun war ich bereit, den Pater und meine Tanten zu belügen und hinters Licht zu führen. Mir schien, als lachte Gott mit mir über die Geschichten, die ich erfand, als erheiterten sie Ihn ungemein. Ich schilderte, wie wohlerzogen ich sei, und beklagte, dass ich mich, immer noch Jungfrau, von den Männern verschmäht, von der Welt schlecht behandelt und von meiner Familie abgelehnt fühlte. Letzteres stimmte sogar. Ich schmückte alles bis ins Detail aus, vor allem aber, dass ich das Gefühl hatte, für immer Jungfrau zu bleiben, und trug das Ganze in hochdramatischem Tonfall vor. Pater Carlos beugte sich im Beichtstuhl mitfühlend vor und sagte mit verzückter Stimme:

»Sei nicht traurig, meine Tochter, man darf nicht immer nur nach einer Seite sehen, man muss auch mal um die Ecke lugen.«

Ich bekam einen Lachanfall. Diese Sätze brachten mich um,

diese abgedroschenen Phrasen waren einfach zu komisch, erst recht aus dem Mund eines alten, schmierigen, verlogenen Priesters. Ich wünschte, Gott hätte das wirklich hören können. Als ich zum Abendessen nach Hause fuhr, kam es mir vor, als sei mir tatsächlich eine Last von den Schultern genommen, ich hatte sogar mehr Hunger als sonst. Ich aß gut, obwohl die Tanten kaum ein Wort mit mir wechselten und mir dafür alle möglichen Arbeiten auftrugen. Ich sagte allen gute Nacht, selbst der Grille, die ich sonst immer vergaß.

Als Christin, die mit ihrer Kirche im Reinen war, und als Mensch, der seinen Pflichten Genüge getan hatte, war ich von tiefem Glück erfüllt. Um halb zwölf schlich ich mich aus dem Haus, in der Hand eine Taschenlampe, Ersatzbatterien in der Tasche. Mir war nicht sonderlich wohl in meiner Haut, ich hatte das Gefühl, sobald mich jemand auch nur berührte, würde ich erstarren wie ein Kaninchen vor der Schlange. Anfangs, noch in der Nähe des Hauses, überlief mich ein kalter Schauer nach dem anderen, und ich zuckte zusammen, wenn irgendwo ein Vogel, ebenso erschrocken wie ich, von einem Ast aufflog. Als ich mich umdrehte, sah ich, dass ich die Lichter unseres Hauses weit hinter mir gelassen hatte. Im Schutz der Dunkelheit beruhigte und entspannte ich mich. Das Haus verschwand langsam in der Nacht und schließlich war nur noch eines seiner flackernden Lichter zu sehen. Mir wurde klar, dass ich auf dem Rückweg durch unseren großen Garten wirklich auf die Taschenlampe angewiesen war. Der Weg war weiter, als ich gedacht hatte.

Ich erschrak fürchterlich, als ich plötzlich in der Stille ein lautes Geräusch hörte. In meiner Panik jagte ich den von Antenor freigelegten Weg mit so großen Sätzen entlang wie vielleicht nicht einmal als Kind bei der Ameisenjagd. Wenn die Furcht einem so sehr den Atem nimmt, dass man nicht einmal die Kraft hat, sich die Ohren zuzuhalten und die Gedanken auszublenden, sieht man überall nur Monster und Schreckgestalten. Ich sank zu Boden und weinte wie ein kleines Mädchen leise vor Angst. Als ich mich wieder beruhigt hatte, schaute ich mich um und entdeckte einen weißen Fleck und dahinter eine Kerze. Ich schaltete die Taschenlampe aus und stellte überrascht fest, dass die Panik mich direkt vor den Tempel geführt hatte.

Ich kroch hinter eine Dornenhecke, die ich im Finstern ausmachen konnte, denn ich hörte Stimmen zärtlich miteinander tuscheln. Als ich die Dunkelheit nach Antworten durchforstete, sah ich ein Paar, das sich umarmte. Mir war, als hätte ich sie früher schon einmal gesehen, aber nie zusammen: Maurício und Carina, das Treffen, das nie stattgefunden und um das er immer gefleht hatte, an diesem Nachmittag mehr denn je. Und ich hatte die ganze Zeit geglaubt, er hätte sich nur etwas eingebildet und sie zum Gegenstand seiner wilden Träume gemacht, ohne dass sie das wollte! Sie waren so unterschiedlich und passten vielleicht genau darum zusammen; wenn man sie jedenfalls so sah, waren sie das perfekte Paar. Ich hielt ganz still und beobachtete sie. Maurício nahm sie in die Arme, küsste sie auf den Mund, und sie erwiderte den Kuss sanft und voller Überzeugung, ohne jede Spur von Geiz oder Missachtung. Im Gegenteil, sie war hingebungsvoll, und er war ruhig und glücklich. Als der lange Kuss zu Ende war, nahm er sie an der Hand, und sie gingen verliebt davon. Ich ließ mich wieder auf den Boden sinken. Wartete noch jemand wie ich irgendwo im Dickicht darauf, dass die Luft rein war? Ich rechnete damit, jeden Moment Tito zu entdecken. Gespannt beobachtete ich die überall aufgestellten Kerzen, ob ihr Flackern sein Kommen verriet. Ich dachte, selbst wenn er nicht käme, könnte ich an diesem einladenden Ort sitzen bleiben bis zum ersten Sonnenstrahl und dann in aller Ruhe zurückgehen. Aber wenn ich hier einfach nur still saß, packte mich vielleicht doch die Verzweiflung – und wäre das nicht schlimmer?

Tito musste nun jeden Augenblick da sein; aber was, wenn er nicht kam? Und wenn es gar nicht Tito war? Ich blieb noch lange sitzen, dann kroch ich aus dem Gebüsch, mit müden Knochen und eingeschlafenem Hintern, aber hellwachem Kopf. Langsam ging ich im Schutze des Unterholzes einmal um den Tempel herum, schob jeden einzelnen Ast sorgfältig beiseite und war trotzdem bald von Dornen zerstochen. Ich achtete so sehr darauf, mir nicht noch mehr Verletzungen zuzuziehen, dass ich das Schlammloch nicht sah, das sich geradewegs vor mir auftat. Mit einem Aufschrei stolperte ich hinein und fürchtete, darin zu versinken. Aber es war so flach, dass mein Fuß nass wurde und sonst nur meine Knöchel etwas abbekamen.

»Giza?«

Als ich hörte, wie jemand mich rief, erstarrte ich. Vor lauter Angst konnte ich nicht erkennen, wer es war.

»Giza?«

Es war Tito.

»Wie gut, dass du da bist! Ich dachte, ich würde diesen Ort in dieser verdammten Dunkelheit niemals finden! Ich bin völlig verdreckt, dieser ekelhafte Schlamm und der Gestank, und die Dornen haben mir den Rest gegeben ...«

Ich konnte nicht aufhören zu jammern, ich war völlig hysterisch. Tito packte mich und brachte mich auf die beste Art zum Schweigen, wie man eine Frau zum Schweigen bringen kann: Er schob seine Zunge mitten in meine Worte hinein, füllte meinen Mund mit den köstlichsten Empfindungen und löschte alles andere aus. An alles, was danach geschah, erinnere ich mich hingegen genau, daran, wie die Luft roch und sich anfühlte. Die Nacht kann blendend hell sein wie der Tag.

Wir lagen auf dem Boden des Tempels einer Glaubensgemeinschaft, die Sex – sofern er mit Liebe und Hingabe ausgeübt wird – nicht nur duldete, sondern vielmehr als Möglichkeit ansah, den anderen in seiner ganzen Großzügigkeit kennenzulernen. Beim ersten Sonnenstrahl fragte ich Tito, wie er es geschafft hatte, die Nachricht in mein Zimmer zu schmuggeln.

»Das erzähle ich dir später, Giza, lass uns erst mal gehen.«

Später, auf dem Weg zurück zum Haus, fragte ich ihn noch einmal, und Tito sagte, er wolle die Person schützen, die ihm den Gefallen getan hatte.

Wir schlichen uns so leise wie möglich ans Haus heran, dann küsste mich Tito zum Abschied vor der Hintertür. Ich trat ein – und stand plötzlich vor Antônio und Odézia, die sich in der Küche in den Armen lagen. Sie fuhren auseinander, und Odézia blickte mich erst beschämt und dann vorwurfsvoll an.

»Wo bist du gewesen, Giza?«

»Nein, nein, Dedé, versuch nicht abzulenken, ich habe gesehen, was ich gesehen habe. Wann werdet ihr heiraten? Es ist höchste Zeit! Antônio, Sie müssen um die Hand dieser Frau anhalten, und Sie wissen doch, wie man das macht, oder? Sie suchen ihre Familie auf – in diesem Fall sind das wir – und bitten endlich darum, sie heiraten zu dürfen, was meinen Sie?«

Antônio nickte, und Dedé, der das Ganze schrecklich peinlich war, stimmte mir schließlich mit einem scheuen Lächeln zu. Dadurch, dass ich sie auf frischer Tat ertappt hatte, war mein eigenes fragwürdiges Verhalten vergessen.

Odézia und Antônio waren verliebt, das war nicht zu übersehen.

Wenige Tage darauf verlobten sie sich offiziell, und anderthalb Monate später heirateten sie. Odézia trug ein himmelblaues Kleid, das ich ihr zum Geburtstag geschenkt hatte, und Antônio war so glücklich, dass er unablässig lächelte; es war ihm völlig egal, dass ihm der ein oder andere Zahn fehlte. Zur Feier, die in unserem Garten stattfand, waren nur einige Freunde des Brautpaars und meine Tanten eingeladen. Das frischgebackene Ehepaar würde bei uns wohnen, in Odézias altem Zimmer, bis sie sich ein Haus gebaut hatten. Ich fand ihre Pläne ein wenig peinlich, für das Traditionelle, Beständige hatte ich noch nie einen Sinn gehabt. Tito war auch da. Er suchte ständig meinen Blick, aber immer war mindestens eine meiner Tanten an seiner Seite. Sie überwachten ihn auf Schritt und Tritt, umkreisten ihn wie die Geier und standen selbst dann abwechselnd Wache, wenn er auf Toilette ging. Aber wir hatten unseren Treffpunkt. Tito ließ mir auf geheimnisvolle Weise immer wieder Nachrichten zukommen, wie er das machte, war mir egal, solange die Nachrichten nur ankamen. Der Inhalt der Briefe wurde immer gewagter, der Stil immer ausladender.

Wo Rokoko ist, ist auch Romantik. Die wohlüberlegten, gedrechselten Worte, die sorgfältig geschwungene Handschrift und Titos glänzende Augen bewiesen mir, dass ich ihm immer mehr bedeutete.

Im Schnaps liegt Wahrheit

Titos Nachrichten kamen in immer kürzeren Abständen. Zuerst war es eine pro Woche, dann wurden es zwei, drei und so weiter, bis ich schließlich täglich einen Brief erhielt.

Wann immer mir der Sinn danach stand, nutzte ich den Pfad, um meine Freunde in Vila Morena zu besuchen. Ich ließ meine Arbeit liegen, und wenn ich mich beeilte, war ich nach einer Viertelstunde da. Manchmal leistete Antenor mir Gesellschaft, der noch immer mit der Rodung des letzten Abschnitts beschäftigt war.

Als ich einmal im Morgengrauen von einem Treffen mit Tito zurückkam, wartete jemand vor dem Haus auf mich. Es war Dedé. Sie war wütend, weil Tito bei mir war.

»Geh, Tito, wir reden später. Lass uns dafür sorgen, dass ›sie‹ dich nicht sieht, das wäre nicht gut.«

»Darauf nehme ich keine Rücksicht mehr. Wir sind erwachsen und sollten uns bald in aller Öffentlichkeit zusammen sehen lassen. Es ist doch albern, dass wir uns immer nur heimlich treffen.«

»Komm sofort rein, Giza, oder ich wecke deine Tanten. Du bringst mich in eine sehr heikle Lage. Was soll ich denn jetzt machen? Senhor Tito, gehen Sie nach Hause und lassen Sie das Mädchen in Frieden. In dieser Stadt dulden wir ein solches Benehmen nicht. Was soll aus Giza werden, wenn Sie von hier verschwinden? Haben Sie schon mal darüber nachgedacht? Wissen Sie, dass sie für ihr Verhalten von allen verdammt werden wird? Sind Ihnen die anderen Frauen nicht genug?«

Odézia war so aufgebracht, dass sich beim Sprechen in ihren Mundwinkeln Speichelbläschen bildeten. Tito senkte den Kopf, und ich ging ins Haus, hinauf in mein Zimmer, aber nicht ohne mich zuvor von ihm mit einem Kuss auf den Mund zu verabschieden. Dedé war fassungslos.

Die Wochen vergingen, und Odézia zuliebe trafen Tito und ich uns seltener, doch dafür waren unsere Begegnungen umso leidenschaftlicher. In jeder seiner Nachrichten schrieb er mir, wie sehr er mich vermisste. Eines Tages, als ich mich auszog, ohne mich vor Odézia zu verstecken, stellte ich bei einem Blick in den Spiegel fest, dass meine Taille verschwunden war, meine Hüften breiter und meine Brüste schwerer geworden waren. Odézia, die eben noch das Zimmer geputzt hatte, sank bleich und zitternd auf mein Bett.

»Giza, Kind, du bist schwanger!«

Odézia verbarg ihr Gesicht in den Händen, und ich dachte, dass sie recht haben musste: Mein Körper hatte sich verändert, das war unschwer zu leugnen. Odézia drängte mich, es den Tanten zu erzählen, meinte, diese könnten Tito dazu bringen, die Verantwortung zu übernehmen, die er bisher hatte vermissen lassen, und warnte mich ein ums andere Mal, dass er sich verdrücken werde, wenn ich es ihm erzählte. Am meisten machte ihr aber zu schaffen, dass ich den Namen meiner Familie beschmutzte. Doch das ließ mich völlig kalt, denn in meinem Fall war »Familie« gleichbedeutend mit Ablehnung und Verrat.

Antônio hatte seine Schüchternheit abgelegt, aber nicht den Respekt uns gegenüber, und erwies sich als netter, häufig auch lustiger Mensch. Er verstand sich bestens mit Antenor, sie unterhielten sich oft und so laut, dass mir davon die Ohren dröhnten. Gerade eben lachten sie draußen wieder über irgendetwas, aber das konnte mich nicht über mein Erschrecken hinwegtäuschen, dass ich ein fremdes Wesen in meinem Inneren beherbergte. Ich hatte nie an Wunder geglaubt, und so hatte ich das Gefühl, dass diese Schwangerschaft gar nicht mich betraf. Ich musste sehen, um zu glauben, und bis es so weit war, würde ich noch eine ganze Weile warten müssen. Alles in mir sträubte sich gegen diese neue Erfahrung.

Ich hielt Tito nicht für den Typ Mann, der sich allein aufgrund der gegebenen Umstände verpflichtet fühlen würde, mit mir zusammenzuleben. Vielleicht hätten andere Frauen die Situation ausgenutzt, aber ich wollte so lange wie möglich eine ganz normale Beziehung führen, die sich ohne Druck entwickeln sollte – oder eben nicht.

Als ich am nächsten Morgen nach dem Frühstück auf mein Zimmer ging, fand ich auf meinem Schreibtisch eine Nachricht von Tito. Ich dachte darüber nach, mich nicht mit ihm zu treffen, denn wie sollte ich mich ihm gegenüber verhalten? Ich würde ihn nicht anlügen, ihm gegenüber konnte und wollte ich nicht unehrlich sein. Ich entschied mich also, nicht hinzugehen. In den nächsten Tagen schickte er mir immer wieder Nachrichten, fragte, warum ich nicht gekommen war, was denn los sei. Er schrieb mir, dass er mit mir reden wolle, reden müsse, aber ich antwortete ihm nicht und ging zu keinem Treffen.

Schließlich berichtete Odézia meinen Tanten von meinem Drama. Ich erinnere mich noch genau, dass ich an dem Tag ein langes, weites hellgelbes Kleid trug, das Florinda mir Jahre zuvor geschenkt hatte und das ich sehr liebte.

»Zieh sofort mein Kleid aus! Du hast kein Recht mehr, es zu tragen, du hast überhaupt kein Recht mehr auf irgendetwas, du solltest gar nicht existieren. Du bist nur auf der Welt, um uns das Leben schwerzumachen, du bist eine Strafe für uns, und mein Leben hast du ruiniert!«

»Sei still, Florinda, beruhige dich. Und wenn dir das nicht gelingt, gehst du auf dein Zimmer und kommst erst wieder runter, wenn du dich abgeregt hast«, sagte Tante Margarida leise und beherrscht und sah ihrer Schwester tief in die Augen, hielt ihren Blick fest, um sie wieder zur Vernunft zu bringen.

»Du hast mir alle Menschen genommen, die ich geliebt habe! Du bist verflucht, jawohl, verflucht! Du hast kein Recht, hast es nie gehabt, dir die Dinge zu nehmen, die mir gehören. Du hattest kein Recht dazu.«

Sie schrie weiter, schreckliche Dinge, die mir weh taten und tief in mir widerhallten. Ich dachte, dass sie mir vielleicht mehr sagen würde, als ich bereit war zu hören, und hoffte zugleich, dass mir einer ihrer abgerissenen, aufgebrachten Sätze verraten würde, woher ihr Hass auf mich kam. Endlich würde sie mir sagen, wer ich war; das Kind meiner Großmutter mit einem anderen Mann oder gar eine Tochter von Odézia.

»Geh auf dein Zimmer, Florinda!«, schnitt ihr Tante Margarida das Wort ab. »Sofort! Ich befehle es dir!«

Ich hatte nicht gewusst, dass Tante Margarida zu einem solchen Ton fähig war. Odézia nahm Florinda beim Arm, führte sie behutsam in ihr Zimmer und schloss die Tür. Trotzdem war ihr langgezogenes, verzweifeltes Schluchzen bis zu uns hinunter zu hören.

»Was willst du jetzt mit dieser Schwangerschaft anfangen? Du wirst das Kind ja wohl nicht bekommen wollen, oder? Dieser Mann wird sich nicht zu dir bekennen. Er hat es bisher nicht getan, und er wird es auch in Zukunft nicht tun. Niemals! Du bist nicht gut genug für ihn, er kommt aus einer guten Familie, vornehmen Kreisen, und wird seine Stellung nicht für das erstbeste Mädchen aufgeben.«

»Wie kommst du darauf, dass er sich nicht zu mir bekennen wird?«

»Weil er es nicht tun wird. Du bist Titos nicht würdig. Er ist ein eleganter Mann, ein anerkannter Arzt, ein Mann aus der Großstadt. Er wird sich nicht für den Rest seines Lebens mit dir herumschlagen und über Rosenbüsche und Mondschein reden wollen. Hab ein Einsehen, Adalgiza.«

Ich sank zu Boden und brach in Tränen aus. Meine Tante stutzte, blickte aber keineswegs freundlicher drein und gab sich keine Mühe, ihre Verachtung für mich und meine Lage zu verhehlen. Im Gegensatz zu ihr hatte ich keine Ahnung, was ich tun sollte, ich weinte nicht ihretwegen, ich war Verachtung gewohnt. Aber ich ertrug die schreckliche Vorstellung nicht, dass das Kind weniger zählte als die Lage, in der ich mich befand. Ich konnte das eine sehr wohl vom anderen unterscheiden und würde nicht zulassen, dass sie mich das Kind nicht austragen ließen. Wenn es nach mir ging, würde dieses Kind leben, ich würde nichts gegen es unternehmen.

Auf keinen Fall wollte ich Titos Reaktion erleben, noch aufgrund der Situation eine Beziehung mit ihm eingehen oder einsehen müssen, dass sich meine schlimmsten Befürchtungen bewahrheiteten: Wie Tante Margarida hegte nämlich auch ich den Verdacht, dass er vielleicht niemals mit mir zusammenleben wollte. Alles Diskutieren blieb fruchtlos, ermattet ging ich auf mein Zimmer. Das Licht war aus, im ganzen Haus herrschte Stille. Ich vermutete aber, dass trotzdem noch alle hellwach waren. Als ich mein Zimmer betrat, stand auf der Kommode ein mit Orangenblütenhonig gesüßter Limettensaft. Ich bekam Lust darauf, es war so lange her, dass ich Limetten gerochen hatte. Aber als ich das Glas in die Hand nahm und den Saft aus der Nähe roch, wurde mir so entsetzlich übel, dass ich mich hastig an der Wand entlang bis ins Bad tastete und dort übergab. Ich hatte das Gefühl, diese Übelkeit würde nie vergehen, mir war, als würde mein Innerstes nach außen gekehrt. Nachdem ich alles von mir gegeben hatte, selbst die Erinnerung daran, dass ich einmal Limettensaft gemocht hatte, zog es mich hinaus, in den Teil des Gartens, in dem ich meine Kindheit unbesehen zurückgelassen hatte.

Der Mond schien so hell, dass ich meine Taschenlampe gar nicht brauchte. Ich ging zu den uralten Bahianerinnen, den Mangobäumen mit ihren bauschigen Röcken und den fleischigen Früchten, und dachte unwillkürlich, dass ich ihnen bald ähnlich sehen würde. Ich streckte mich unter ihnen aus und wünschte mir, auf dem Boden zergehen zu können, von der Erde verschlungen zu werden. Von ihnen könnte ich lernen, wie man sich auf sanfte Art fortpflanzte, wie man Mutter war wie sie, wie einfach es war, alle Geschöpfe zu akzeptieren, auch das Leben, das in einem entstand.

Ein Leben, das ursprünglich einfach so ausgespien wurde! Lebensspendende Flüssigkeit, verschleudert vom Mann – mehr brauchte es nicht, um etwas zu erschaffen, das meinen Leib anschwellen ließ und mich zutiefst verunsicherte. Aber dieses Leben hatte nun einmal mich als Gefäß ausersehen, das musste ich akzeptieren. Ich, die ich nie etwas hatte akzeptieren können und selbst nie akzeptiert worden war. Das war schwieriger, als ich gedacht hatte, und ich sträubte mich heftig dagegen.

»Was hat denn das Todesmädchen?«

Ich war so mit meinen Sorgen beschäftigt, dass ich den Betrunkenen gar nicht bemerkt hatte, der an den Stamm eines Mangobaums gelehnt auf dem Boden saß, den Mund verschmiert vom Fruchtsaft, umschwirrt von Fliegen, die ihn liebten.

»Was wollen Sie? Verwechseln Sie mich schon wieder?«

»Ich verwechsele dich nicht, Mädchen. Du bist das Todesmädchen.«

»Ich hasse diesen Namen. Die anderen Kinder haben ihn hinter mir hergerufen, als ich klein war. Sind wir etwa zusammen zur Schule gegangen? Nein, Sie sind doch viel älter als ich.«

»Wie geht es dir? Manchmal sieht es so aus, als würde der Tod sterben, nicht wahr? Als könnte er das Leben nicht ertragen.«

»Es geht mir furchtbar schlecht. Wenn ich jetzt tatsächlich sterben würde, wäre das eine Erlösung.«

»Meine Güte, wahrscheinlich ist es wirklich schwer, die Tochter des Todes zu sein. Wie willst du denn deine Mutter davon überzeugen, dass du gehen willst? Sie wird ihre eigene Tochter nicht holen.«

»Hören Sie mal, könnten Sie mich bitte allein lassen? Es geht mir nicht gut. Ich muss nachdenken, wie ich mein Leben in den Griff bekomme, und mir ist nicht nach einer Unterhaltung mit einer Saufnase zumute, die nur wirres Zeug redet.«

»Wenn es jemandem wie dir schlechtgeht, muss es aber wirklich ein ernsthaftes Problem sein.«

Es schien ihm zu dämmern, dass ich nicht zum Scherzen aufgelegt war.

»Willst du es mir erzählen?«

»Nein, es ist ein Problem, das nur ich alleine lösen kann.«

»Dann ist es wohl ein geheimes Problem, sehr problematisch. Ich mag problematische Probleme gerne, sehr gerne. Na los, erzähl schon.«

»Ich weiß nicht, wie, eigentlich habe ich mit Ihnen nichts zu bereden. Sie haben so viel Übersinnliches im Kopf, reden nur mit Toten, verstehen Sie?«

Ich zog ihn auf, aber das merkte er nicht.

»Du bist verliebt, richtig? Oder mehr noch: Du versuchst, eine alte Liebe zurückzugewinnen. Und jetzt hast du Probleme mit ihm, Liebeskummer.«

»Wahrscheinlich machen das die Wahrsager so, wenn sie in

ihren Karten lesen. Ich sitze hier mit verweintem Gesicht, also bin ich hergekommen, um ein Problem zu lösen. Und was ist in meinem Alter das größte Problem? ›Die Kerle‹, wie Juliana sagen würde. Das mag so sein, aber bei mir liegen Sie falsch.«

»Was kann einem Mädchen wie dir denn sonst fehlen?«

»Mir fehlt nichts, Sie nichtsnutziger Trunkenbold. Sie sind doch derjenige, dem alles fehlt. Sie kennen nicht mal Ihren eigenen Namen und wissen eher, was Sie getrunken haben, als welcher Wochentag heute ist. Sie verstehen die Welt seit Jahren nicht mehr, ich habe Sie betrunken kennengelernt und Sie nie erlebt, ohne dass Ihnen der Fusel aus allen Poren troff. Sie sind nicht mehr als ein halbgefülltes Schnapsregal, und von Ihrem Gestank wird mir übel. Lassen Sie mich einfach in Ruhe.«

So, wie ich ihn beleidigte, hatte ich damit gerechnet, dass er ging, doch seine Reaktion überraschte mich. Er breitete die Arme aus und sagte:

»Ich bin bereit, der Tod kann kommen. Ich warte schon lange auf ihn.«

Ein paar Minuten lang saß er schweigend da, mit geschlossenen Augen, dann lachte er auf und sagte:

»Du wirst mich nicht umbringen, was? Das liegt bestimmt an deinem ach so großen Problem, das dich deiner Kräfte beraubt hat. Jetzt weiß ich, was es ist.«

Er kam auf mich zu. An einem Fuß trug er einen Stiefel, der andere war nackt und wund, er torkelte wie ein kopfloses Huhn. Er hielt mir seine schmutzige Hand unter die Nase, zog sich mit der anderen die Hose hoch, und als ich seinen grauenhaften Gestank wahrnahm, der sich mit dem Duft der überreifen Mango und einem Geruch wie von menschlichen Fäkalien und ungewaschenem Fuß mischte, wurde mir ganz flau, und ich übergab mich auf seinen Stiefel. Der Säufer lachte schallend.

»Zu etwas bin ich ja doch noch gut, wenigstens schaffe ich es, dass den Leuten übel wird. Weißt du, was das bedeutet? Du bist schwanger. Na, so was, wie kann denn der Tod Leben schenken? Kann sich die Geschichte wiederholen?«

»Sie reden wieder wirres Zeug. Halten Sie um Gottes willen den Mund.«

Ich hockte mich weiter weg von ihm und lehnte mich an einen Baumstamm. Nach ein paar Minuten kam er zu mir hinüber.

»Weißt du, von wem es ist?«

Ich sah ihn böse an, fassungslos über seine Frage.

»Entschuldige, aber du siehst aus, als hättest du alle möglichen Kerle von deiner Pflaume naschen lassen.«

Pflaume? O mein Gott.

»Hören Sie mal, ich weiß ja, dass Sie vom Tod besessen und absolut irre sind, aber ich werde Ihnen nichts über mein Leben erzählen. Sie gehen zu weit! Sie sind wirklich unverschämt.«

»Aber genau deshalb solltest du mir alles erzählen. Wenn ich es dann weitertratsche, weiß niemand, von wem ich spreche. Was soll ich denn erzählen – dass der Tod schwanger ist? Wer würde das glauben oder einer solchen Geschichte nachforschen? Mir kannst du vertrauen. Bei mir sind Geheimnisse gut aufgehoben, eben weil mich niemand ernst nimmt, falls ich mich mal verplappern sollte.«

Womit er natürlich recht hatte.

»Von wem bist du schwanger?«

»Von einem Mann.«

»Ach, und ich dachte, von einem Jaguarweibchen! Wirst du es mir nun erzählen oder nicht? Du hast selbst gesagt, dass niemand einem verwirrten Säufer glaubt!«

»Tut mir leid, das kann ich Ihnen nicht erzählen, mir ist nicht wohl dabei.«

»Du bist ganz schön störrisch, was? Sei bloß nicht so stur,

Mädchen. Du bist wirklich wie für deine Aufgabe geschaffen. Zum Töten.«

Er kam auf mich zu, als wollte er mich mit seinem Gestank erpressen, ihm mein Geheimnis zu verraten.

»Na gut, na gut, aber ich will dieses dumme Gerede vom Tod nicht mehr hören. Schwören Sie mir, dass Sie kein Wort mehr darüber verlieren werden.«

»Und wenn ich schwöre?«

»Verspreche ich, Ihnen alles zu erzählen.«

»Nun gut. Ich bin ganz Ohr.«

Er ließ sich vor mir auf den Boden plumpsen, schob sich ein paar trockene Blätter zurecht, zog unter seinem Hinterteil eine zerquetschte Mango hervor und schlug seine spitzen Eckzähne hinein. Während er an ihr nagte, sah er mich unentwegt an.

»Ich weiß nicht, ob ich mich konzentrieren kann, wenn Sie so vor mir sitzen und die Mango gierig in sich hineinschlingen. Mir wird schon wieder schlecht.«

»Also ist es wahr, dass du schwanger bist?«

»Das habe ich doch schon gesagt, ich meine, das hatten Sie doch schon erraten, oder haben Sie das schon wieder vergessen?«

»Ach so, stimmt ja. Weißt du, ich dachte, das ginge gar nicht.«

»Wieso?«

»Nun ja, immerhin bist du der Tod, wie kannst du da Leben erschaffen?«

»Wir hatten doch ausgemacht, dass Sie das nicht mehr sagen, nicht wahr?«

»Ave Maria, so sei es. Man klingt ja idiotisch, wenn man immer wieder dasselbe sagt.«

»Ich bin schwanger. Und ich glaube, dass er gar nicht erfreut sein wird, das zu hören, und dass er mich sitzenlässt.«

»Das glaube ich auch.«

»Was? Sie wissen doch gar nicht, von wem ich rede.«

»Von Tito.«

Ich erschrak fürchterlich.

»Woher wissen Sie das?«

»Ich weiß vieles, meine Liebe. Ich weiß, dass ihr euch neulich auf dem Friedhof getroffen habt, ich weiß, wie ihr euch angesehen habt, ich stand ganz in der Nähe. Du denkst wohl, ich bin eine Pflanze, was? Die Leute halten mich für tot, sie glauben, dass ich nicht mehr existierte, dass ich schon so lange saufe, dass ich nichts mehr mitkriege. Glaubt ihr, als Säufer ist man völlig benebelt? Was mich betrifft, sind Gott sei Dank nur meine Schmerzen betäubt, den Schweinkram bekomme ich noch mit.«

Er lachte dröhnend.

»Und was glauben Sie?«

»Ich glaube, er kann dich nicht heiraten und auch nicht mit dir zusammenbleiben. Andererseits ist er Arzt, wahrscheinlich glaubt er nicht alles, was die Leute sagen, und auch nicht an jede Legende.«

»Was Sie sagen, ergibt für mich keinen Sinn. Sie reden nur wirres Zeug.«

»Ich rede von dir, Schätzchen. Die Leute glauben, dass du das Kind bist, das Yades Tochter auf dem Arm trug.«

»Sie sind ja verrückt!«

»Nein, bin ich nicht. Ich bin ein Säufer, aber verrückt bin ich nicht.«

»Hatte sie nicht einen Jungen? Das haben Sie selbst neulich gesagt!«

»Du warst das Kind, vor ein paar Tagen ist es mir erst wieder eingefallen, dass es kein Junge war. Außerdem habe ich mich umgehört. Die Klatschbasen haben es mir erzählt, weil sie dachten, ich könne schweigen. Deine Mutter hat dich hergebracht, damit du deinen Vater kennenlernst, den Mann, den du Großvater nennst. Crispiniano. Als seine Frau, deine Großmutter, erfuhr, dass deine Mutter es geschafft hatte, in die Stadt zu gelangen – deine Großmutter hatte nämlich einige Monate zuvor den Weg nach Vila Morena sperren lassen –, als sie also von dem Kind erfuhr, trommelte sie die anderen Frauen zusammen, und alle fielen über deine Mutter her. Eine nahm das Neugeborene, wickelte es in ihre Bluse und trug es weg. Dann passierte irgendwie alles auf einmal, die Seuche, alles, alles. Hunderte Menschen starben, niemand weiß genau, wie viele. Jetzt wird unsere Stadt ›Geisterstadt‹ und ›Stadt des bösen Omens‹ genannt, und das alles wegen deiner Mutter. Du bist hier aufgewachsen, und jedermann hat dich gehasst und für das Unglück verantwortlich gemacht. Aber niemand durfte dich anrühren, verfluchen oder dir sonst irgendwie Böses tun. Du warst ein Schützling des Todes.«

Die Dinge, die der Säufer mir erzählte, erschienen mir klar und vollkommen logisch. Jetzt verstand ich auf einmal, warum ich all die Jahre so unglücklich gewesen war. Meine einsame Kindheit, die wenigen, treulosen Freunde, die jeden engeren Kontakt mieden, die Männer, die mich nur ansahen, um über mich zu tuscheln: Das alles ergab nun einen Sinn.

»Die ganze Stadt hat geduldet, dass du am Leben bliebst und groß wurdest, weil deine Mutter klug genug war, eine Drohung auszusprechen. Kurz bevor sie starb, flüsterte sie einer der Frauen zu, dass die Stadt in Leid und Tod versinken würde, sollte dir etwas zustoßen und solltest du das gleiche Schicksal erleiden wie sie. Nach ihrem Tod erhielten wir eine Nachricht von Yade. Und dann brach die Seuche aus. Unzählige Menschen verloren Eltern, Großeltern und Geschwister. Meine Eltern starben, Titos Eltern starben. Und deine Großeltern, oder besser gesagt, Vater und Mutter deiner Schwestern.«

»Meine Großeltern? Meine Schwestern? Nein, das kann nicht

sein. Meine Großeltern sind zu verschiedenen Zeiten gestorben. Mein Großvater hatte einen Herzinfarkt, glaube ich, nachdem ein Freund von ihm gestorben war. Und meine Großmutter starb einige Monate später aus Trauer und Sehnsucht!«

»Das ist eine weitere Legende, meine Liebe. Ein Märchen, das man dir erzählt hat, um dich vor der Wahrheit zu schützen.«

»Und ich bin mein Leben lang deshalb von allen gemieden worden?«

»Was hätten wir anderes tun sollen? Schließlich konnten wir dich nicht umarmen, aber auch nicht prügeln oder gar töten.«

»Und Sie glauben das alles, an den Fluch?«

»Nun, nachdem du mich nicht getötet hast, obwohl ich dich so oft gequält habe, fange ich langsam an zu glauben, dass das alles nicht ganz stimmen kann. Vielleicht hat die Seuche mit der Zeit ihre Macht verloren.«

»Und Yade ist meine Großmutter?«

»Mehr oder weniger. Sie ist ein Wesen, keine normale Frau. Die Frau, die gestorben ist, deine Mutter, die war aus Fleisch und Blut, obwohl sie so unfassbar schön war wie eine wirkliche Göttin. Die Frauen hassten sie, weil sie nicht einmal einen Hauch ihrer Schönheit besaßen.«

»Wie konnte Tito all das beiseiteschieben? Wie konnte er die ganzen letzten Monate mit mir zusammen sein, wenn er diese Geschichten glaubt? Er kann sie nicht glauben, sonst könnte er mich nicht einmal küssen.«

Der Säufer lachte spöttisch auf.

»Ich bin nicht die Tochter dieser Frau. Wie kann ich beweisen, dass nichts von dem wahr ist, was diese Stadt behauptet? Warum bin ich nicht gleich weggegangen, weit weg von hier, bevor diese ganzen Geschichten mich verwirrten? Wenn ich mutig wäre, wäre ich schon vor langer Zeit fortgelaufen.«

»Du wurdest nie dazu erzogen, dich zu widersetzen, deine

Tanten haben dir allen Mut ausgetrieben. Und sie, die Heuchlerin, die ach so brave Ehefrau, hat dich zerstört, sie ist zu allem fähig.«

»Meinen Sie meine Tante Margarida?«

»Ja, deine geliebte Tante. Ich kann ihren Namen nicht aussprechen, ich brauche was zu trinken.«

»Bitte, hören Sie auf damit.«

»Was glaubst du, warum ich so viel trinke?«

»Ich dachte, das läge an der Tragödie, der Seuche. Das haben Sie mir jedenfalls bei unserem Gespräch auf dem Friedhof erzählt.«

»Das ist es auch, aber das Schlimmste, was mir danach passiert ist, als ich die Seuche gerade verwunden hatte und erwachsen geworden war, das Schlimmste war diese Frau. Sie ist die Seuche, jawohl. Zuerst der Tod meiner ganzen Familie wegen deiner verfluchten Mutter, und dann diese Schlampe.«

Dem Säufer stand vor Wut Schaum vor dem Mund, er heulte: »Sie war mit mir zusammen, wir wollten heiraten, sie war meine Verlobte. Und sie war schwanger!«

»Schwanger?«

»Jawohl, schwanger, schwangerer als du. Wir hatten alles abgesprochen, wir wollten gemeinsam in den Norden gehen. Und dann, von einem Tag auf den anderen, kam sie mit diesem Gerede: dass wir die Hochzeit verschieben müssten, dass es einen anderen Mann gab, der ihr nicht aus dem Kopf ging. Dann hat sie einen reichen Kerl geheiratet, aber der war in Wirklichkeit kein bisschen reich. Das hat er später zugegeben, und das hat ihr einen Schlag versetzt. Ha, manchmal ist Gott eben doch gerecht. Sie hat sich dann bei Vollmond mit mir getroffen, füllte den Armen mit Schlafmittel ab und traf mich an der Straße zum Garten. Zu mir kam sie allerdings erst wieder, nachdem sie herausgefunden hatte, dass er arm war. Sie kommt immer noch, manchmal schickt sie mir eine Nachricht, und ich kann nicht widerstehen, ich gehe zu ihr. Dann versuche ich, nüchtern zu bleiben, ich bade, ziehe meine besten Sachen an. Wenn wir uns dann gesehen haben, sagt sie mir, dass sie für immer bei mir bleiben wird, und später merke ich, dass sie wieder einmal gelogen hat. Sie spielt mit mir, sie benutzt mich. Ich weiß, dass sie es genießt, mich lächerlich zu machen. Das macht ihr Spaß, weil sie durch und durch böse ist.«

»Und das Kind?«

»Welches Kind?«

»Haben Sie nicht gesagt, sie sei schwanger gewesen?«

»Noch dazu hat sie das Kind verloren. Ehrlich gesagt, glaube ich, dass sie es abgetrieben hat. Es ging ihr wie dir, sie hat sich ständig übergeben. Sie kennt sich besser mit Heilkräutern aus als alle alten Weiber dieser Stadt. Sie ist eine verlogene Hexe, die schlimmste von allen. Sie lässt es sich nicht anmerken, aber sie hat immer bloß ans Geld gedacht, und nun haben sie keines mehr.«

»Glauben Sie das wirklich? Meine Tanten haben doch haufenweise Geld.«

»Das bezweifle ich! Sie tun so, als ob, aber euer Garten wirft nicht mehr so viel ab wie früher. Wenn sie wollten, könnten sie einen kleinen Teil davon verkaufen, nur um einen Teil ihrer Schulden zu begleichen, wenn es stimmt, was die Leute sagen. Aber das wollen sie nicht.«

»Schulden?«

»Ja, es heißt, sie hätten viele Schulden.«

»Ich bin ja wirklich völlig ahnungslos durchs Leben gegangen.«

»Jetzt weißt du alles.«

»Fast alles. Mein ganzes Leben lang habe ich versucht herauszufinden, woher ich komme, und jetzt, da ich es weiß, bin ich erleichtert, dass tatsächlich alles wahr ist, was ich über die Stadt und meine Tanten … meine Schwestern dachte.«

Ich dankte dem Säufer und fuhr zu Tito. Vor seiner Haustür traf ich Antônio. Er saß auf der Erde und hämmerte wie besinnungslos an die Tür. Seine Augen waren rot und geschwollen, und er hustete ununterbrochen.

»Was machen Sie denn hier? Geht es Ihnen gut?«

»Ich brauche einen Arzt. Mir ist so seltsam zumute, Dona Giza.«

Erst jetzt sah ich, dass sein Zahnfleisch schwarz verfärbt war.

Dedé kam atemlos die Straße entlanggelaufen. Sie war völlig verzweifelt.

»Tito ist nicht zu Hause, ich habe gerade erfahren, dass er auf dem Friedhof ist und eine Leiche exhumiert.«

»Was ist denn hier los, Dedé?«

Wir machten uns auf die Suche nach Tito. Am Friedhofstor hatten sich fast alle Männer und Frauen der Stadt versammelt und protestierten lauthals dagegen, dass Tito die Leiche seines Vaters ausgrub. Der Pater war bei ihnen, um gemeinsam mit ihnen zu beten, während einige um den Friedhof herumgingen, um über die Mauer zu spähen.

»Sie wollen nicht, dass die Vergangenheit aufgewühlt wird, sie haben Angst, dass sich die Tragödie wiederholt«, sagte Antônio mit schwacher Stimme. »Vielleicht ist es das, was mit mir geschieht: Der Tod ist in diese Stadt zurückgekehrt.«

Die Männer und Frauen musterten mich voller Hass und Furcht. Sie tauschten Blicke untereinander, dann bewegten sie sich auf mich zu, als müsste man nur mich auslöschen, um die nächste Welle von Todesfällen zu verhindern. Ich musste an Salada denken, die Szene stand mir vor Augen, und die Menschenmenge kam immer näher. Während Tito die Vergangenheit ausgrub, traf mich ihr geballter Zorn. Ich fürchtete, am Friedhofstor gelyncht zu werden.

»Ich glaube, wir sollten Doktor Heitor holen. Der Platz vor dem Friedhof ist so voller Menschen, dass es unmöglich ist, zu Tito vorzudringen. Lass uns von hier verschwinden«, sagte Dedé ängstlich und zog mich fort.

Doktor Heitor kam uns an der Ecke entgegen, mit langsamen, schleppenden Schritten, wie eine Schildkröte im Sand. Als er uns heranlaufen sah, blieb er stehen und musterte Antônio.

»Was hat er?«

Wir folgten dem Doktor zurück ins Haus, und als er Antônios Augen sah, war er entsetzt. Er tastete ihn ab und stellte Dutzende Fragen. Die letzte schien mir die vernünftigste zu sein.

»Ich kenne diese Symptome. Hoffentlich irre ich mich, aber diese Augen habe ich schon früher gesehen, sehr oft, genau wie diesen zähflüssigen Speichel, der ihm unablässig aus dem Mund tropft. Was haben Sie in den letzten vierundzwanzig Stunden gegessen und getrunken? Sie müssen sich an alles erinnern, jede Einzelheit ist wichtig. Nun sagen Sie schon!«

»Wir haben zusammen gegessen, und alles, was ich gegessen habe, hat er auch gegessen«, sagte Odézia besorgt.

»Sind Sie sicher, Antônio? Versuchen Sie, sich an alles zu erinnern, auch Wasser ist wichtig. Vielleicht haben Sie woanders als sonst etwas getrunken, aus einem Brunnen im Wald? Vielleicht haben Sie bei einem Freund zu Hause ein Steak gegessen oder einen Keks, den Ihnen jemand auf der Straße angeboten hat? Rufen Sie sich jeden einzelnen Moment des Tages ins Gedächtnis.«

Doktor Heitor versuchte, den sterbenden Antônio zu erreichen, doch der entglitt ihm, schien kaum noch etwas zu hören.

»Er hat Kürbis mit Fleisch gegessen, dazu Reis, schwarze Bohnen und geröstetes Maniokmehl. Das war das Mittagessen. Zum

Abendessen gab es Reis, schwarze Bohnen und ein Ei, das isst er besonders gern, aber dieses Ei hat gut gerochen, es war auf keinen Fall schlecht, er liebt Reis mit schwarzen Bohnen und Ei.«

Odézia weinte, als spürte sie die Schmerzen des vor ihr ausgestreckten Körpers am eigenen Leibe.

»Der Saft«, fiel mir plötzlich ein. »Er trinkt immer den Saft, das ist es. Antônio, Sie haben den Saft getrunken, der in meinem Zimmer stand, nicht wahr?«

»Das kann nicht sein, Giza. Er betritt dein Zimmer nur, um dort etwas hinzubringen oder zu reparieren. Beschuldige ihn nicht.«

»Erzähl mir von diesem Saft, Giza«, sagte Doktor Heitor interessiert.

»Meine Tanten stellen ihn mir immer auf die Kommode. Ich glaube, dass sie mir manchmal etwas hineinmischen, damit ich schnell und gut einschlafe. Odézia hat das auch schon vermutet, denn ich falle sofort in einen ohnmachtähnlichen Schlaf, und am nächsten Tag brauche ich lange, bis ich ganz wach bin. Es ist ein mit Orangenblütenhonig gesüßter Saft aus Orangen und Limetten. Gestern Abend stand ein volles Glas auf meiner Kommode, und als ich heute Morgen vom Frühstück zurückkam, war es leer. Ich habe den Saft nicht getrunken. Und wenn ich es nicht war und du auch nicht, Dedé, wer kann es dann gewesen sein? Mir ist das schon öfter aufgefallen. Einmal habe ich zwei Tage hintereinander geschlafen, danach habe ich diesen Saft nicht mehr angerührt.«

»Nein, du irrst dich, Giza, er geht nicht einfach in anderer Leute Zimmer.« Odézia blieb hartnäckig.

»Du glaubst, deine Tanten tun dir Schlafmittel in deinen Saft, Giza?«

»Ich glaube das auch«, sagte Odézia mit fester Stimme, bevor ich antworten konnte. Endlich stand sie zu mir.

»Mag sein, aber das hier sieht mir nicht nach einem Schlafmittel aus.«

»Und was glauben Sie dann, was es ist?«, fragte ich.

»Ich habe schon viele solcher Fälle gesehen. Ich will euch nicht beunruhigen und teile euch meinen Verdacht nur mit, damit ihr versucht, euch rasch zu erinnern: Antônio wurde vergiftet. Und zwar mit einem Gift, das nicht nur schaden, sondern töten soll. Ein starkes, heimtückisches, zuverlässig wirkendes Gift.«

»O mein Gott, das darf nicht sein! Nicht Antônio, o Gott, bitte nicht!«, rief Odézia völlig außer sich.

Sie warf sich über Antônio, der mühsam durch den Mund atmete, und flüsterte ihm sinnlose Worte ins Ohr, als wollte sie ihn einfangen, aus dem Abgrund erretten, in den er gestürzt war. Sie nahm seinen Kopf zwischen ihre Hände und sah ihn beschwörend an. Aber sein Atem ging immer stockender, sein Körper wurde starr. Wir versuchten, Odézia zur Vernunft zu bringen, hielten sie fest, doch sie schlug um sich, bis der Arzt ihr mit lauter Stimme befahl, sich zusammenzureißen. »Wenn Sie schreien und sich neben ihm auf den Boden werfen, bringt ihn das nicht ins Leben zurück. Sie müssen sich erinnern und uns helfen zu verstehen, was mit ihm los ist. Kommen Sie zu sich!«

»Ich wette, das waren die beiden! Ich weiß nur nicht, was Antônio in deinem Zimmer zu suchen hatte. Aber jetzt, wo in der Familie alles drunter und drüber geht …«

»Drunter und drüber? Wovon redet ihr?«

»Das können wir Ihnen nicht erzählen, es geht um Leben und Tod.«

»Das ist mir wohl bewusst. Dieser Mann hier, zum Beispiel, ist dem Tod näher als dem Leben. Wenn ihr mir nicht gleich erzählt, was los ist, werde ich ihm kaum helfen können.«

Der Arzt bedrängte uns, und das völlig zu Recht. Odézia platzte heraus:

»Giza ist schwanger.«

»Giza?«

Der Arzt sah mir erst ins Gesicht, dann glitt sein Blick hinunter zu meinem Bauch, auf der Suche nach sichtbaren Anzeichen. Er schien es nicht glauben zu können.

»Ja, und Florinda und Margarida hassen sie dafür. Florindas Hass kennt keine Grenzen. Sie erträgt es nicht, dass Giza schwanger ist, weil sie es selbst gern wäre. Ich war immer bei Florinda, wenn sie untröstlich war, und sie findet keinen Augenblick lang mehr Frieden. Sie ist voller Zorn auf Gott und auf das Leben.«

»Aber sie wäre nie zu so etwas fähig!«

Der Arzt hielt mitten in der Untersuchung inne, vielleicht weil er sich an andere, vergleichbare Fälle erinnerte.

»Sie wissen es doch, nicht wahr?«

»Wovon reden Sie?«

»Sie wissen, wozu die beiden um der Ehre willen, aus Zorn, für die verlogene Moral fähig wären ...«

Antônios Stöhnen wurde lauter und lauter, immer mehr Speichel troff ihm aus dem Mund. Odézia stieß einen Klagelaut aus. Antônio öffnete die Augen und sah sie an. Der Arzt maß seinen Puls und stellte fest, dass das Herz so schnell raste, dass es die Brust zu sprengen drohte. Antônio stammelte ein paar unverständliche Worte, die nur Odézia hörte, und verdrehte die Augen, als tauche er in eine andere Welt. Er machte den Hals lang und bog ihn nach hinten, sein Körper streckte sich, kerzengerade, umgekehrt wie bei einem Fötus. Dann wurden seine Glieder schlaff, und er war endlich still, seine Beine zuckten nicht mehr, die Muskeln entspannten sich. Seine Halsadern hörten allmählich auf zu pulsieren, und noch langsamer stockte das

Blut und mit ihm die Verzweiflung des Todeskampfes. Es war, als blickte man auf den abgetrennten Schwanz einer Eidechse, eine Maschine, die nach und nach zum Stehen kam.

Seine kurzen Hosen waren an den Leisten hochgerutscht. Ich wandte meine Augen ab, aus Respekt vor ihm, der sich nicht mehr bedecken konnte. Dann zupfte ich ihm die Hose zurecht, um ihn vor meinen und anderen Blicken zu schützen. Wir schlossen seine starren Augen, nachdem Doktor Heitor den Tod festgestellt hatte. Odézia war nicht ansprechbar.

Während ich Dedé betrachtete, dachte ich: Wie viele scheinbar lebende Menschen sind eigentlich schon aus Kummer innerlich gestorben? Wie viele sind schon vor langer Zeit ins Totenreich hinabgestiegen, ohne ihren Körper mitzunehmen? Muss man überhaupt umfallen, um tot zu sein?

Nach Antônios Tod fiel Odézia nicht um, war aber innerlich gestorben.

Urutal, der traurige Trinker

Die Beerdigung war vorbei, doch zuvor war der Leichnam gründlich untersucht worden. Odézia hatte sich schließlich einverstanden erklärt, den Körper ihres frisch Angetrauten öffnen zu lassen. Sie zeigte allen, wo meine Tanten ihre Arznei und die Tüten mit dem Quecksilber aufbewahrten, das noch aus der Zeit stammte, in der ihr Vater, unser Vater, Gold gewaschen hatte – Antônio hatte ihr das noch angedeutet, bevor er gestorben war. Noch war nichts bewiesen, und so waren meine Tanten kaltschnäuzig genug, sich bei der Totenwache blicken zu lassen. Sie taten, als wäre es die Trauerfeier für einen entfernten Bekannten, führten ihre neuen Kleider vor und erklärten kühl: »Er war nur einer unserer neuen Angestellten.« Obwohl Odézia noch bei uns im Hause lebte, fand sie den Mut, ihnen ihre gesammelte Wut ins Gesicht zu schleudern.

»Mörderinnen!«, schrie sie.

Die Grille, ein verschrecktes kleines Tier, duckte sich unter ihrer Anklage weg. Die Gemeinde verschlang ein Huhn im Angesicht des Toten. Überall in der Stadt wurde gebetet, und alle musterten mich ängstlich und verstohlen.

Für mich wurde es allmählich unangenehm, mich in der Stadt aufzuhalten oder zu bewegen. Nachrichten von Tito blieben aus, woraus ich schloss, dass Antônio sie mir all die Wochen überbracht hatte. Tage später fand ich ein paar in meinem Käfer, aber da waren sie schon nicht mehr aktuell, und ich antwortete nicht darauf.

Schließlich fing Tito mich auf der Straße ab und bat mich inständig, zu Hause auszuziehen, die Beweise dafür, dass Antônio tatsächlich vergiftet worden war, seien erdrückend. Doktor Heitor hatte ihm alles erzählt, auch dass ich schwanger war. In dem exhumierten Körper seines Vaters hatte Tito Quecksilber gefunden. Mein Großvater war der Einzige gewesen, weit und breit, der Quecksilber gekauft und verkauft hatte; es musste also auf jeden Fall aus unserem Haus stammen. Tito verfolgte die Theorie, dass auch die Vergiftung des Trinkwassers der Stadt damals von unserem Haus ausgegangen war. In der Stadt wurden erste willkürliche Anschuldigungen laut.

Tito und Doktor Heitor hatten schon vor einiger Zeit polizeiliche Ermittlungen beantragt, und diese hatten ergeben, dass die Einwohner der Stadt damals vergiftet worden waren. Ich hatte mit dem Unglück gar nichts zu tun und besaß auch nicht die übernatürlichen Kräfte, die man mir als Nachfahrin Yades andichtete. Trotzdem ging in der Stadt wieder die Furcht vor dem Fluch um, als nach Antônio noch ein, zwei weitere Einwohner starben.

Einer von ihnen war Ramiro, Carinas Ehemann. Ein gänzlich unerwarteter Tod. Kurz darauf wurde Maurícios Frau, Dona Cândida krank, sie welkte dahin, starb aber nicht, schließlich wurde sie in geistiger Umnachtung in ein Pflegeheim gebracht.

Carina und Maurício heirateten, und ich muss sagen, dass die Trauerfeiern lustiger und lockerer waren als ihre Hochzeit. Bei den Trauerfeiern zeigten sich die Gäste leichtlebig, es wurde gescherzt und gelacht, als wäre dies die letzte Gelegenheit zu trinken, sich zu vergnügen und über die Stränge zu schlagen.

Ich suchte mir in der nächstgrößeren Stadt, hundert Kilometer südlich von uns entfernt, im Landesinneren, einen Rechtsanwalt, denn ich hatte vor wegzugehen und wollte wissen, ob mein Vater beim Notar ein Testament hinterlassen hatte, mit dessen Hilfe ich meine Pläne würde verwirklichen können. Ich hatte für meine Arbeit nie auch nur einen Cent erhalten und nie geglaubt, dass ich ein Anrecht darauf hätte.

Ich packte meine Habseligkeiten in der Regenzeit, als die Stadt ruhte und der Bach doppelt so breit und wild war wie gewöhnlich. Ein letztes Mal stieg ich bis zu den Knöcheln ins Wasser, dann betete ich für meine Zukunft. Aber bevor ich ging, leerte ich dort noch meine Schachtel der Geheimnisse aus, die ich bis dahin unter einer losen Bodendiele in meinem Zimmer versteckt hatte. Das schlammige Regenwasser nahm die Briefe mit, trug sie hinfort und verstreute die Geheimnisse der ganzen Stadt in alle Winkel.

Von Nestors erstem Brief an Florinda über den Brief des alten Clowns bis hin zu dem Brief des Säufers an Margarida würden nun vielleicht alle Liebschaften der Stadt ans Licht kommen. Eine boshafte Ader trieb mich dazu, die Nachrichten nicht länger für mich zu behalten, sondern sie ihrem Schicksal zu überlassen. Die Abenteuer waren nicht ganz und gar verborgen geblieben, und mit etwas Glück würde der Regen sie vollends bekannt machen.

Ich nahm ein paar Kleider und meine Papiere mit. Unterwegs hielt ich an dem Haus mit dem traurigen Vogel, den ich nie zu Gesicht bekommen hatte. Ich öffnete den Käfig und ließ ihm die Wahl, ob er bleiben oder davonfliegen wolle. Dann fuhr ich nach Vila Morena. Juliana und der Major schlossen mich herzlich in die Arme. Meine liebsten Freunde erzählten mir, dass die

Vila am Tag nach meinem ersten Besuch einen Feiertag eingelegt hatte. Jedermann dort wusste, wer ich war, und mein Erscheinen galt als glückliches Omen. Sie versuchten, mich zu überreden, nach Vila Morena zu ziehen.

Doch ich stieg wieder in den Käfer. Als ich an der Tankstelle außerhalb der Stadt tankte, saß auf einer Zapfsäule der Säufer, als gehöre er dorthin, und lächelte mir zu.

»Du verlässt uns, Adalgiza?«

»Endlich nennen Sie mich bei meinem richtigen Namen. Und Sie, gehen Sie nicht weg?«

»Wie sollte ich ohne deine Schwester leben? Ich würde liebend gerne gehen, es wäre eine ungeheure Befreiung. Aber ich habe Angst, aus Hunger nach ihr zu sterben, und der Hungertod ist ein langsamer, grausamer Tod.«

»Leiden Sie denn nicht sowieso schon lange an diesem Hunger?«

»Ich zehre immer wieder davon, sie zu sehen und auf sie zu warten.«

»Ich würde Sie ja mitnehmen, weit weg von Ihren Schmerzen, aber … Sie kommen mir vor wie jemand, der diese Schmerzen braucht. Bestimmt wissen Sie gar nicht mehr, wie es ohne Schmerzen ist.«

»Sie ist diejenige, die nicht weiß, was es heißt zu leben. Ihre wahre Existenz hätte sie mit mir. Sie hat sich dafür entschieden, nur zur Hälfte zu leben, nur dafür, Kleidung und Essen und sich den Status als Ehefrau eines reichen Mannes gesichert zu haben – obwohl ihr Mann gar nicht reich ist. Und das alles kann ich ihr nicht geben.«

»Das tut mir sehr leid.«

»Weißt du, die Stadtbewohner sprechen mit Ekel und Wut von den Prostituierten in Vila Morena. Aber in der Vila leben glückliche Menschen, die ihre Probleme lösen. Viele in unserer

Stadt prostituieren sich viel mehr als die Freudenmädchen dort. Sie sind die wirklich widerwärtigen Huren. Viele Menschen töten, rauben oder heiraten jemanden, den sie nicht lieben, und alles nur für die falsche Sicherheit des Geldes. Aber wo Geld ist, ist keine Liebe, dann wird man krank, und schon liegt man in der Grube. Das Kranksein ist ein Anzeichen dafür, dass etwas fehlt.«

»Viele Leute glauben, dass ihnen nichts fehlt, wenn sie bloß Geld haben. Wie heißen Sie eigentlich?«

»Die Leute nennen mich Urutal.«

»Meine Güte, was für ein … ungewöhnlicher Name.«

»Es ist der Name eines Vogels, des Tagschläfers. Er wird auch ›Holzvogel‹ genannt, weil er sich so geschickt tarnen kann, dass er aussieht wie ein Stück Holz. Ein trauriger Vogel. In der Stadt habe ich diesen Namen, weil ich einen solchen Vogel vor meinem Haus hängen habe. Nur er lebt da, ich nicht.«

»Ah, ich weiß. Ich kenne dieses Haus.«

Ich musste schlucken, als mir wieder einfiel, dass ich dem armen Vogel die Chance auf Freiheit geschenkt hatte.

»Sie sind nicht derartig betrunken, dass Sie nicht mehr den Weg nach Hause finden, oder?«

»Stell dir vor, ich bin hergekommen, um mich von dir zu verabschieden«, sagte er scherzend, doch sein Gesicht verriet, dass es ihm ernst war.

»Nun gut, bis irgendwann mal wieder. Wer weiß?«

»Bis bald, Giza. Pass gut auf deinen Sohn auf.«

Er lächelte mich an, als wisse er mehr als ich. Ich fuhr weiter in die große Stadt und bald darauf noch weiter. Zu anderen Sprachen, anderen Kulturen. Bis ich eines Tages endgültig haltmachte.

Für meine Tochter Adalgiza

»Guten Tag.«

»Hallo, Doutora, wie geht es Ihnen?«

»Gut, und Ihnen?«

»Die Anthropologie ist Ihnen gut bekommen. Was für einen interessanten Weg Sie eingeschlagen haben. Uns geht es gut, Doutora, danke der Nachfrage.«

Alle starrten meinen Ring an. Es war der Ring, den ich viele Jahre zuvor am Fluss gefunden hatte, als dieser vom Regen angeschwollen war und sein Bett voller Erinnerungen und alter Raritäten umgepflügt hatte.

Die Stadt lag noch immer da wie zuvor, am selben Ort, umgeben vom Nichts. Das unscheinbare Wäldchen. Die von der Dürre verkrüppelten Bäume. Die Welt, in der wir geboren sind, folgt uns häufig, wohin auch immer wir gehen, aber ich hatte diese Welt hinter mir gelassen und mich kopfüber in eine neue gestürzt.

Ich betrat das Haus durch die Vordertür, blieb beim Sarg stehen und küsste Odézia, die sich seit meinem Weggang kaum verändert zu haben schien, auf die Stirn. An der Hand hielt ich Crispiniano, meinen zwölfjährigen Sohn, dessen Name das Einzige war, was mich mit meinem Vater verband.

Um mich herum wurde zu Odézias Beerdigung gesungen und musiziert. Im Haus lebten noch immer meine Schwestern, obwohl unser Vater mir in seinem Testament alle seine Besitztümer vermacht hatte, ausnahmslos alles. Den Garten, in dem es immer noch die schönsten Sonnenuntergänge gab; das Haus, das ich den beiden vor meiner Abreise überschrieben hatte, weil ich schon immer das Gefühl gehabt hatte, dass es eigentlich ihnen gehörte. Alles war unverändert.

Die Neugierigen kamen, um mich in Augenschein zu nehmen. Sie lächelten, grüßten und machten Bemerkungen über unser Auftreten, unsere Aussprache, die Art und Weise, wie ich mit meinem Sohn redete. Über unsere andersartige Kleidung, die offene Zärtlichkeit, mit der wir einander begegneten.

»Wohin sind Sie denn unterwegs, dass Sie Ihre alten Freunde nicht wiedererkennen?«

Ein fast vergessenes Gesicht tauchte vor mir auf, und ich freute mich. Es war Antenor, der alte Freund meines Vaters.

»Warum starren die Leute mich so an, Antenor?«

»Genau so ist es, sie wissen nicht, was sie mit den neuen Entwicklungen anfangen sollen. Sie fühlen sich schuldig, dass sie Sie so schlecht behandelt haben. Diese Stadt hat sich seit Ihrem Weggang ein wenig verändert.«

»Ich würde sehr gern zum Tempel gehen, Antenor, ich möchte meinem Sohn das Grab seiner Großmutter zeigen, ich habe inzwischen verstanden, dass sie dort begraben ist. Ob Sie mir dabei wohl helfen könnten? Ich weiß nicht, ob ich nach all den Jahren noch den Weg finde.«

»Genau so ist es, Mädchen, mit Vergnügen.«

Auf dem Weg zum Tempel kramte Antenor in seinen Erinnerungen.

»Ihr Vater wollte nicht mehr länger mit seiner offiziellen Frau leben, er war in Ihre Mutter verliebt. Sie sah aus wie Sie, das gleiche Haar, die gleichen sanften Mandelaugen, die gleiche wunderbare Figur. Größe, Stimme, alles gleich. Eines Tages erzählte mir Ihr Vater voller Sorge, dass das Quecksilber, das er seit Jahren verwahrte, kurz nach dem letzten Streit mit seiner Frau verschwunden war. Dann geschah die Tragödie. Mehr als siebenhundert Tote, und die Schuld daran gab man Yade und Ihnen. Die Stadt stank nach verwesenden Leichen, Erbrochenem und Durchfall. Den Kranken fielen die Zähne aus, ihr Zahnfleisch färbte sich schwarz. Genau so war das, ein großes Unglück.«

»Wie gut, dass das alles vorbei ist, Antenor. Jetzt ist alles in Ordnung gekommen. Ich versuche, nicht mehr an die Vergangenheit zu denken, ich misstraue den Menschen nicht, ich habe keine Angst vor der Welt. Im Gegenteil, ich habe all meine Ängste hier zurückgelassen und mir eine viel bessere Welt erschaffen. Ich habe mich vom Schicksal losgerissen, und lebe jetzt ein anderes, glücklicheres Leben. Ich habe so viel gewonnen, und all das hat dazu gedient, dass ich jetzt größer bin, als die beiden mich je sein ließen.«

»Genau so ist es, Giza. Das war das Beste, was Sie tun konnten. Sich von der Vergangenheit lösen. Sie haben gewonnen. Wie heißt es in der Bibel: Lass die Toten ihre Toten begraben. Und das haben Sie getan.«

»Selbst in den dunkelsten Gassen, ganz gleich wo, habe ich mich heimischer gefühlt als hier. Je weiter ich mich von hier entferne, desto besser geht es mir.«

Wir waren beim Altar angekommen.

»Wie schön, dass Sie Ihren Sohn zu dem Besuch bei Ihren Vorfahren mitgebracht haben. Unter diesem schönen Stein mit der Aufschrift, die ich leider nicht verstehe, liegt Ihre Mutter.«

»Würden Sie mich für einen Augenblick allein lassen?«

»Genau so ist es, selbstverständlich.«

Antenor zog sich für eine Weile zurück und ließ meinen Sohn

und mich in der Stille des Ortes allein. Wir entdeckten weiße und rote Blumen, warfen einige davon aufs Dach und wetteten, wer höher werfen konnte. Wir zündeten Kerzen an und überlegten uns, wie sie wohl ausgesehen hatte.

Wir blieben ziemlich lange.

Dann kam Antenor zurück, und wir unterhielten uns weiter. Er berichtete von der Verurteilung meiner Tanten, meiner Schwestern. Sie standen unter Hausarrest, nachdem sie einen Teil ihrer Strafe, die sie im Bezirksgefängnis verbüßt hatten, mit meinem Geld ausgelöst hatten. Cris entdeckte eine gefleckte Katze; sie ließ sich von ihm anlocken und spielte mit einer kleinen Figur, die er aus Mangos und Stöckchen gebastelt hatte, eine von denen, die wir früher »kleine Kühe« genannt hatten. Kurz darauf rief er mich und zeigte mir in einer Ecke des Tempels einen riesigen Ameisenhaufen: Nicht einmal aus meiner Kinderzeit als professionelle Ameisenjägerin konnte ich mich erinnern, jemals einen dermaßen gewaltigen Bau gesehen zu haben. Vielleicht war dies die Mutter aller anderen Ameisenhaufen, die wir gefunden und zerstört und die die Ameisen mit unermüdlicher Kraft wieder aufgebaut hatten.

Bei Sonnenuntergang kehrten wir zurück.

Auf dem Weg zum Haus schaute ich von Zeit zu Zeit zurück und dachte, wenn ich noch länger hinsah, würde ich es vielleicht nicht so leicht vergessen. Ich versuchte mir die Bilder einzuprägen, das Grab, der Tempel, der Garten.

Bei der Totenwache war alles so, wie ich es kannte: Wir aßen rund um Odézias Sarg, es wurde getrommelt und schallend gelacht. Viel später ließ ich den schlafenden Cris in Antenors Haus zurück und besuchte in Vila Morena ein Fest der Yade, meiner Großmutter. Ich dachte daran, wie ich das erste Mal hergekommen war, und an die Abenteuer, die ich hier erlebt hatte; an die leidenschaftlichen Nächte mit Tito, an den Hinterhof mit der

Wäsche, an die Karnevalsbar und meine Freunde: Juliana, den Major und den unvergessenen Salada. Juliana und den Major traf ich kurz darauf und gesellte mich zu ihnen. Wir waren überglücklich, uns zu sehen, ich wurde empfangen wie eine Königin, oder besser gesagt: wie eine Prinzessin. Anfangs war mir das unangenehm, aber ich gewöhnte mich schnell daran und ging mit den anderen zum Platz. Unterwegs wurde ich gegrüßt und mit den verschiedensten Körnern und Samen überschüttet – ein Zeichen der Freude und Dankbarkeit über die Fruchtbarkeit, die meine Rückkehr mit sich brachte. Mir war bewusst, dass dies mein letztes Fest hier wäre. Als die Trommeln verstummten, brachte die Dienerin der Königin einen Blumenkranz, setzte ihn mir auf den Kopf und führte mich zum Haus der Yade.

Im Gegensatz zu den Männern war ich kein bisschen aufgeregt, sondern von einem tieferen Frieden erfüllt als je zuvor. Alle Einwohner des Ortes jubelten und applaudierten, viele weinten. Der Finger, an dem der Ring steckte, war schwer und pochte leicht. Ich ging ins Haus, und die Frauen, Dienerinnen der Yade, küssten mich auf die Stirn und schenkten mir die Umarmungen und Zärtlichkeiten, die ich als Kind so schmerzlich vermisst hatte.

Ich hatte nie an die Macht dieser Gottheit geglaubt. Ich hatte nie an etwas geglaubt, was man nicht sehen und beschreiben konnte. Aber nun fühlte ich etwas, was die Wissenschaft, die ich studiert hatte, auch nicht ansatzweise zu erfassen vermochte. Bei diesem Fest ging mein ungläubiger Glaube zu Bruch.

Im Morgengrauen kehrte ich zu Odézias Beerdigung in die Stadt zurück. Vor dem Himmel zeichneten sich Dächer, Papaya- und Mangobäume ab. In den Zweigen saßen zwei Papageienpaare, die sich abwechselnd an den Früchten gütlich taten. Ich musste an die Dutzenden von Aras denken, bunter als jede Farbe, die ein Mensch je hervorbringen könnte, und hörte Antenor sagen, dass sie immer seltener zu sehen seien.

Neben dem Sarg saß Tito, unseren Sohn auf dem Schoß, und wartete auf mich. Er sah mich an wie früher, aber jetzt offen und unverhohlen. Alle wollten den Ring berühren, ohne zu wissen, dass er in seinem Inneren eine Nachricht nur für mich bewahrte.

»Können wir ihn mal sehen?«

»Natürlich.«

Lange Zeit hatte ich nicht gewusst, was sie bedeutete. Als ich ihn hatte reinigen lassen, um die Gravur besser zu erkennen, war auf dem alten, schweren, reinen Gold eine Widmung zutage getreten. Alle standen um uns herum, und mein Sohn blickte mich ein wenig ängstlich an. Ich berührte beruhigend seine Hand.

»In Ordnung, ich zeige ihn euch.«

Für meine Tochter Adalgiza.

Möge das Leben ihr die Zärtlichkeit ihrer Mutter und die Weisheit ihrer Großmutter Yade schenken. Gegrüßt sei die Herrin der Schönheit, Gesundheit und des Wohlstands, die unbesiegbare Königin.